W0338963

Malcolm
+1

Du même auteure, chez Hugo Roman :

Série *Fight for Love*
T1 *Real*
T2 *Mine*
T3 *Remy*
T4 *Ripped*
T5 *Rogue*
T6 *Legend*

Série *Malcolm*
T1 *Malcolm le sulfureux*

Titre de l'édition originale : *Manwhore + 1*
© 2015, Katy Evans

La présente édition a été publiée en accord avec l'éditeur américain :
© 2015, Gallery Books, Simon & Schuster, Inc., New York.

Photo de couverture :
© Shutterstock

Collection dirigée par Hugues de Saint Vincent
Ouvrage dirigé par Audrey Messiaen

© Hugo Roman
Département de Hugo Publishing
34-36, rue La Pérouse
75116 Paris
www.hugoetcie.fr

ISBN : 9782755634723
Dépôt légal : octobre 2017
Imprimé en France par CPI Brodard et Taupin - N° d'impression : 3023968

NEW ROMANCE®

KATY EVANS

Malcolm +1

Traduit de l'américain par Florence Moreau

Hugo Roman

Au plus grand saut que tu feras un jour.

PLAYLIST

Grand Piano de Nicki Minaj
Out of Mind de Tove Lo
Thousand Miles de Tove Lo
Surrender de Cash Cash
Do I want to know de Arctic Monkeys
Begin Again de Purity Ring
Talking Body de Tove Lo
Sky Full of Stars de Coldplay
Sugar de Maroon 5
I Lived de OneRepublic
Gold Dust de Galantis
Thinking Out Loud de Ed Sheeran et Gwen Stefani
Peace de O.A.R.

Malcolm Saint dévoilé
Par R. Livingston

Je vais vous raconter une histoire. Une histoire qui m'a complètement bouleversée. Une histoire qui m'a ramenée à la vie. Une histoire qui m'a fait pleurer, rire, crier, sourire et de nouveau pleurer. Une histoire que je continue à me raconter encore et encore et encore pour en graver chaque sourire, chaque mot, chaque pensée en moi. Une histoire que j'espère garder pour toujours au fond de moi.

Mon histoire commence par cet article. C'était un matin comme un autre, à *Edge*. Mais ce matin-là m'offrit une immense opportunité : celle d'écrire un article de fond sur Malcolm Kyle Logan Preston Saint. Pas besoin de vous présenter ce play-boy milliardaire, séducteur adulé, source de nombreuses spéculations. Cet article était censé m'ouvrir des portes, permettre à ma voix de jeune journaliste avide de succès de se faire entendre.

J'ai plongé tête baissée afin de décrocher une interview avec Malcolm Saint en vue de discuter d'*Interface*, cette incroyable plateforme, qu'il a créée, en passe de supplanter Facebook, et de l'écho favorable et immédiat qu'elle a trouvé. La ville étant obsédée par la personnalité de Saint depuis des années, je m'estimais chanceuse de pouvoir l'approcher.

J'étais si concentrée sur ma mission, à savoir le mettre à nu, que j'ai baissé la garde et ne me suis pas rendu compte que chaque fois qu'il s'ouvrait à moi, c'était en réalité lui qui me révélait à moi-même. Des choses que je n'avais jamais désirées s'imposaient subitement à moi comme une urgence. J'étais résolue à en découvrir le plus possible sur lui, sur le mystère qu'il représentait. Pourquoi était-il si mystérieux ? Pourquoi ne semblait-il jamais satisfait ? J'ai bientôt compris que ce n'était pas un homme qui parlait beaucoup mais qui parlait juste. Un homme d'action. Et je me suis persuadée que toutes les informations que je pouvais lui soutirer étaient pour cet article, mais en réalité, j'étais à la recherche de moi-même. Je voulais tout connaître de lui, le respirer, le vivre.

Mais le plus inattendu, c'est que Saint a commencé à me poursuivre avec talent. Avec sincérité, sans réserve, inexorablement. Je ne pouvais croire que je l'intéressais réellement. Jamais on ne m'avait courtisée de la sorte, jamais on n'avait suscité cette curiosité chez moi. Jamais je ne m'étais sentie aussi étroitement liée à quelque chose, à quelqu'un.

Je ne pensais pas que cela aurait des répercussions sur l'histoire que je tentais d'écrire. Pourtant ce fut bien le cas. C'est souvent ce qui arrive, avec les histoires. Vous partez à la recherche d'une chose, et vous revenez avec une autre. Je ne m'attendais pas à tomber amoureuse, ni à perdre la tête ou tout bon sens pour les plus beaux yeux verts qu'il m'ait été donné de croiser ; je n'imaginais pas un instant devenir folle de désir. Mais j'ai fini par trouver une petite part de mon âme, une part qui, au fond, n'est pas si petite que ça. Elle mesure plus d'un mètre quatre-vingts, a de larges épaules, des mains deux fois plus grandes que les miennes, des yeux verts, des cheveux noirs, et elle allie l'intelligence à la gentillesse, l'ambition à la générosité, la puissance à l'érotisme. Finalement, elle m'a consumée tout entière.

Je regrette d'avoir menti, à lui autant qu'à moi-même. Je regrette de ne pas avoir eu l'expérience nécessaire pour identifier ce que je ressentais au moment où je l'éprouvais. Je regrette de ne pas avoir davantage savouré chaque seconde passée avec lui, ces secondes qui me sont plus précieuses que tout.

Cependant, je ne regrette pas cette histoire. Son histoire. Mon histoire. Notre histoire. Je recommencerais juste pour quelques minutes avec lui. Je referais tout avec lui. Je sauterais aveuglément dans le vide s'il y avait juste 0,01 % de chance pour qu'il soit encore là, et qu'il m'attende pour me rattraper.

Chapitre 1
QUATRE SEMAINES

Je n'ai jamais nourri un aussi grand espoir que lorsque je pénètre dans l'ascenseur des locaux de M4. Quelques employés s'y engouffrent à ma suite, échangeant quelques brèves salutations, mais je ne trouve pas la force de répondre. En revanche, je souris, un sourire nerveux, certes, mais malgré tout, confiant, assurément confiant. Les autres occupants descendent les uns après les autres à leurs étages respectifs et je suis la seule à monter jusqu'au dernier étage, celui des dirigeants.

Jusqu'à lui.

Jusqu'à l'homme que j'aime.

Dans mon corps, c'est l'apocalypse, mon sang court à toute vitesse dans mes veines, mes jambes tremblent, mon estomac se tord jusqu'à former un gros nœud quand le tintement de l'ascenseur m'indique que je suis bien arrivée à *son* étage.

Je me retrouve alors happée dans un monde élégant et impeccable, fait de chrome, de verre et de marbre;

cependant, j'y prête à peine attention, obsédée par la double porte en verre dépoli imposante, à l'extrémité du hall.

Elle est encadrée de chaque côté par deux bureaux au design épuré.

Derrière se trouvent quatre femmes en tailleur noir et corsage blanc, les yeux rivés à leur écran.

L'une d'entre elles, Catherine H. Ulysses, la quarantaine, et assistante de l'homme qui possède le moindre mètre carré de cet immeuble, cesse ce qu'elle est en train de faire quand elle m'aperçoit. Elle hausse un sourcil, puis prend un air tendu mais soulagé en saisissant le combiné pour y murmurer mon nom. Je. Retiens. Mon. Souffle.

Imperturbable, Catherine me conduit alors vers l'immense double porte – tellement intimidante – qui mène au repaire de l'homme le plus puissant de Chicago. L'être humain qui m'affecte de la plus incroyable des façons.

Cela fait quatre semaines que j'attends ce moment. C'est ce que je souhaitais ardemment quand je laissais des milliers de messages sur ses téléphones et que je lui écrivais tout autant de mails, sans jamais les envoyer. Le moment où je vais le revoir. Où il accepte de me revoir.

Mais tandis que je suis Catherine comme un robot, je ne sais même pas si j'aurai la force de me tenir droite devant lui et de le regarder dans les yeux, après ce que j'ai fait.

Je n'ai jamais été aussi nerveuse et impatiente de ma vie ; toutefois, l'espoir, petit mais puissant à présent, ne m'a toujours pas quittée, même si je tremble comme une feuille.

Catherine me tient la porte et, faisant appel à tout mon courage, je redresse les épaules et entre dans son bureau.

Aussitôt, j'entends la porte glisser doucement derrière moi, Catherine vient de la refermer ; malgré moi, je me fige à la vue familière du plus beau bureau dans lequel il m'ait été donné d'entrer. Il est pavé de marbre et souligné de chrome, d'une hauteur de plafond vertigineuse, et pourvu d'immenses baies vitrées s'étirant sur toute la longueur des parois. Et au milieu se trouve le centre de mon monde.

Il fait les cent pas devant la baie, parlant dans un téléphone d'une voix très basse, celle qu'il utilise quand il est profondément agacé. J'arrive à percevoir quelques bribes : *...être mort pour la laisser tomber dans ses griffes...*

Il raccroche, comme s'il m'avait sentie dans la pièce, puis tourne la tête. Ses yeux s'illuminent lorsqu'il me voit. Ses beaux yeux verts si douloureusement familiers. Il inspire très lentement, son torse se soulève peu à peu et ses poings se referment légèrement, des deux côtés de son corps, tandis qu'il me regarde. J'en fais autant. Malcolm Kyle Preston Logan Saint. Je me retrouve au cœur de la plus puissante tempête qui ait secoué ma vie ; que dis-je... me voici dans l'œil du cyclone.

Quatre semaines que je ne l'ai vu et il est exactement comme dans mon souvenir, plus grand que la normale et plus irrésistible que jamais. Son visage remarquable est rasé de près aujourd'hui, et ses lèvres sont d'une sensualité telle que je les sens presque sur les miennes. Plus d'un mètre quatre-vingts de virilité parfaitement contrôlée se tient devant moi, dans un impeccable costume noir et une cravate fantaisie.

C'est le diable incarné en Armani ; traits puissants, mâchoires carrées, cheveux noirs brillants et regard pénétrant. Des yeux animés d'une lueur peu charitable quand il me taquine, ou pas d'ailleurs, mystérieux et impénétrables, intelligents, qui savent vous percer à jour comme personne. Je me demande bien ce qu'il pense de moi en ce moment…

Mais j'avais oublié combien ces yeux pouvaient aussi être froids, une vraie banquise. Et, en ce moment, ils me scrutent impitoyablement, chaque éclat de glace pareil à une écharde de diamant. Il serre les mâchoires et retire ses écouteurs.

Il semble aussi inaccessible qu'une forteresse, ses épaules tendant sa chemise blanche qui lui colle comme une seconde peau. Mais je sais qu'il n'est pas la citadelle insurmontable qu'il veut paraître, sans quoi je ne me serais jamais aventurée ici.

Il s'approche de moi, et à chacun de ses pas, les battements de mon cœur s'accélèrent ; il émane de lui une telle confiance, l'assurance que le monde lui appartient. Il s'arrête soudain et enfonce ses mains dans ses poches, et il paraît encore plus grand ; son parfum renversant parvient jusqu'à moi. Je baisse les yeux vers sa cravate au moment où la lueur d'espoir qui m'animait, quand j'ai pénétré dans son bureau, se met à vaciller.

– Malcolm…

– Saint, s'il te plaît, me corrige-t-il.

Je retiens mon souffle et attends qu'il enchaîne, qu'il me dise combien je suis nulle, et mon cœur souffre quand il n'en dit rien. À la place, une voix s'élève depuis le seuil…

– Monsieur Saint, Stanford Merrick est arrivé, annonce-t-elle.

– Merci, répond Saint d'une voix posée.

Un frisson parcourt mon corps. Je regarde le sol, gênée, puis mes chaussures ; j'avais choisi ma tenue avec soin, mais j'ai l'impression qu'il ne l'a même pas remarquée, que ça ne l'intéresse pas du tout.

– Rachel, Stanford Merrick fait partie des ressources humaines.

Je me sens rougir en l'entendant m'appeler par mon prénom, mais toujours aussi incapable de soutenir son regard, je me concentre sur la main que me tend Stanford Merrick. C'est un homme de taille moyenne, au sourire amical et à la présence tranquille, mais qui, comme tout le monde, est instantanément absorbé par le charisme de Saint.

– Ravi de vous rencontrer, mademoiselle Livingston, dit-il.

J'entends le bruit d'une chaise qui roule et sens mes jambes faiblir, puis de nouveau la voix de Saint résonne dans le bureau :

– Assieds-toi, me dit-il tout bas.

J'obtempère, évitant toujours son regard, et tandis que Catherine s'affaire pour nous servir des cafés et des rafraîchissements, je veille à le garder dans ma vision périphérique. Ouvrant le bouton de sa veste, il s'installe au centre du canapé en cuir couleur ivoire, juste en face de moi. Comme sa silhouette paraît sombre, sur ce fond clair ! Si sombre dans cette pièce inondée de soleil.

– Monsieur Saint, voulez-vous que je commence ou bien préférez-vous avoir cet honneur ? demande Merrick.

Mais il ne répond pas et continue de me fixer.

– Monsieur Saint ?

Il fronce les sourcils, en s'apercevant que je le déconcentre, et répond alors :

– Oui, commencez.

Il s'adosse au canapé, étend le bras sur le dossier, et j'ai l'impression que ses yeux me transpercent pendant que Merrick sort des documents d'un dossier. Je suis assise, raide et bien droite sur mon siège. Le champ magnétique qui entoure Saint est puissant et envahissant, si indéchiffrable. Une seule question m'obsède : est-ce que tu me détestes, Mal ?

– Depuis combien de temps travaillez-vous pour *Edge*, mademoiselle Livingston ? demande soudain Merrick.

J'hésite, et j'entends alors le portable de Saint vibrer près de lui, sur le canapé. Il coupe le son et, de son pouce, effleure doucement l'écran. Ce qui déclenche un picotement inattendu sur mes lèvres. Je bouge un peu sur mon siège et réponds :

– Plusieurs années.

–Vous êtes enfant unique, n'est-ce pas ?

– Exact.

–Vous avez remporté un prix pour un article, l'année dernière ?

– Oui. Je…

Je cherche mes mots, car entre les « Je suis désolée » et les « Je t'aime » qui se bousculent dans ma tête, mes pensées s'embrouillent.

– J'ai eu cet honneur.

Changeant légèrement de position, Saint se caresse lentement les lèvres et m'observe en silence, de son regard intelligent et scrutateur.

– Sur votre C.V., je lis que vous avez commencé à collaborer avec *Edge* avant d'obtenir votre diplôme à Northwestern, est-ce exact ? poursuit Merrick.

– Oui, tout à fait.

Je tire un peu sur la manche de mon pull, m'efforçant de rester concentrée sur les questions, car du coin de l'œil, je suis tous les mouvements de Saint. Il boit un peu d'eau, les doigts crispés sur son verre... Son parfum envahit l'espace. Je passe discrètement en revue ses cheveux noirs, les cils en forme de croissants qui entourent parfaitement ses yeux. Sa bouche qui ne sourit pas du tout. Son œil qui a cessé de pétiller. Soudain, je tourne la tête vers lui et j'ai l'impression que c'est exactement ce qu'il attendait. Il m'observe avec une intensité dont lui seul est capable ; alors mon monde se teinte de vert. Un vert glacé, aussi solide qu'un iceberg de l'Arctique.

Et qui a pourtant le pouvoir de m'enflammer !

– Désolée, j'ai perdu le fil, dis-je en fuyant les yeux de Malcolm.

Troublée, je dirige les miens vers Merrick, qui me regarde d'un air étrange, non dénué d'une certaine pitié. À cet instant, Saint bouge légèrement les épaules pour mieux faire face à Merrick, et je me rends compte qu'il le foudroie du regard, visiblement agacé, mais contrôlé.

– Allez droit au but, Merrick !

– Bien sûr, monsieur Saint.

Je rougis davantage en constatant que Saint a remarqué que son employé me rend nerveuse.

– Mademoiselle Livingston, reprend ce dernier après une pause, comme s'il allait annoncer une nouvelle d'importance, M. Saint souhaite étendre la gamme des services qu'Interface propose à ses abonnés. Nous offrons des contenus provenant de sources spécifiques, notamment d'un groupe de jeunes journalistes, chroniqueurs et reporters dont nous envisageons d'augmenter le nombre.

Interface, sa nouvelle entreprise, est un mastodonte qui grandit chaque jour, une force incontournable qui s'impose sur le marché en brisant toutes les barrières technologiques. Je ne suis pas surprise que Saint passe à la vitesse supérieure avec cette plateforme, c'est une initiative de génie de la part d'un homme d'affaires admirable, et une nouvelle étape logique pour une société qui vient juste d'être nommée sur la liste des dix entreprises montantes du pays.

– J'adore l'idée, Malcolm, dis-je spontanément.

Pitié ! Je viens de l'appeler Malcolm, non ? Et visiblement, je l'ai pris au dépourvu, car une ombre passe dans son regard, et j'ai alors l'impression qu'un orage se prépare… Pour se dissiper aussi vite qu'il est arrivé.

– Cela fait plaisir à entendre, commente Merrick. Comme vous le savez, mademoiselle Livingston, M. Saint sait repérer les talents. Et il souhaite vous compter dans sa nouvelle équipe.

Mal ne m'a pas lâchée des yeux pendant que Merrick parlait, et il voit forcément mon sourire s'effacer, aussitôt remplacé par une expression choquée.

– Tu m'offres un boulot ?!

– Oui, s'empresse de répondre Merrick pour lui. Un poste à M4.

Je reste sans voix et regarde mes mains posées sur mes cuisses. Mal refuse de me parler. En réalité, ma présence ne l'affecte pas vraiment. Après quatre semaines de silence, il m'a appelée pour ça. Je lève la tête vers lui ; à cet instant, nos regards se croisent, et je sens quelque chose se fêler en moi, comme après un choc. J'essaie de retrouver ma voix…

– Je m'attendais à tout sauf à cette proposition. C'est donc la seule chose que tu attends de moi ?

Dans un mouvement fluide, il se penche en avant et, coudes posés sur les genoux et yeux dardés sur moi, il déclare :

– Je veux que tu l'acceptes.

Bon… il a l'air aussi sérieux que lorsqu'il a décrété que j'étais sa *chasse gardée*, au cours de cette fameuse soirée… Estomac noué, je détourne la tête vers la fenêtre… Je voudrais l'appeler Malcolm, mais pour moi, il n'est plus Malcolm… Il n'est même plus Saint, l'homme qui m'a séduite de façon impitoyable jusqu'à ce que je lui cède. Il est redevenu Malcolm Saint, qui me toise comme s'il ne m'avait jamais tenue dans ses bras.

– Tu sais bien que je ne peux pas quitter mon travail, dis-je en me retournant vers lui.

Sans prendre en compte ce que je dis, il renchérit :

– Ton prix sera le nôtre.

Secouant la tête avec un petit rire incrédule, je me frotte les tempes.

– Merrick, dit-il alors.

Ce dernier enchaîne aussitôt :

– Comme je le disais, nous allons offrir des informations à nos abonnés et M. Saint admire depuis toujours vos articles. Il en apprécie l'honnêteté et les sujets que vous choisissez.

Cette fois, c'est tout mon corps qui rougit.

– Merci, je suis très flattée, dis-je, mais je ne peux vous donner une autre réponse.

Merrick échange un regard avec Saint.

– C'est une proposition d'emploi. Nous vous laissons une semaine pour l'accepter ou la refuser.

Et il pose une liasse de documents sur la table. Je les considère, incapable de comprendre de quoi il s'agit. Je demande alors à Saint :

– Pourquoi m'emploierais-tu ?

– Parce que je le peux, répond-il.

Et il me regarde avec arrogance, comme si de rien n'était.

– J'ai plus à t'offrir que la société qui t'emploie actuellement, ajoute-t-il.

Il est complètement immobile, et pourtant, il vient de renverser mon univers.

– Prends ces documents, Rachel, me dit-il.

– Non… Je ne veux pas.

– Je te demande d'y réfléchir. Lis-les avant de refuser.

Et nos regards restent accrochés l'un à l'autre quelques secondes de trop. Puis, avec la grâce d'un félin, Malcolm Kyle Preston Logan Saint, P.-D.G. de l'une des entreprises les plus puissantes de la ville, obsédé par les femmes, insaisissable comme une comète, implacable et impitoyable, déploie sa longue silhouette.

– Mon personnel te recontactera à la fin de la semaine.

D'un coup, je me demande si cet homme cessera un jour de me surprendre. J'admire son sang-froid, et tant de choses en lui… Si j'ai cru, l'espace d'un instant, que nous allions nous disputer, je me suis bien fourvoyée.

Saint ne gaspille pas son temps avec des bêtises, il est bien trop occupé à atteindre ses ambitions infinies, à conquérir le monde.

Et moi ? J'essaie juste de ramasser ce qui reste du mien. Prenant une profonde inspiration, je rassemble calmement les documents et, sans dire un mot, je me dirige vers la porte ; seules mes chaussures claquent sur le marbre.

Au moment de sortir, je ne peux m'empêcher de lancer un dernier coup d'œil au bureau, à Malcolm qui se penche en avant, coudes sur les genoux, et soupire en se passant la main sur le visage.

– Avez-vous encore besoin de moi, monsieur Saint ? demande Merrick sur un ton presque suppliant, comme s'il aimerait réellement pouvoir faire quelque chose pour lui.

Quand Saint redresse la tête, il croise mon regard, et nous restons figés tous les deux. Il me jauge avec méfiance, tandis que je prends un air contrit pour exprimer tous les regrets que je ressens ; j'aurais tant à lui dire, mais tous mes mots se transforment en un lourd silence et je referme la porte derrière moi.

Ses assistantes me regardent partir. Je monte dans l'ascenseur sans accélérer le pas et, dans le hall, au rez-de-chaussée, vérifie mon reflet dans les portes en acier. Je suppose que je suis jolie, avec mes cheveux détachés et mes vêtements féminins choisis avec soin, qui épousent mes formes. J'ai l'air tellement désorientée que j'aimerais plonger en moi-même pour retrouver ce que j'ai perdu… Et je me rends compte que l'amour est aussi changeant que l'océan : toujours là, mais parfois calme, dangereux, et tumultueux.

À l'extérieur, je hèle un taxi, et une fois assise à l'arrière, je me tourne pour contempler la superbe façade miroir de M4. Si majestueuse, si inexpugnable…

Et c'est alors que mon portable vibre.

Comment ça s'est passsé ? !
Vous vous êtes réconciliés ?
Dis-nous ! wynn part dans 3 min et veut savoir.
Il a lu ton article ? Ça l'a fait fondre ?

Je n'arrive pas à rassembler l'énergie nécessaire pour répondre à Gina. Le taxi, lui, s'insère tranquillement dans la circulation.

– Où allons-nous ? demande le chauffeur.

– Pour l'instant, roulez un peu, s'il vous plaît.

Derrière la vitre, Chicago défile, Chicago la ville que j'aime et qui me fascine, même si je ne m'y sens jamais vraiment en sécurité. Tout semble comme d'habitude. Chicago est affairée, venteuse, électrique, moderne, merveilleuse et dangereuse. Égale à elle-même. Ce n'est pas elle qui a changé, c'est moi. Comme un millier de femmes avant moi, je suis tombée amoureuse du milliardaire célibataire et play-boy le plus convoité de la ville. Et je sais à présent que je ne serai plus jamais la même. Après ce qui vient de se passer, il ne sera plus jamais à moi, et ce que je redoutais depuis le début.

Chapitre 2

QUATRE SEMAINES + UNE HEURE

– Je n'arrivais pas à deviner ce qu'il pensait, c'était impossible. J'étais trop impressionnée par le fait de le revoir, j'aurais tant aimé lui parler à cœur ouvert, sachant combien il doit me haïr, mais de toute évidence, il n'avait aucune intention de discuter avec moi.

Je détourne le regard et reprends ma respiration.

– Rachel…

Visiblement, Gina ne trouve rien d'autre à ajouter. Quelques minutes plus tôt, j'avais indiqué l'adresse d'un Starbucks au chauffeur, parce que je n'avais tout bonnement pas envie de rentrer à la maison ; Gina est tout de suite venue m'y rejoindre. Maintenant, nous sommes attablées au fond du café.

– Je suis si triste, Gina.

Je pose la main sur mes yeux l'espace d'un instant, puis j'ajoute :

– C'est vraiment fini.

– Quel con !

Gina pince la bouche, elle est furieuse, comme toujours.

– Est-ce qu'il se rend compte que tu es tombée amoureuse de lui en dépit de ce qu'il est, c'est-à-dire un joueur, un vrai salaud qui accumule les conquêtes, et tout ce qui s'ensuit ?

– Gina !

Et sur cette exclamation, je fronce les sourcils ; elle fronce aussi les siens.

En fait, je ne devrais pas aborder le sujet avec elle, elle m'avait mise en garde des milliers de fois, m'avait bien prévenue de ne pas sortir avec lui jusqu'à ce que, fatiguée, elle abandonne. Car Saint avait un passé et que j'étais en mission. Mais comment aurais-je pu lui résister ? Il est un cyclone dans l'œil duquel je me suis jetée quand j'ai accepté d'écrire un article sur lui.

Tomber amoureuse ne faisait pas partie de mes projets, ça ne l'a jamais été. Gina et moi étions censées rester célibataires et heureuses de l'être pour toujours : nous sommes des bourreaux de travail, meilleures amies pour la vie et très proches de nos familles. Elle a déjà eu le cœur brisé par un chagrin d'amour et m'a tout raconté par le menu afin que je ne commette pas la même erreur. Je me suis protégée, me concentrant sur ma carrière plutôt que sur les hommes. Mais Saint n'est pas n'importe quel homme. Il ne m'a pas séduite de façon banale et ce que nous avons vécu ensemble ne l'était pas non plus.

En tant que journaliste, je devrais avoir un mot précis pour le décrire, mais seul le surnom que je lui donne me vient à l'esprit : Mal. Débordant d'enthousiasme et agissant comme une drogue sur son entourage, c'est un véritable joueur qui sort toujours la bonne carte au bon moment, un milliardaire habitué à ce que les gens attendent toujours quelque chose de lui – et je ne supporte pas l'idée qu'il ait cru que j'étais comme tous les parasites qui gravitent autour de lui, que moi aussi j'attendais une faveur de sa part. *Non, Rachel, tu n'es pas comme eux, tu es pire.*

Il couche avec une groupie pendant quatre nuits, ou quatre groupies pendant une nuit, sans rien donner de lui-même. Parfois, sans doute, il signe un chèque pour les associations caritatives qu'elles défendent – j'ai entendu l'une d'entre elles le lui réclamer –, mais cela n'inquiète pas son compte en banque. Il accepte qu'elles lui mettent des grains de raisin dans la bouche sur son yacht, si tel est leur bon plaisir ; il est bien trop gâté par les femmes pour les en empêcher. Mais il ne leur accorde rien d'autre qu'un regard distrait quand elles s'en vont. *Mais avec toi, Rachel, il a fait exception à la règle, non ? Il t'a laissé l'approcher. Il est même venu dans le parc où tu passais la nuit, non pas parce qu'il aime camper, mais parce que toi, tu aimes camper. Il t'a expliqué ce que le chiffre quatre signifiait pour lui, son chiffre porte-bonheur. Celui qui le place au-dessus et au-delà de la norme…*

Bon sang ! Je n'avais jamais compris qu'il m'avait ouvert toutes grandes les portes de son intimité avant de me retrouver aujourd'hui devant lui, avec la sensation absolue d'avoir été chassée du paradis.

– Je lui aurais tout dit si nous avions été seuls.

Je sors les documents de mon sac et les lui tends.

– Difficile de me concentrer dessus avec le regard de Saint braqué sur moi. Même son employé semblait impressionné par sa présence.

Elle se met à lire à mi-voix.

– Offre d'emploi à Rachel Livingston…

Elle baisse la feuille et pose sur moi des yeux aussi noirs que sensuels, aussi interrogateurs et surpris que les miens.

Je lui explique :

– Interface agrandit son champ d'action et va publier du contenu, de l'information.

Elle regarde de nouveau la feuille.

– Écoute, commence-t-elle, si tu n'en veux pas, moi si.

Je lui donne un petit coup de pied sous la table.

– Arrête, sois sérieuse !

– Il me faut plus de sucre, dit-elle.

Puis elle se lève pour aller en chercher, et quelques instants après, verse un nouveau petit sachet de sucre dans son café qu'elle se met à touiller soigneusement avec sa cuillère.

– Tu peux me dire ce qu'un homme comme lui, P.-D.G. de cette entreprise, faisait à cet entretien ? demande-t-elle, sourcils froncés. Eh bien, moi, je vais te le dire : il voulait s'assurer que tu viendrais et crève d'envie que tu travailles pour lui. Tu as lu ce qu'il te propose ? Une super assurance santé pour toi et ta famille. Tu te rends compte de ce que cela signifie pour ta mère ?

Ma mère, c'est ma faiblesse. Bien sûr que je me rends compte. Saint m'offre… le monde. Mais un monde dont il ne fait pas partie ne m'intéresse plus.

– Rachel, je sais que *Edge* se porte mieux depuis…

Et elle prend un air désolé car elle sait bien que je n'aime pas penser à l'article, et ajoute bien vite :

– Mais combien de temps ça va durer ? La survie de ton magazine ne tient toujours qu'à un fil.

Elle avale une gorgée de café.

– Alors qu'Interface, c'est autre chose ! C'est une société qui ne cesse de grandir. Rachel, M4, c'est… énorme. Qui n'a pas rêvé d'y travailler ? Cette boîte emploie les génies de tout le pays.

– Je sais, dis-je dans un murmure.

Dans ce cas, pourquoi Saint tient-il précisément à ce que je monte à bord ? Il peut avoir qui il veut. Tous les talents qu'il désire.

– Je suis certaine que Wynn t'encouragerait à l'accepter. Nous avons besoin de son conseil, elle est la seule à être en couple.

– Gina, j'ai dit *je t'aime* à un homme pour la première fois de ma vie ! Je ne pourrai jamais, jamais tu m'entends, accepter qu'il soit mon patron.

Son visage s'assombrit tout de suite.

– Et tu tiens plus à lui qu'au poste, c'est ça ?

J'ai honte de lui répondre que oui, car je ne le mérite pas, ni même n'ai le droit d'avoir envie de lui, et pourtant, je hoche la tête.

Il y a comme une énorme brèche au fond de moi, et chaque petit plaisir de l'existence me laisse indifférente si je ne peux pas le partager avec lui.

Gina relit le document, puis secoue la tête avant de le plier et de me le rendre. J'ai encore son parfum dans le nez. Je me revois alors à M4, au dernier étage, dans ce bureau unique… Mon cerveau se rejoue en permanence la scène qui s'y est déroulée, chaque mot qu'il a prononcé, chaque mot que j'attendais et qu'il n'a pas dit. Chaque nuance de vert que j'ai vue dans ses yeux me manque, sauf celles qui reflètent sa froideur. Je me rappelle son regard posé sur moi quand Merrick me questionnait, le son de sa voix, les sensations que la proximité de son corps a éveillées chez moi. Je l'ai entendu soupirer quand je suis sortie de son bureau, comme s'il entamait une réelle lutte avec lui-même. J'ai vu ses yeux qui s'accrochaient à moi, comme s'ils cherchaient à m'attraper…

Quand Gina et moi rentrons à la maison, je me félicite de ne pas avoir prévenu ma mère que je le voyais aujourd'hui, car elle aurait tout de suite nourri les espoirs les plus fous et j'aurais dû les lui briser. Une fois chez nous, je m'enferme dans ma chambre, m'allonge sur mon lit, et je ressors le contrat de travail qu'il me propose.

C'est une offre d'emploi en bonne et due forme… Je passe en revue les avantages, le salaire que je ne mérite pas et que gagnent en général des journalistes bien plus expérimentés que moi… et m'arrête quand je découvre un élément qui m'affecte particulièrement. La signature de Saint, au bas du contrat.

Retenant mon souffle, je caresse les lettres tracées par sa main ; j'y décèle son énergie, comme un sceau, et j'ai l'impression que le document en est plus lourd, plus important. Me penchant sous mon lit, j'en retire une boîte à chaussures où je conserve mes petits trésors, comme un collier en or portant la lettre R que ma mère m'a offert. Sur une impulsion, je le mets pour me rappeler qui je suis : la fille de ma mère, une femme, un être humain ! J'écarte des cartes d'anniversaire que Wynn et Gina m'ont offertes et trouve ce que je cherchais. Un mot. Celui qui était attaché au plus beau bouquet de fleurs que l'on m'ait jamais offert. Je prends la carte couleur ivoire, l'ouvre… et lis. C'était la première fois que je voyais son écriture, il avait écrit : « Il ne me semblait pas juste que tu passes une autre journée sans savourer le luxe d'un cadeau offert par un homme qui pense à toi. M. S. » Alors je me recroqueville, fixant ce bout de phrase.

Saint, un homme qui pense à moi ? Non ! Une mission, un sujet en or pour un article qui a fait sensation, le play-boy de la ville devenu mon ami, puis mon amant, avant de finir par être mon amour. Et désormais, il veut être mon patron. Et moi, c'est lui que je veux, plus que jamais.

Chapitre 3

MA VIE AUJOURD'HUI

Je suis au lit et il couvre mon cou de délicieux baisers. J'ai le souffle court en sentant le contact de sa peau douce contre la mienne, ses muscles puissants, ses abdos contre mon ventre… C'est trop ! Je veux le dévorer de mes lèvres et qu'il me dévore en retour, qu'il commence là où il veut…

Il me saisit les mains, les place de part et d'autre de mes épaules, puis se penche vers moi pour frôler ma bouche avec la sienne afin de m'inciter à l'ouvrir, ses yeux verts plongés dans les miens.

Je demande d'un ton haletant :

– Es-tu réel ?

Mon cœur cogne comme un fou, mes poumons me brûlent…

Tout paraît si familier, si réel. Je ne sais plus si c'est un rêve ou un souvenir. Il fait doucement remonter ses doigts le long de mon bras et je ferme les paupières. Oh, Mal ! C'est si bon… Je murmure son nom et, de mes mains tremblantes, caresse son torse dur. Il bouge sur moi et je reconnais ses mouvements, il m'embrasse de la même façon et prend, comme d'habitude, la situation en main. Bientôt, il s'allonge de tout son poids sur moi, et je me cambre légèrement pour être encore plus proche de lui…

Je l'agrippe par les épaules au moment où il plaque les mains sur mes hanches tout en continuant à me couvrir la nuque de baisers langoureux qui me font frissonner… Je sens le désir monter en moi, et ma peau s'enflamme. Je veux qu'il me caresse partout, avec ses mains, sa bouche. *S'il te plaît, Mal !*

Je chuchote d'un ton suppliant :

– Malcolm, maintenant, viens !

Mais il n'est pas pressé, il ne l'est jamais. Il enroule mes jambes autour de sa taille et dépose un baiser sur ma bouche. Ou plus exactement à la commissure, comme il aime… Mes yeux se remplissent de larmes, je sens chaque parcelle de son corps, et vice versa. Je m'arc-boute soudain sous lui, dans une muette prière, et l'instant suivant, il me pénètre…

C'est un bruit qui me réveille, un petit gémissement que j'ai moi-même et qui exprime un plaisir si absolu qu'il en est presque douloureux. Je me redresse vivement sur mon lit, en sueur, et regarde autour de moi… Non, Malcolm n'est pas dans mon lit, et je me retrouve encore une fois, dans le noir, en train de pleurer son absence.

J'entoure mes jambes avec mes bras et pose la joue sur mon genou, tout en essayant de chasser à la fois le rêve et les souvenirs. Après quoi, je vais dans la salle de bains, m'asperge le visage d'eau et me scrute dans le miroir : j'y vois la fille perdue de tout à l'heure, dans l'ascenseur de M4. Quand suis-je devenue cette personne-là ? C'est une usurpation, cette égarée ne me ressemble pas, me dis-je frustrée, en sortant de la pièce.

Je retourne au lit, me glisse sous les draps et donne des coups de poing dans l'oreiller. Je vois alors un rai de lumière extérieure pénétrer dans ma chambre et, en tendant l'oreille, je distingue les bruits de la ville. Je me demande où il se trouve en ce moment.

Putain, Mal, tu me hantes, tu me hantes à chaque seconde ! Je ne peux plus dormir, ni penser à rien à part à ce que je ressens quand tu es près de moi, que tu poses les yeux sur moi, que nous sommes dans la même pièce. Je te revois constamment dans ton bureau… Je ne sais absolument pas ce que tu ressentais alors, j'avais l'impression de ne plus te connaître et cela me tue.

Allumant la lumière, je perds une nouvelle fois la bataille que je mène contre moi-même depuis un mois. Puis je m'empare de mon ordinateur et là, dans le noir, je fais une chose que je n'ai pas faite depuis un bon moment car Gina me l'a interdit. D'ailleurs moi aussi je me suis censurée, pour ma propre survie. Pour préserver ma santé mentale… Il y a si longtemps que je n'ai pas tapé son nom qu'il n'apparaît plus dans le moteur de recherches dès la première lettre. Mais je me prépare déjà psychologiquement à ce que je vais trouver sur les réseaux sociaux. Je ne sais trop ce que je cherche, en réalité ; sans doute tout ce qui m'en apprendra plus sur ce qu'il a fait ces dernières semaines…

Twitter :
Salut @MalcolmSaint C'est Leyla, l'amie de Dani ;)
@MalcolmSaint Salut, mon pote, rejoins-nous chez Raze
@MalcolmSaint est bien mieux sans cette salope qui l'a trahi
Épouse-moi @MalcolmSaint !
@MalcolmSaint je serai ta pute et traînerai ta menteuse/garce d'ex dans la boue s'il le faut !
@MalcolmSaint tu vas pardonner à ta petite amie ? SVP pardonne-lui, vous allez si bien ensemble.
En matière de salopes, @MalcolmSaint en connaît un rayon, non ?
@MalcolmSaint s'il te plaît dis-moi que tu as dit à ton ex d'aller se faire foutre ! TU MÉRITES BIEN MIEUX, TU MÉRITES UNE PRINCESSE.

Mur d'Interface :
Mec, appelle-nous si tu es en ville, on voudrait te présenter quelqu'un.

Et en dessous, il y a la photo d'une femme qui lui envoie un baiser. Je fronce les sourcils devant ses seins gigantesques que l'on voit clairement sous son top de créateur mouillé. Je fais défiler des photos taguées et en trouve une sur laquelle on le voit. C'est celle où il envoie promener le journaliste qui le questionne sur ma trahison, il porte ses lunettes de soleil aviateur pour cacher ses yeux, et son visage est aussi dur qu'un bloc de granit.

Pitié ! Maintenant que j'ai commencé à regarder, je n'arrive plus à m'arrêter. Sur un blog local connu, je trouve ce qui suit :

« De fait, on s'est demandé si son attitude diabolique, durant le mois qui s'est écoulé, n'était pas lié à sa rupture récente avec la journaliste Rachel Livingston, qui selon la rumeur serait la première relation qu'il ait jamais eue. Cette dernière, qui menait une enquête sur lui quand ils se sont rencontrés, a subi de lourdes retombées, le nabab a été impitoyable quand ses recherches ont fuité et que sa propre version a été, dans la foulée, publiée dans *Edge*. De nouvelles rumeurs courent depuis : on aurait vu Rachel Livingston dans les locaux de M4 : Interface compte-t-il intégrer un département Informations ? »

« Entre-temps, on a vu Saint faire du parachute et, selon un témoin, régler ses affaires à une vitesse qui a alarmé les membres du conseil d'administration… »

Et sur Facebook :

#TBT : vous vous souvenez de cette photo ? On avait engagé des paris pour savoir combien de temps ça durerait mais personne n'aurait cru que ça tiendrait si longtemps ! Je sais, on a l'impression qu'elle s'est jouée de toi, mais nous savons tous que c'est toi qui l'emportes toujours – espérons que tu en as bien profité !

Je regarde l'écran de mon ordinateur, et soudain j'ai la nausée… A-t-il lu ces commentaires, lui aussi ? Est-ce ce qu'il pense de moi ? Estime-t-il que je suis une salope, une pute, qui s'est « prostituée » pour obtenir des informations ? Je suis stupéfaite de constater que, même si j'ai rédigé mon article avec la plus grande sincérité – c'était, comme Helen l'a souligné, une lettre d'amour –, les mots que j'ai écrits, semble-t-il, n'ont eu aucun effet sur lui. C'est la trahison qui compte. Saint est très attaché à la vérité et à la loyauté. Je n'arrive pas à croire au désastre que j'ai créé…

J'ouvre ma boîte mail et fais une recherche sur son nom. Même si c'est complètement masochiste. Même s'il est l'homme le moins accessible au monde, hors de portée, même s'il me faudrait un satellite pour me hisser assez haut pour le saisir, il est ma propre lune… Dans le cadre de Halte à la violence, je suis toujours sur le qui-vive pour voir en quoi je peux aider. Je suis pareille concernant l'état de santé de ma mère. Tout comme j'attends toujours la bonne histoire. Mais j'en ai assez, je ne veux plus attendre. Attendre que ce soit le bon moment, que ma muse me rende visite, qu'il ait de nouveau envie de moi, que le temps joue en ma faveur et m'aide à régler les choses entre nous.

Les nerfs en pelote mais animée d'une détermination de fer, je sélectionne son adresse mail de M4, celle que j'utilisais quand je l'interviewais, au début. Comme j'ignore qui lit ses messages, j'opte pour un ton professionnel afin de mettre toutes les chances de mon côté.

Monsieur Saint,
Je tiens à vous assurer combien j'apprécie votre offre d'emploi. J'aimerais en discuter avec vous à M4. Pourriez-vous m'indiquer le jour et l'heure qui vous conviendront le mieux ?

Merci par avance,
Rachel Livingstone

Chapitre 4

TRAVAIL ET ÉCRITURE

Je ne dors que trois heures cette nuit-là, mais le lendemain matin je suis bien résolue à faire quelque chose de constructif de ma journée ; je souris même aux passants en descendant du taxi lorsque j'arrive devant l'immeuble de *Edge*. Une fois dans les locaux, je discute avec quelques collègues en prenant un café, j'appelle ma mère pour prendre des nouvelles et réponds à mes mails.

Mais je sens ce petit bourdonnement incessant, au fond de moi. Et une paire d'yeux verts me hante. Ainsi qu'une bouche sensuelle, qui me sourit comme il avait l'habitude de le faire.

Ma page reste désespérément blanche. Autour de moi, les gens tapent sur leur clavier, on discute par-dessus les demi-cloisons. *Edge* va un peu mieux depuis la lettre d'amour que j'ai écrite à Saint. Le magazine a mis fin aux licenciements, deux jeunes journalistes ont été embauchés, et même si nous ne sommes pas plus d'une douzaine en tout, nous sommes très bruyants. Nous avons le don pour transformer la moindre petite chose en un événement extraordinaire. Après tout, traquer les nouvelles, créer des histoires, c'est notre métier.

Écris quelque chose, Rachel. Prenant une grande inspiration, je place mes doigts sur le clavier et m'oblige à taper un mot, puis un autre. Mes doigts s'immobilisent… Je suis en panne d'inspiration, d'idées, vidée. Je lis ce que j'ai écrit. MALCOLM SAINT. C'est la première fois de ma carrière que je sèche ainsi. Moi qui adorais écrire des histoires – une passion qui s'est déclarée quand j'étais très jeune et que j'inventais des récits autour de ma mère –, je ne peux plus pondre la moindre ligne depuis qu'un de mes articles m'a retiré ce que j'avais de plus précieux. Quelque chose qui porte le nom de… MALCOLM SAINT.

Depuis, je supplie Helen de me donner un bon sujet qui me motiverait, me procurerait l'impression que, par les mots, je peux changer le monde. Mais elle ne m'écoute pas, trouvant toujours une bonne excuse, arguant que, puisque j'ai déjà des difficultés avec des petits articles, ce n'est pas le moment de me lancer dans un dossier de fond.

J'appuie sur la touche « Effacer » et regarde le nom disparaître.

MALCOLM SAIN
MALCOLM SAIN
MALCOLM SAI
MALCOLM SA
MALCOLM S
MALCOLM

Pitié ! Je ferme les yeux et efface le reste. Sur une impulsion, je prends mon sac pour vérifier que mon contrat y est toujours... Il est bien là ! Je m'en saisis et admire, au bas, à droite, sa signature :

Malcolm KPL Saint

L'homme qui a réduit mon monde à une tête d'épingle. Ce nom déclenche toutes sortes de maux en moi.

– Rachel ! appelle Sandy à l'autre bout de la pièce.

Rangeant vite le contrat, je regarde au-dessus de la demi-cloison et voit qu'elle tape contre la paroi de verre qui sépare Helen, ma rédactrice en chef, de nous tous.

– À toi ! articule-t-elle.

Je saisis mes notes, que je lui ai également envoyées par mail récemment, et je me dirige vers le bureau de Helen. Elle est au téléphone mais me fait signe d'attendre.

– Oh, absolument ! Entendu pour un dîner. Je sortirai le grand jeu, dit-elle à son interlocuteur.

Puis elle raccroche, rayonnante, et me fait signe d'entrer. Super, aujourd'hui, elle est de bonne humeur !

– Salut, Helen, dis-je. Tu as lu les propositions de sujets que je t'ai envoyées ?

– Oui, et la réponse est non.

Son sourire s'évanouit et elle pousse un soupir.

– Personne n'a envie de lire un article sur des émeutes.

Elle a prononcé ce mot avec dégoût.

– Tu as une écriture vivante, énergique, mets-la au service du bonheur, ne te focalise pas sur ce qui ne va pas dans le monde. Parle-nous au contraire de ce qui fait du bien. Comme ce que l'on doit porter quand on a rendez-vous avec un beau mec. Sers-toi de ton expérience avec ton ex hypercanon pour dire aux filles comment s'y prendre.

– JE SUIS CÉLIBATAIRE, HELEN ! Ho hé, tu captes ? Personne ne suivra les conseils d'une personne qui a gâché son unique chance de…

Je m'interromps et me frotte les tempes.

– Helen, j'ai un petit problème…

– Tu n'arrives plus à écrire, c'est ça ?

Je fais la grimace. Et c'est d'autant plus douloureux que, depuis vingt ans, je ne pense qu'à ça, écrire !

– Mets-toi au travail, déclare Helen en me désignant la porte. Écris quelque chose sur la tenue qu'il faut porter pour un premier rendez-vous.

– Helen…

Au lieu de m'en aller, je m'avance vers elle et poursuis :

– Nous en avons déjà discuté, tu te souviens ? Je veux vraiment écrire sur ce qui ne va pas dans le monde, à Chicago. Sur les défavorisés, la violence qui règne dans les rues. Tu m'as promis de grandes opportunités, mais tu ne m'as donné aucune chance. En fait, dernièrement, les rubriques les plus pointues dans *Edge* traitent du célibat et des sorties ; or, je n'ai pas de petit ami et je ne sors pas. Ça ne m'intéresse pas, surtout après ce qui s'est passé. Pourquoi ne me confies-tu pas de nouveau un article qui m'intéresse ? Je m'en sortirai, j'en suis certaine.

– On ne peut pas toujours écrire sur ce qui nous passionne, tu dois penser aux autres, à nos lecteurs, me rappelle-t-elle. Ceux qui te suivent depuis tes débuts sont intéressés par les conseils que tu peux leur donner. Tu es sortie avec un homme très beau, très célèbre. Ne renie pas cette expérience, d'autres opportunités se présenteront, Rachel. Nous n'en sommes qu'au début. Et j'ai besoin que tu sois complètement rétablie pour te confier un dossier différent.

– Mais ne sommes-nous pas censés prendre des risques afin de décoller ?

– Non ! Les propriétaires du magazine ne veulent plus prendre de risques maintenant que les comptes sont stabilisés. Peux-tu ne pas parler d'émeutes et de sécurité pendant quelques semaines ? Peux-tu faire ça pour moi ?

Dans un ultime effort, je hoche la tête et serre les dents en sortant du bureau. J'essaie de ne pas être furieuse ni frustrée, mais lorsque, tout autour de moi, je vois mes collègues écrire, certains l'air ennuyé, d'autres joyeux ou d'autres encore très concentrés, je ne peux m'empêcher de les envier : quand écrirai-je moi aussi un papier qui suscitera une émotion chez moi ?

– Hé toi, là, beauté aux cheveux d'or et au corps sublime, mais au visage lugubre ! m'interpelle Valentine de son box.

– Merci !

Il me fait signe de venir le voir et m'oblige à m'asseoir à côté de lui, devant son écran.

Où je vois Mal. Dans une vidéo qui montre la puissance en action dans le moindre de ses gestes. Je me sens fondre quand je l'entends répondre à une question dans une interview sur les prix du pétrole. Ma réaction est ridicule, proprement ridicule… Puis vient le commentaire de Valentine :

– Ton ex.

Ce n'est pas mon ex, me dis-je tristement. J'aimerais pourtant avoir le courage d'assumer ce triste titre, ne serait-ce que quelques secondes.

– Il sait comment remplir une salle. Il sera le principal intervenant au McCormick Place dans quelques jours. Je pensais demander à Helen de m'y laisser aller... sauf si tu en as envie, bien sûr !

Sur ces mots, Val me jette un coup d'œil en biais. Je secoue la tête, soupire et finalement hausse les épaules.

– J'adorerais, mais je ne peux pas.

Les yeux de Valentine se voilent, et je suis certaine qu'il se rappelle à cet instant les messages de haine qui ont envahi notre serveur après l'article de Victoria.

– Il faut que tu sortes un peu. Tu veux aller en boîte ce week-end, avec moi et ma meuf du moment ?

– Non, je vais dormir à la belle étoile, ce week-end. Mais continue à mener une vie dangereuse pour moi et si tu te retrouves en prison, je paierai ta caution.

Il se met à rire et je retourne dans mon box, bien déterminée à surmonter mon blocage. Je vais écrire un excellent article sur la meilleure façon de se préparer pour sortir le samedi soir, un papier qui pourrait très bien aider une fille comme moi à séduire un garçon.

Prenant une grande inspiration, j'ouvre mon ordinateur et recherche les forums sur ce sujet afin de comprendre ce qui préoccupe le plus les filles lorsqu'elles sortent, et malgré moi, je me retrouve à cliquer sur le lien d'une certaine conférence de presse... Je mets mes écouteurs, monte le son et regarde Saint sur la vidéo.

Il se trouve sur un podium installé à l'extérieur, devant un auditoire impressionnant, toutes les chaises sont occupées. Il s'agit essentiellement d'hommes d'affaires, mais je remarque aussi la présence de quelques groupies, dans les premiers rangs.

Le vent agite légèrement ses cheveux, et sa voix rugit dans les haut-parleurs, grave et profonde. Et même s'il n'est pas devant moi en chair et en os ni ne s'adresse directement à moi, j'en frissonne. Oui, c'est absurde, je sais.

Puis la caméra zoome sur lui. Je vois la façon dont il établit un lien avec son public et mon cœur se serre : la lueur qui brille dans son regard pendant qu'il parle à des étrangers est bien plus intime que la méfiance que j'y ai vue hier… Et pourtant je n'ai pas oublié la façon dont ses yeux s'enfiévraient quand il me déshabillait, au point que j'étais brûlante quand je m'allongeais nue sur le lit en attendant qu'il me touche… Ni la manière dont ils étincelaient quand il me demandait, plein d'espoir et sans relâche, tel un lycéen, de sortir avec lui. L'idée que je ne serai plus jamais sa « petite amie » m'est insupportable.

J'actualise ma boîte mail toute la journée… mais toujours rien. Je finis par écrire deux phrases pour mon fameux article. Le soir, Valentine et Sandy m'invitent à aller manger avec eux à l'extérieur, mais une fois dans le hall, je secoue la tête et annonce :

– En fait, je crois que je vais rentrer à la maison pour me concentrer et continuer à travailler.

– N'importe quoi ! Viens avec nous, décrète Valentine.

– Laisse-la rentrer si elle en a envie, intervient Sandy. Tu vois bien qu'elle n'est pas bien, en ce moment.

– Ne vous inquiétez pas pour moi, tout va bien, dis-je en hélant un taxi. À demain.

Chapitre 5
AMIES

Valentine n'est pas le seul à s'inquiéter pour moi, mes deux meilleures amies aussi ; dans la soirée, elles insistent pour qu'on sorte entre filles.

Wynn tient absolument à ce qu'on parle travail. Je suppose que Gina l'a informée du contrat que Malcolm m'a proposé, puisqu'elle était la seule à être au courant. Cela me déplaît d'être aussi mal devant elle qui a tant souffert d'une trahison amoureuse, donc j'essaie de faire bonne figure. Et je respecte encore certaines de nos traditions, comme prendre un verre avec elles en semaine. Nous sommes installées à une table haute près d'une baie vitrée dans un bar très cosy.

Pourtant, je ne cesse de rafraîchir ma boîte mail sur mon smartphone.

– Je ne comprends pas pourquoi tu espères qu'il te reparle déjà, cela ne fait que quatre semaines, et ce qui s'est passé… Eh bien, c'est le genre de chose qu'on ne digère pas rapidement, me dit Wynn.

Je marmonne :

– C'est bon, Wynn.

– Je suis juste honnête avec toi, Rachel.

Je finis mon cocktail et repense à nouveau à Saint, posant la main sur mon genou, sous la table… Je vois ensuite ses yeux rieurs et provocateurs, et j'ai envie de hurler… J'adore mes amies, je les connais depuis toujours, elles appellent ma mère « maman » et savent tout de moi, mais ce soir, je garde le silence, peu désireuse d'aborder leur sujet de prédilection, mon travail, et agacée que Gina ait tout raconté à Wynn. Et surtout plus triste que jamais, car j'ai l'impression qu'au fond mes amies les plus intimes ne me connaissent pas vraiment.

Elles n'imaginent pas, par exemple, qu'en ce moment, je ne suis pas avec elles, mais avec Mal. Je me rappelle lorsqu'il m'a dit de sortir de ma coquille et qu'il serait là pour me rattraper. Mais où est-il, à présent ?

– Je veux lui parler, dis-je soudain. Je veux savoir si je l'ai vraiment blessé, pour pouvoir me racheter. Il faut que je m'explique, que je lui demande pardon.

– Tu crois que tu ne l'as pas fait souffrir ? demande Wynn, abasourdie. Emmett avait de la compassion pour lui ! Et si tu veux tout savoir, il m'a dit qu'il ne sortirait pour rien au monde avec toi, même s'il était libre.

– Intéressant, commente Gina.

Puis elle me regarde et ajoute :

– Tu n'es sans doute pas la seule à être obsédée par Saint, mais toi, tu crois que tu hantes aussi ses pensées ?

– Je ne veux pas qu'on soit des étrangers l'un pour l'autre, mais que l'on revienne au temps où… où il me faisait confiance.

Wynn émet un sifflement d'admiration.

– Tu as pu mettre cet homme dans ton lit, il t'a sans doute aimée, mais je peux t'assurer que tu ne regagneras pas sa confiance, quand bien même sa vie en dépendrait.

À ces mots, je grimace. Mes amies sont géniales…

– C'est vrai que la confiance compte plus que tout pour lui, mais si je ne peux pas lui prouver que je suis digne de confiance, eh bien je resterai l'une de ces filles avec qui il ne couche pas plus de quatre fois.

– Tu crois qu'il te donnera une autre chance ? demande alors Wynn.

Je demeure silencieuse.

– Rachel ?

– Non, Wynn, je ne pense pas. Mais j'ai besoin de lui présenter mes excuses. Je veux juste…

Je secoue la tête et poursuis :

– En fait, je ne sais pas quoi faire.

Et puis soudain, alors que l'on m'apporte un deuxième cocktail, je repense à ce que Wynn m'a dit :

– Donc, toi et Emmett, vous avez parlé de moi ?

– Euh, oui, avoue-t-elle, pas très à l'aise. Le sujet est sur toutes les lèvres, tu sais. C'était public.

– Et Emmett t'a donné des conseils pour moi ?

Elle hausse les épaules.

– Selon lui, un type comme Saint ne t'accordera pas une deuxième chance. Pourtant, il t'a offert un poste, par conséquent…

– Qu'est-ce que Emmett peut savoir de la psychologie d'un mec qui possède quasiment tout Chicago ? coupe Gina en roulant des yeux. En plus, c'est ton petit ami, Wynn, donc il te dit indirectement ce qui t'arrivera si tu deviens journaliste et que tu écris qu'il porte de la lingerie rose en secret.

– Gina ! se récrie Wynn.

Et Gina se met à rire avant de se tourner vers moi pour poursuivre :

– Selon Tahoe…

– TAHOE ?!

Wynn et moi avons crié en chœur, choquées.

– Tahoe ROTH ? reprend Wynn. Le magnat du pétrole et le meilleur pote de Saint ?

– Ce n'est pas le seul, il y a aussi Callan Carmichael, lui rétorque Gina.

Elle me jette un regard contrit et ajoute :

– Désolée, Rachel, je n'étais pas censée t'en parler, mais il se fait du souci et moi aussi… Bref, d'après ce que Tahoe m'a dit, Saint traverse une sale période. Il est encore plus froid que d'habitude et complètement refermé sur lui-même.

Je l'écoute, et ses paroles me glacent le sang.

– Il aime Saint autant que je t'aime, poursuit Gina.

Wynn ouvre la bouche, manifestement pour l'interroger sur cet éléphant qui vient d'entrer dans le magasin de porcelaine, à savoir Tahoe, mais Gina lève la main et l'arrête.

– Je ne suis pas intéressée par Tahoe. Il n'empêche qu'il n'a pas apprécié la rupture entre Saint et Rachel, tout comme ça ne me plaît pas de te voir te morfondre. Il m'a appelée pour savoir ce qui s'était passé, car bien sûr Saint ne lui dit rien. Il prétend ne l'avoir jamais vu dans cet état depuis la mort de sa mère.

Sachant ce que Malcolm m'a dit sur cette dernière – qu'elle était probablement la seule qui se soit occupée de lui durant son enfance, mais qu'il lui a fait faux bond dans ses ultimes instants, se trahissant donc lui-même –, les propos de Gina me dévastent.

Wynn la réprimande :

– Arrête de nous bassiner avec ton Tahoe, il se sert de cette rupture comme d'un prétexte pour obtenir ce qu'il veut : coucher avec toi.

– Tu crois que je ne le sais pas ? réplique Gina en riant.

– Et alors ? Tu vas accepter ? s'enquiert Wynn, curieuse.

– Sûrement pas ! Il est trop grossier, ce mec. Beau gosse, indéniablement, mais très mal élevé.

Je fixe mon cocktail… Suis-je déjà ivre ? Est-ce ce qui me rend si émotive ?

J'ai tant pleuré depuis notre rupture, le genre de sanglots qui surgissent sans qu'on ne s'en aperçoive, sans prévenir, sans effort. Je pleure à la pensée de ne plus jamais sortir avec lui, d'avoir fait mal à un homme beau, ambitieux, intelligent, généreux, attentif. Souvent, je pose ma paume sur la joue que je plaçais contre son cœur, après l'amour. Un cœur qui est désormais fermé à double tour derrière des murs hauts de six mètres. Par ma faute.

– Rachel, les hommes comme Saint ne s'engagent jamais sur le long terme. Cela dit… Il a fait un geste, il t'a proposé un job. Si tu réponds, peut-être que…

Gina s'interrompt et soupire.

– Putain, j'en sais rien, Rachel ! Je voudrais tant t'aider.

– Saint est très charnel, commence alors Wynn. Tu sais où ça te mènerait une relation avec lui ? À une addiction au sexe. Je suis sûre qu'il suffit d'un regard entre vous pour sentir la tension sexuelle. Emmett et moi, on n'en est pas tout à fait là, mais dès qu'il…

– Wynn ! C'est bon ! s'écrie Gina en fronçant les sourcils.

– … Qu'il me touche derrière les oreilles, je m'emballe, poursuit-elle.

Automatiquement, je me touche l'oreille, car les souvenirs reviennent…

– Oui, ça aussi, il le faisait, dis-je d'un air absent.

– Les baisers sur le nez, ça m'excite aussi complètement, renchérit Wynn.

Mon cœur se serre violemment, et je pose le doigt au coin de ma bouche.

– Saint me torturait en m'effleurant le…

– Vous arrêtez, oui ! nous ordonne Gina d'un air dégoûté. C'est dégueu, à la fin.

Wynn éclate de rire et je retombe dans le silence, happée par les regrets qui me rattrapent comme la main de la vengeance.

– À propos, as-tu eu des nouvelles de Victoria, depuis ? s'enquiert Gina. Elle a perdu son job après que Saint a jeté son article à la poubelle, et tout ce qu'elle fait maintenant, c'est envoyer des tweets et se plaindre. Elle est devenue une vraie loseuse sur Twitter, je parie même qu'elle paie pour qu'on la like, car franchement, qui aurait envie de la lire ?

Soudain, alarmée par ce qu'elle vient de dire, elle ajoute précipitamment :

– Mais ne va surtout pas faire un tour sur les réseaux sociaux. Rien de bon ne peut en sortir !

Je pince les lèvres et me garde de leur avouer que j'y ai déjà fait, en dépit de leur interdiction, un tour… et que, désormais, je ne peux plus m'arrêter.

– Je ne comprends pas pourquoi il n'a pas également censuré mon article. Pourquoi juste le sien ?

– De toute évidence, il se fiche de ce que l'on raconte sur lui, répond Gina. En revanche, l'article de Victoria parlait de toi, d'où peut-être son intervention.

Je rafraîchis encore une fois ma boîte mail, en vain.

– Rachel, tes yeux de panda tristes nous font mal au cœur, dit Wynn.

– Mais qu'est-ce que tu racontes ? Arrête ! dis-je. Je n'ai pas des yeux de panda tristes.

– Effectivement, pas quand tu penses à lui ; dans ces cas-là, ils sont exorbités, renchérit Gina.

– Ou elle se met en mode économiseur d'écran, renchérit Wynn.

Je soupire et repousse mon cocktail.

– C'est bon… Je l'aime, voilà tout. Je l'aime vraiment… Et ça me désespère de savoir que je l'ai blessé. Je me sens désemparée.

Tout le monde se tait et je me revois à M4, de nouveau piégée par ses yeux verts, aussi froids que l'hiver…

Chapitre 6

LE MESSAGE, ENFIN

Je me réveille au milieu de la nuit… C'est mon téléphone qui vibre doucement sur ma table de chevet. À tâtons, je le saisis, et mon cœur se met à battre à tout rompre quand je vois le nom qui s'affiche : Saint.

Une vraie tempête en pleine nuit.

Rachel,
Mardi à 14 h 15, ça marche pour moi, j'imagine que nous pourrons régler l'affaire avant 14 h 30.
M.

Waouh ! Il m'a répondu ! Évidemment, je me rends compte de l'heure qu'il est : 3 h 43… Rentre-t-il de soirée ? J'allume ma lampe et m'adosse à ma tête de lit pour visiter le compte Twitter de Tahoe. C'est un vrai bulletin d'informations.

Mon pote @MalcolmSaint a une nouvelle beauté qui réclame toute son attention.

Mon cœur fait un bond affreux dans ma poitrine. *Une nouvelle beauté ?* Poussant un grognement de désespoir, j'enfouis mon visage dans l'oreiller. Bon sang ! Il vient de me détruire, de détruire mon sommeil, l'expression « chasse gardée », les éléphants, les raisins, les chemises blanches et les costumes. Il a ruiné tous les autres hommes, sans parler du sexe… avec quelqu'un d'autre ou toute seule. Je ne pourrai jamais me rendormir.

Je relis le tweet, l'estomac noué, et au prix d'un suprême effort, clique sur le lien, pour voir « la minette » en question. Et c'est alors que la photo d'une superbe voiture illumine l'écran, munie d'enjoliveurs chromés qui ressemblent à des ailes. Un sourire me monte spontanément aux lèvres et je pousse un énorme soupir de soulagement.

Tahoe explique alors que cette « beauté » est une Pagani Huayra Gullwing. Les Pagani Huayra sont des coupés sport de haut de gamme, et la marque ne sort que six voitures par an dans le monde. Le nouveau joujou de Saint, d'un prix avoisinant les deux millions, est noir à l'extérieur et affiche des coutures rouges et carmin à l'intérieur. À la façon dont les portes, le toit et le coffre s'ouvrent, cette voiture semble sortir tout droit du film *Transformers*. Je ne suis pas une grande amatrice de voitures, mais même à mes yeux de néophyte, elle est sublime. Choisi par le goût tout aussi sublime d'un homme qui ne veut et n'apprécie que le meilleur.

MALCOLM +1

Je pense à Malcolm, à sa passion pour la vitesse, et je m'imagine assise à côté de lui, dans l'une de ses Bugatti. Que ne donnerais-je pas pour qu'il m'emmène faire la virée de ma vie, qu'il conduise avec l'assurance du jeune milliardaire débordant d'énergie qu'il est. Et moi, je me contenterais de mettre la main sur mon cœur pendant qu'il me le vole.

Chapitre 7
LA VÉRITÉ

J'arrive de bonne heure à *Edge*, ce mardi-là. Sous prétexte de m'attaquer sans tarder à mon article « Premier rendez-vous », j'évite le petit groupe qui papote autour de la machine à café et vais tout de suite m'installer à mon bureau, avec mon gobelet.

Je relis toutes mes notes à ce sujet, notamment les questions que toute fille se pose lors d'un premier rendez-vous. *Dois-je le laisser m'embrasser dès le premier soir si je recherche quelque chose de sérieux ? Que dois-je porter pour envoyer les bons signaux ?* Tapant rapidement un premier jet, je conseille d'opter pour une tenue qui envoie le message suivant : *Je ne suis pas une salope, mais je suis un bon coup*. Je précise ensuite qu'il faut choisir des fringues qui soulignent les formes, sans coller complètement à la peau.

Puis j'enchaîne avec le deuxième message que doivent transmettre nos vêtements : *Je suis une femme, pas une fille*. Donc, un petit décolleté s'impose et les hanches doivent être mises en valeur. Je tape : « Si le mec vous plaît, vous avez envie que ce soit réciproque. Votre tenue doit donc laisser de la place à son imagination, et sous-entendre : *Tu vois, je suis un peu plus couverte que j'en ai envie, mais tu aimerais bien voir ce que je porte en dessous, avoue ?* » Ensuite, j'argumente à partir d'études psychologiques qui démontrent que, moins on en montre, plus le type veut en savoir.

Je ponds deux pages et passe l'heure suivante à les corriger, sans même remarquer que la salle de rédaction est plus bruyante que d'ordinaire. Quand je suis prête à rentrer chez moi, vers midi, Valentine dépose sur mon bureau le *Chicago Tribune*.

– Lis-le, dit-il.

C'est l'édition du jour, mais elle est manifestement passée entre tant de mains que les feuilles sont toutes cornées.

LINTON CORPORATION INTÉRESSÉE PAR L'ACQUISITION DE *EDGE*

Les spéculations vont bon train : la toute nouvelle Linton Corporation envisagerait sérieusement d'acquérir un petit magazine local, *Edge*. Selon le directeur de Linton Corporation, Carl Braunsfeld, *Edge*, notamment connu pour ses articles sur la mode et la culture, s'est remarquablement distingué grâce au papier sur le chouchou de tout Chicago, Malcolm Saint, rédigé par sa première petite amie connue à ce jour. Le jeune directeur a déclaré : « Nous sommes dans une phase d'investissements, et toutes les possibilités seront prises en compte... »

Putain ! Je ferme les yeux : une nouvelle bonne raison de détester ce fichu article ! Je demande à Valentine :

–Y a du vrai, là-dedans ?

Il hausse les épaules.

– Helen n'en sait absolument rien. Et j'ignore si c'est une bonne chose.

Je fronce les sourcils en relisant l'article : Saint connaît-il ce Carl Braunsfeld ? Je mémorise le nom avant que Valentine ne reprenne le *Chicago Tribune* pour le donner à une autre collègue, dans le bureau à côté du mien, puis je rassemble mes affaires et rentre me changer à la maison pour mon rendez-vous.

Après avoir écrit toute la matinée sur la meilleure façon de s'habiller pour un premier rendez-vous, tout mon corps vibre d'excitation. Ce serait vraiment le rêve de repartir de zéro avec mon mec… sauf que ce qui m'attend n'est pas un premier rendez-vous ! *Fais-toi belle, Livingston !*

J'opte pour une tunique en soie fleurie avec un décolleté en V et une jupe noire crayon qui marque ma taille et la met en valeur. J'enfile des chaussures couleur caramel qui se fondent avec celle de mes jambes et les allongent, puis mets mon collier fin orné d'un R que je cale dans le creux de mon cou. J'ajoute un bracelet de cheville pour le côté sophistiqué, et je n'oublie pas, bien sûr, une touche de rouge corail sur les lèvres. Rachel la séductrice est de retour.

Cependant, comme je me rends à M4, je ne peux pas non plus trop en faire, question apparence. J'ai plein de choses à lui dire, et aujourd'hui, il doit me prendre au sérieux.

En me donnant un dernier coup de brosse, je vérifie que ma tunique ne plisse pas, qu'elle n'est pas trop transparente. Une fois que je suis satisfaite de mon apparence, je m'assure que le contrat est bien dans mon sac, et je sors enfin.

À l'arrière du taxi, l'euphorie ne retombe pas. Je suis si excitée de le revoir, mais tout autant nerveuse. Quelques mois auparavant, quand j'ai mis pour la première fois les pieds à M4, je pensais écrire l'article le plus important de ma carrière ; or, il ne s'agit plus désormais d'une histoire, mais de ma vie.

L'immeuble se dresse devant moi, aussi étincelant et imposant que jamais quand je sors du taxi ; je n'en vois même pas le sommet, d'où je me trouve, et jamais je ne me suis sentie si petite de ma vie. Je prends ma respiration et essuie mes mains moites sur ma jupe. Je vérifie l'heure sur mon téléphone : il est 14 h 08, j'ai donc officiellement sept minutes d'avance sur mon rendez-vous. Je me dirige vers l'entrée quand mon œil est tout à coup attiré par une Bugatti gris métallisé et par le conducteur qui en émerge…

Alors mon cœur tressaute et la température de mon corps monte en flèche. Fascinée, je regarde la tornade qu'est Saint jeter les clefs de sa voiture à son chauffeur qui l'attendait devant les locaux. Puis il se penche pour prendre sa veste sur le siège arrière, et quand il se redresse afin de l'enfiler, la brise soulève ses cheveux.

Retenant mon souffle, je le suis du regard tandis qu'il se dirige vers l'immeuble, et je reste immobile pendant de longues secondes, comme hypnotisée par la scène à laquelle je viens d'assister… D'instinct, je me ressaisis et lui emboîte le pas.

– Bonjour, dis-je à la réceptionniste, je suis Rachel Livingston et j'ai rendez-vous avec Malcolm Saint.

Et zut ! me dis-je en regardant vers l'ascenseur. Il est encore là. Ce n'est pas ainsi que j'avais imaginé ce rendez-vous. Une fois que la blonde derrière le bureau a vérifié mon nom dans son registre et m'a indiqué l'ascenseur, je me rends compte que je ne peux pas rester devant elle, à attendre que Saint monte. J'ai l'estomac noué…

Il se tient à quelques mètres de moi, telle une tour d'énergie, sa silhouette sombre se détachant de façon contrastée sur le marbre lumineux alentour. Deux hommes se tiennent à une distance respectueuse derrière lui, silencieux. Je m'approche, nerveuse, et reste, moi aussi, en retrait.

Quand l'ascenseur arrive et déverse un flot de personnes, de nombreux murmures le saluent au moment où il monte. Les deux hommes s'engouffrent dans son sillage et, tête baissée, je les imite et me glisse dans le premier angle, sur la droite. Saint est au milieu, prenant trois fois plus d'espace que son corps n'en nécessite.

– Monsieur Saint, commence un des deux hommes, brisant le silence, je voulais vous dire que c'est un honneur pour moi de travailler avec vous. Je suis Archie Weinstein, l'un de vos nouveaux analystes financiers, et…

– Je vous assure que c'est un plaisir partagé, l'interrompt Saint.

Et je suis quasi sûre qu'il lui serre la main… tout comme je sais que, maintenant, il m'a repérée. Oui, je le jurerais. Je sens ses yeux sur ma nuque, je l'entends dans sa voix quand il répond à son interlocuteur. Ses deux employés descendent au dix-neuvième étage. Encore trente-neuf !

Et merde ! Je ne m'étais pas préparée à l'idée de prendre l'ascenseur avec lui ! Encore moins seuls ! À l'instant où les portes se referment, j'ai l'impression qu'il y a de l'électricité dans l'air.

– Et j'espère que toi aussi tu vas rejoindre M4 !

Je ferme les paupières. Je n'arrive pas à croire que sa présence me trouble encore à ce point. Comment est-il possible que je sente son regard sur moi alors que je ne fais que l'imaginer, que sa voix me procure encore des frissons si intenses ? Je me retourne à moitié et me retrouve face à ses yeux verts. Il me regarde comme s'il pouvait lire la réponse sur mon visage. Je rougis. Comme d'habitude.

– Je…

Je m'éclaircis la gorge.

– C'est une proposition très généreuse, mais…

Ding ! Nous sommes arrivés. Il me fait signe de sortir, et je me force à mettre un pied devant l'autre pour avancer, trébuchant presque pour caler mon pas sur ses longues enjambées. À son arrivée, ses assistantes s'agitent d'un coup et Catherine, l'assistante en chef, l'assomme d'une série de messages et de Post-it.

– Monsieur Saint, l'Inde et le Royaume-Uni ont appelé, dit-elle à voix basse en s'approchant de lui.

Puis elle mentionne une longue liste d'autres appels, de réunions déplacées et de demandes d'entrevues.

– Du nouveau concernant la réunion du conseil d'administration pour Interface ? demande-t-il en parcourant les documents qu'elle lui tend.

– Le rapport est sur votre bureau.

– Très bien.

Il continue de lire les notes, et soudain, je croise le regard d'une de ses assistantes qui me dévisage ouvertement… Quoi, je n'ai pas choisi la bonne tenue ? Je commence à paniquer et j'ai brusquement envie de faire demi-tour et de rentrer chez moi pour me changer. Mais bien sûr, je ne bouge pas d'un pouce et reste stoïque sous le regard inquisiteur de la deuxième assistante. Mon corps n'est qu'une boule de nerfs quand il donne un dernier ordre à Catherine et ouvre la porte qui mène à son spacieux bureau. Un muscle de sa mâchoire tressaute avant qu'il ne s'adresse à moi :

– Entre, Rachel.

Et moi qui croyais pouvoir garder tout mon sang-froid en le voyant aujourd'hui… Grave erreur ! J'ai l'impression que je vais m'évanouir au moment où je pénètre dans son bureau. Ses yeux sont braqués sur moi.

– Euh, merci.

Je veille à ne pas le frôler en passant devant lui. Il nous enferme dans sa tanière et nous nous dirigeons vers sa table de travail. Il m'indique deux sièges.

– Prends celui que tu préfères.

J'hésite, comme s'il s'agissait d'un choix crucial, et je me décide pour celui qui se trouve à droite, le plus proche de son fauteuil. Il retire sa veste, l'y accroche, et ma respiration s'accélère à la vue de son torse serré dans sa chemise d'un blanc immaculé – un torse puissant que je connais bien.

Il s'assied à son tour et s'adosse à son siège ; nous sommes entourés par des écrans où défilent les cotes de la Bourse, ainsi que par Chicago, derrière les baies.

Certes, le bureau de Saint est immense, mais son centre, c'est l'endroit où lui se trouve. Je me dis que l'homme que je connais et aime est encore là, sous le businessman intimidant au regard froid. Mais il faut vraiment faire preuve d'une grande imagination, et j'avoue que le courage me manque.

– Vous souhaitez boire quelque chose ? demande Catherine, qui a entrebâillé la porte pour poser sa question. Monsieur Saint ? Mademoiselle Livingston ?

Il attend que je réponde, et comme je secoue la tête, il renchérit :

– Ça ira, Catherine, merci.

Elle referme la porte, mais l'air reste électrique entre nous. Je ne sais même plus si je dois m'excuser.

– Comment vas-tu ? demande-t-il.

Je sursaute. Allons, ce sont juste trois mots et une question vraiment banale ! Mais savoir qu'il s'intéresse à mon bien-être me fait plus de mal que de bien.

– Ça va… J'essaie d'oublier en me plongeant dans mon travail et ma vie sociale.

– Oublier quoi ?

Je hausse les épaules.

– Tu sais bien de quoi je parle.

Silence… Je reprends :

– Et toi, comment vas-tu ?

– Bien. Je reste occupé aussi.

– Occupé à décrocher la lune ?

Mes lèvres tremblent un peu, dans un sourire hésitant. Les siennes aussi.

– Toujours, dit-il.

Mon sourire disparaît tout de suite car je n'aime pas qu'il soit assis de l'autre côté de son bureau, qu'il me regarde comme si c'était la première fois alors qu'il m'a vue si souvent ; d'ailleurs, il est le seul qui ait vu clair en moi.

– Tu campes toujours dans le parc, de temps en temps ? demande-t-il en se calant dans son fauteuil.

– Bien sûr ! J'emporte tout le matériel, sauf la tente.

Il émet un petit rire.

– Tu as beau mépriser la tente, elle t'a protégée des éléments.

Je m'en souviens. Il ne pleuvait ni ne ventait, il y avait juste lui, et à cette pensée, une douleur désormais familière se diffuse dans tout mon corps, en partant de mon cœur.

– Tu dois me haïr, dis-je. Pourquoi veux-tu que je travaille pour toi ?

– Ton talent n'est-il pas une raison suffisante ?

Je rougis.

– Je ne suis pas si douée que ça, dis-je en replaçant une mèche derrière mon oreille. Saint…

Je le regarde plus attentivement.

– Pourquoi est-ce que tu me protèges toujours de… des éléments ?

Ou de tes ennemis ? Il se penche en avant, l'air confus.

– Parce que j'en ai besoin souffle-t-il. Vraiment. Et toi aussi, Rachel.

Je parviens à articuler :

– Non, je ne peux pas.

– Si, tu peux !

Je voudrais ajouter que je pourrais lui dire oui à tout, sauf à ça. Je croise les jambes, respire lentement et m'efforce de rester calme et naturelle quand je reprends la parole :

– Je ne peux pas accepter ce poste. C'est un job de rêve, un salaire de rêve, sauf que… je ne veux pas travailler pour toi.

– Et moi, je veux que tu travailles pour moi. J'en ai vraiment très envie, répond-il d'un ton tranquille.

Putain, ce mec, c'est mon Triangle des Bermudes : je vais me perdre en entrant dans sa zone de turbulence et personne ne me retrouvera jamais. Pourquoi m'inflige-t-il cela ?

Je répète :

– Je ne veux pas de cet emploi.

Et je ris doucement face à son entêtement. Puis j'ajoute dans un murmure :

– C'est toi que je veux, Malcolm. Juste toi. Comme avant.

D'un coup, le calme dans ses yeux disparaît, remplacé par la méfiance et la colère.

– La dernière fois que nous avons discuté au téléphone et que je t'ai dit ce que je ressentais pour toi…

Je m'interromps, me faisant violence pour plonger mes yeux dans les siens… qui me regardent avec fureur à présent.

– Je voulais tout te raconter avant ton retour, et que l'affaire n'éclate. Il se trouve que moi aussi, j'ai des ambitions. Je voulais… enfin, je veux apporter un confort financier à ma mère afin qu'elle puisse se consacrer à la peinture et ne plus exercer un métier qu'elle n'aime pas. Sa santé est fragile et son assurance la rembourse mal. Donc, en fait… Bref, je voulais être en mesure de l'aider, et sauver le magazine, par conséquent, il me fallait un bon sujet, mais une fois lancée, je n'ai plus eu qu'une seule motivation : passer du temps avec toi.

Mon cœur bat si fort qu'il résonne dans mes oreilles et que j'entends à peine ce que je dis.

– Lorsque j'ai accepté cette mission, je n'ai pas imaginé une seconde que tu serais l'homme que j'ai découvert, Malcolm.

Je secoue la tête, honteuse.

– J'étais censée découvrir pourquoi tu avais une prédilection pour le chiffre 4. Ce devait être un article révélant quatre choses sur toi…

Mes yeux sont emplis de larmes, maintenant.

– Mais comment s'en tenir à ça ? Quatre choses ? Je ne m'attendais pas… Non, je ne pensais pas rencontrer un homme comme toi en acceptant cet article…

J'ai le visage en feu et il m'est difficile de soutenir son regard. J'ai tellement peur de pas arriver à comprendre ce qu'il pense que je préfère porter mon attention sur son cou, sa cravate…

– Je n'avais pas l'intention d'écrire cet article, après ce qui s'était passé entre nous. J'avais d'ailleurs prévenu ma chef, sauf que Victoria… Je t'avais parlé d'elle, tu t'en souviens ? C'est… C'est la fille qui faisait toujours tout mieux que moi. J'aurais vraiment dû me méfier d'elle, car elle m'a devancé, a écrit cet article, et alors j'ai dû faire un papier moi aussi pour que tu entendes ma version.

Je respire, toute tremblotante, mes yeux brûlent à force de retenir les larmes.

– Ce que tu penses de moi m'est insupportable, mais s'il te plaît, crois-moi quand je te dis qu'à un aucun moment je ne t'ai menti, lorsque nous étions ensemble.

Avec une lenteur délibérée, il se lève pour aller se planter devant la baie vitrée, en me tournant le dos. Il doit me haïr. Être persuadé que je l'ai utilisé, que je lui ai menti. À mon tour, je me mets debout, fais quelques pas vers lui et m'immobilise quand je l'entends prendre quatre fois de suite sa respiration ; et soudain, je craque… Une première larme roule sur ma joue.

– Malcolm, je suis vraiment désolée, lui dis-je.

Et j'essuie vivement ma joue car je ne veux pas qu'il me voie pleurer. Il est toujours face à la fenêtre, je l'entends marmonner un vague « Fais chier », puis il enfonce ses mains dans les poches de son pantalon ; sa colère a complètement modifié l'atmosphère dans la pièce. De toute évidence, il mobilise toute son énergie pour la maîtriser, je ne l'ai jamais vu dans un tel état. Jamais. Il n'a pas perdu son sang-froid mais à l'intérieur de lui une tempête fait rage, je le sens.

Finalement, il prend la parole, et sa voix est si basse et contrôlée que la colère qui se cache derrière m'effraie.

– Tu aurais pu m'en parler à maintes reprises. Quand tu m'as embrassé, ou quand tu m'as parlé de Victoria, justement. Quand tu as eu besoin de réconfort, le jour où ta voisine est décédée, tu te souviens, Rachel ? Et la fois où tu ne pouvais plus regarder ta famille ni tes amies dans les yeux, c'est chez moi que tu as trouvé refuge. Tu es aussi venue quand j'ai eu besoin de toi… Tu aurais pu me parler, putain ! Me faire confiance, nom de Dieu !

Sur ces mots, il se retourne et son regard furieux me coupe le souffle.

– J'aurais pu nous délivrer de tout cela très rapidement.

Il claque des doigts.

– Comme ça. Il aurait suffi d'un coup de fil.

– J'avais peur de te perdre si tu l'apprenais.

Son expression reflète immédiatement la plus grande déception, et une telle colère brille dans ses yeux qu'ils pourraient faire fondre de l'acier.

– Donc tu as préféré me mentir.

Je fais la grimace et me concentre sur sa pomme d'Adam. Un ange passe…

– Je ne peux plus rien te donner, Rachel, à part un job. Prends-le.

Sur ces mots, il revient vers son bureau et se laisse tomber dans son fauteuil. J'ai du mal à parler.

– Malcolm, ne me repousse pas parce que j'ai commis une erreur.

Moi aussi je reviens vers mon siège, et c'est la première fois depuis le début qu'il promène ses yeux sur moi ; il semble remarquer ce que je porte. Et dire que j'étais censée me sentir à la fois puissante et à l'aise dans cette tenue ! J'ai au contraire l'impression d'être vulnérable et fausse, si fausse… Comment ces habits, si superficiels, pourraient-ils masquer ce que je suis vraiment, mon moi imparfait ?

Je rougis en me rasseyant. Saint ne dit rien du tout, il passe doucement le pouce sur sa lèvre, et c'est la seule partie de son corps qui bouge.

– Réfléchis à mon offre, dit-il.

Je secoue la tête.

– C'est toujours non, je ne veux pas que tu sois mon chef.

– Je ne suis pas un chef tyrannique, Rachel.

– Peut-être, mais je ne veux pas que tu sois mon chef, point à la ligne.

J'attends quelques instants et le vois trembler de frustration.

– Je ne comprends pas pourquoi tu me proposes ce job ! je m'écrie tout à coup. Je ne suis pas une bonne journaliste, Malcolm, et si tu veux savoir la vérité, j'ai même perdu toute motivation. Je serais inutile, juste une personne de plus en qui tu n'auras plus jamais confiance.

Il hausse un sourcil, comme si ce que je venais de dire l'avait interpellé.

– Je te laisse une semaine pour réfléchir à ma proposition. Non, en fait, deux.

Puis il me fixe tandis que je cherche mes mots.

– Je ne veux pas te retarder, je…

– Tu ne me retardes pas.

Et sous son regard perçant, j'ai la sensation que tout mon corps picote, car je sais parfaitement ce qu'il est en train de faire : il essaie de lire en moi. Les battements de mon cœur s'accélèrent…

– Pourquoi donc ne veux-tu pas travailler pour Interface ? demande-t-il, intrigué.

Je secoue la tête et ris. Par où commencer ? Je pense à ses assistantes, à moitié amoureuses de lui, ou pire… Je refuse de devenir comme elles. Non, je ne veux pas atteindre la quarantaine et être éprise d'un homme que je ne pourrai jamais avoir. J'ai toujours pensé que j'atteindrais mes ambitions professionnelles. Mais lui ? Il est aussi inaccessible pour moi que les soixante-sept lunes de Jupiter.

– Même si j'osais quitter *Edge*, ce que je ne ferai pas, je n'accepterais jamais un poste pour lequel je ne me sens pas à la hauteur.

– Tu es tout à fait capable d'assumer les fonctions que je te propose, affirme-t-il d'un ton déterminé.

– Et moi, je te dis que non !

Je ris nerveusement et baisse les paupières. Alors il reprend d'une voix basse :

– Je cesserai de te demander de travailler pour moi quand tu m'auras prouvé que tu ne sais pas écrire.

Je fronce les sourcils, confuse.

– Et comment suis-je censée m'y prendre ? Rédiger un mauvais article ?

Il paraît réfléchir à la question, puis décrète :

– Écris un de mes discours. Tiens, celui que je dois tenir demain ! Tu connais bien Interface, son modèle économique, ses objectifs, sa portée culturelle.

Je plisse les yeux et, avec l'indulgence que seuls détiennent ceux qui ont toutes les cartes en main, il ajoute :

– Si le résultat est aussi mauvais que tu le prétends, je jette l'éponge.

À cet instant, je vois une lueur familière passer dans ses yeux ; bien installé dans son fauteuil en cuir, tout bronzé, avec ses cheveux noirs, ses yeux verts implacables, bref, ce charme des plus virils, il me défie de ne pas mordre à l'hameçon…

– Je peux m'arranger pour que ce discours te fasse changer d'avis.

– Mais tu ne le feras pas.

Ses yeux scintillent littéralement et un sourire naît sur ses lèvres. Mon estomac n'est plus qu'un sac de nœuds.

– Je sais que bien que non, je te connais, insiste-t-il.

Assise sur mon siège, je lui fais front. Ce papier me fournirait une excuse pour passer du temps avec lui, non ?

– OK, mais à condition que tu ne me rémunères pas pour ce discours. C'est juste pour que tu comprennes qu'écrire est… difficile pour moi en ce moment. Je ne suis pas celle dont tu as besoin à M4, Malcolm.

Son sourire envoie de petites décharges électriques dans mon corps.

– Il m'appartiendra d'en juger.

– Tu en as besoin pour quand ?

– Demain matin.

– Et tu le prononces à midi ?

Il hoche lentement la tête, le regard brillant, de toute évidence ravi du défi.

– Envoie-le-moi à dix heures.

– Monsieur Saint, votre rendez-vous de quatorze heures trente est arrivé, annonce une voix féminine depuis le seuil de la porte.

Je me lève d'un bond tandis que Malcolm déploie sa grande silhouette et enfile sa veste.

– Demande à Catherine le fichier de directives qu'utilisent mes rédacteurs, me dit-il.

Il boutonne sa veste et ajoute :

– J'attends ton mail.

– Malcolm…

Je m'interromps, puis murmure, moi-même surprise :

– Entendu.

Ensuite, je le regarde se diriger vers la porte, cependant que l'adrénaline se répand à toute vitesse dans mes veines, laissant juste une part de moi-même intacte : ma détermination.

Quand je reviens à *Edge*, je me précipite à mon bureau, en évitant tout le monde; j'imprime quelques feuilles pour le discours et rentre chez moi. Je n'ai pas prévenu Gina que j'avais rendez-vous avec lui, ni ma mère, ni Wynn, et encore moins Helen. C'est mon secret. D'une certaine façon, il m'est trop précieux pour que je le partage, et mon espoir trop vacillant pour survivre aux questions d'un proche.

Je ne veux pas qu'on me dise que ce que je fais est dangereux, que j'ai tort d'agir ainsi. J'écris ce discours parce que je ne peux pas faire autrement, car il me l'a demandé, et que c'est le seul moyen de garder le contact avec lui pour l'instant. Bien sûr, si j'acceptais sa proposition de travail, je serais plus proche de lui, et ce pour longtemps, très longtemps même, mais le problème, c'est que je refuse d'être son employée. Je veux une place plus importante dans sa vie.

Une fois à la maison, je regarde mon ordinateur, et au bout de quelques minutes, je me décide à l'allumer; c'est la peur au ventre que je m'assois pour rédiger le fameux discours. Je repense à Interface, à Malcolm… Il est impitoyable, novateur, et j'adore ça !

Mon orgueil me gardera d'écrire un discours qui ne me plairait pas, en réalité, je n'ai qu'un désir: forcer son admiration et son respect par mes mots, l'atteindre à travers ce discours. Je ne peux pas échouer.

Avant de commencer, j'appelle ma mère pour prendre de ses nouvelles. Puis j'annonce à Gina que je vais écrire, afin qu'elle n'entre pas dans ma chambre. Après quoi, j'éteins mon smartphone, ferme mon navigateur et fixe mon fichier Word en tapant le premier mot: Interface…

Chapitre 8
LE DISCOURS

Après une soirée consacrée à l'écriture du discours – j'ai rédigé plusieurs brouillons –, je me retrouve de bon matin devant mon écran à *Edge* et sirote un jus d'orange tout en le relisant une dernière fois. M'appuyant sur les consignes données par Catherine, j'ai fait appel à ce que je savais d'Interface, vérifié mes informations et en ai également surligné certaines afin qu'il y prête une attention particulière. Quand tout le monde arrive, vers neuf heures, je suis dans un état de nervosité extrême et j'envoie enfin le discours à Malcolm, comme on saute dans le vide.

À : Malcolm Saint
De : Rachel Livingston
Objet : Ton discours

Et voilà ! Je t'ai promis qu'il serait mauvais, mais sache que j'ai tout fait pour qu'il soit bon, car le contraire m'était insupportable. Donc, j'espère qu'il l'est !

Bonne chance.
J'aurais aimé y assister.
Rachel

Je n'attendais pas de réponse, et pourtant, j'en reçois une.

À : Rachel Livingston
De : Malcolm Saint
Objet : Re : Ton discours

C'est toi la plume, tu es la bienvenue.

Je sens les papillons dans mon ventre… Il vient de m'inviter à assister à son discours !

Je soupire lentement en m'efforçant de garder mon calme, même si c'est fichtrement dur ! Je me replonge dans mon article pour *Edge* mais, grisée par l'écriture du discours, j'efface ce que j'ai écrit la veille et, en repensant à toutes les différentes façons qu'il avait de me regarder, je tape des réflexions que je nourris en secret, depuis que je le connais. Que les hommes préfèrent les femmes féminines et que, par conséquent, porter une couleur pastel, une étoffe douce ou une coupe de cheveux ondulés forme un formidable contraste avec la dureté masculine. Qu'un rouge à lèvres clair attire davantage le regard si on veut quelque chose de sérieux qu'une couleur plus flashy, qu'on associe tout de suite au sexe.

Une fois mon article fini, je l'imprime et me dirige vers le bureau de Helen, mais Valentine me coupe la route.

– Salut, Capitaine ! lance-t-il.

Heureusement que ses vêtements, veste jaune et chemise violette, ne traduisent pas ses manières.

– Helen s'amuse comme une folle grâce à toi ! Elle est en train de vendre aux jeunes filles tes conseils pour pécho le célibataire le plus hot de la ville.

Je fronce les sourcils, parce que c'est effectivement ce qu'elle est en train de faire, mais elle est complètement hors sujet ; ses calculs sont absurdes.

– C'est sans doute pour ça qu'elle me regarde comme si j'étais sa poule aux œufs d'or, dis-je pour détendre l'atmosphère.

Et c'est probablement aussi pour cette raison qu'elle est si arrangeante avec moi, en ce moment. Val sourit malicieusement.

– Je dirais que tu es la poule aux œufs d'or que Saint a fécondée.

Je suis trop excitée par le message de Mal et par mon discours pour que la raillerie de Valentine m'atteigne. Je me contente de rouler des yeux et demande :

– Tu vas chez McCormick ?

– Non, elle veut que je révise toute cette merde.

Et il me désigne des fichiers sur son écran, avant d'ajouter :

– En fait, elle a besoin de me harceler pour se sentir vivante.

– Je suis ravie de constater que toi aussi tu sembles y prendre du plaisir, renchéris-je.

Puis je me dirige vers le bureau de Helen avec mon impression papier, même si je lui ai déjà envoyé le fichier par mail. Je la pose sur son bureau et, quand elle daigne lever la tête vers moi, je dis tout simplement :

– Saint va tenir un discours sur Interface à McCormick Place, il m'a réservé une place dans le parterre des journalistes. Cela t'ennuie si j'y assiste, même si ce n'est qu'au titre d'observatrice ?

Helen m'adresse un regard pondéré.

– Je m'attendais à ce que tu m'en parles, puisque Veste Jaune m'a demandé d'y assister. C'est d'accord, dit-elle, mais tu n'y vas pas en tant que loir, pose au moins une question. Il faut que les gens sachent que nous couvrons l'événement.

Devant mon hésitation, elle ajoute vite :

– T'y rendre et te comporter naturellement est ton unique chance pour que les choses reviennent à la normale.

Elle marque une pause et fronce les sourcils.

– Quoi ? Tu n'es plus sûre de vouloir y aller, maintenant ?

Non… D'ailleurs, je ne suis plus certaine de rien, ces derniers temps. *C'est toi la plume, tu es la bienvenue.*

– Allez, dépêche-toi ! Va sauver notre réputation, pour que les gens oublient les vêtements de Val.

Me préparant au pire mais espérant le meilleur, je hoche la tête. Helen a raison, je dois continuer comme si de rien n'était. En fait, Saint compte bien plus pour moi que toutes les critiques du monde ; je ne manquerais pas une occasion de le voir.

Cinq minutes avant le début de la conférence, je paie ma course et descends du taxi, avant de m'engouffrer dans l'un des quatre immeubles de McCormick Place. Le vent souffle fort sur Chicago en cette fin de matinée, et je dois tenir mes cheveux.

C'est le plus grand palais des congrès du pays, de sorte qu'il me faut plusieurs minutes pour me rendre jusqu'à l'auditorium où Saint doit prendre la parole. La presse est déjà sur le qui-vive – visiblement, c'est un discours important –, prête à prendre des notes, filmer, enregistrer.

Alors que j'attends à la réception et remets discrètement un peu d'ordre dans mes cheveux, un petit groupe arrive, me mate discrètement, puis commence à échanger des commentaires à voix basse... Et merde ! Toute rouge, je m'efforce de rester indifférente jusqu'à ce que mon tour arrive.

– Bonjour ! Rachel Livingston de *Edge*, dis-je. Je suis là pour Malcolm Saint.

– Comme tout le monde, ma grande, marmonne-t-elle sans me regarder.

Elle repère alors mon nom sur sa liste, et je remercie en silence l'organisateur – ou Saint lui-même – pour la faveur qu'il m'a faite. L'hôtesse me remet mon badge à contrecœur, et je m'en empare d'un geste assuré, même si je suis tout sauf confiante.

Il y a déjà une petite foule qui applaudit dans la salle quand un présentateur en costume gris monte sur le podium.

– Bienvenue, dit-il dans le micro.

Je cherche un siège, en m'efforçant de ne pas croiser les regards, même si j'ai la sensation qu'ils sont tous braqués sur moi. Soudain, mon estomac se contracte : et si Victoria se trouvait dans la salle ? Elle doit vouloir ma peau après que Malcolm a supprimé son article... Mais non, je ne la vois pas ; en revanche, je suis visiblement la grande attraction de l'événement, les gens ne sont pas très discrets ! Pas grave ! Je tremble d'excitation à l'idée de voir Malcolm s'exprimer en public aujourd'hui et de l'entendre prononcer les mots que j'ai mis dans sa bouche.

Ayant enfin trouvé une place, mes yeux sont attirés par des mouvements vers un angle de la salle : Saint vient de faire son entrée et le voir provoque en moi un petit plaisir purement féminin. D'un pas décidé, comme s'il s'apprêtait à dévorer le monde, il se dirige vers l'estrade, suivi par une armée d'hommes d'affaires qui font bien pâle figure à côté de lui. Je n'ai jamais rencontré un mec aussi charismatique que lui, il semble posséder chaque centimètre du sol qu'il foule, chaque espace dans lequel il pénètre. Dès qu'il apparaît quelque part, l'atmosphère se charge d'énergie.

Le présentateur l'annonce et quelques instants après, Malcolm Saint, la perfection incarnée, se tient sur le devant du podium.

– Comme beaucoup d'entre vous le savent, M4, dès ses débuts, a battu des records de croissance dans le monde des plateformes… Toutefois, un domaine a retenu plus attentivement mon attention et cela fait un an que, soutenu par une équipe de quatre mille experts, je travaille à l'élaboration d'Interface qui, depuis sa mise en ligne, a concurrencé tous les autres réseaux sociaux en matière d'abonnés et d'engagements.

Après cette première tirade, il marque une pause, et scrute l'auditoire.

Il est plus grand que nature, et je regarde autour de moi, mesurant l'influence de sa personne sur son public. On dirait que tout le monde ici lui appartient, moi y compris. Surtout moi. Et pourtant…

Ce n'est pas mon discours, qu'il prononce. Je suis d'abord un peu confuse et puis la réalité me rattrape : je n'ai pas réussi le test, j'ai perdu… Il pensait que je savais écrire, il était prêt à m'engager, à me donner une chance, mais il s'est rendu compte que je n'étais pas à la hauteur. Il ne veut pas de moi, même pour un job. Le stress et la déception que je ressens m'empêchent d'entendre la fin du discours, d'autant que les applaudissements éclatent dans la salle…

Je déglutis avec difficulté. Le regarde. C'est alors qu'il me sourit en attendant les questions des journalistes… Heureusement que je suis assise !

À en juger par les regards ravis de ceux qui m'entourent, je prévois déjà comment on va décrire cette prestation : fascinante, concise et brillante. Le discours de Gettysburg que prononça Abraham Lincoln ne contenait que deux cent soixante-dix mots ; à son instar, Saint semble privilégier la brièveté et l'efficacité. Quand on commence à lui poser des questions, je remarque que tout le monde s'est levé, ce qui est rare lors d'une conférence.

Et je me prends alors à rêver… Et si j'acceptais ce contrat sans hésiter ? J'aurais l'occasion de le voir tous les jours poursuivre et atteindre ses ambitions, conquérir le monde… Allons, c'est impossible, je ne peux pas travailler pour un homme qui m'a vue nue ! C'est une règle d'or à laquelle je dois me tenir. Mais ne jamais le revoir serait une vraie torture.

Un journaliste de *Buzz* lui pose une question comportant plusieurs problématiques et il y répond rigoureusement, puis quand l'homme semble vouloir poursuivre, il demande d'une voix basse et profonde :

–Y a-t-il donc un aspect de votre question auquel je n'ai pas répondu ?

L'auditoire retient son souffle, visiblement sensible à sa voix.

– Saint ! Saint ! s'écrie quelqu'un. On dit que vous avez créé Interface car votre compte Facebook explosait et que vous ne pouviez plus répondre à tous vos abonnés.

– Si j'avais créé cette plateforme pour mes propres besoins, je l'aurais baptisée MyFace.

Sa remarque provoque des rires dans l'assemblée. Il désigne ensuite un autre journaliste.

– Puisqu'on parle de vous, Saint, est-il vrai que vous avez autant d'abonnés hommes que femmes ?

–Je l'ignore, je n'ai pas étudié les statistiques.

Il sourit.

– Mais il est vrai que le monde est constitué des deux.

Ce sourire a un effet apaisant sur mon estomac noué.

–Votre groupe M4 est l'un des plus puissants du pays. Est-il vrai que nombre de vos employés n'ont pas de diplômes universitaires ?

Il plante son regard dans celui du journaliste aux cheveux gris qui lui a posé la question et répond :

– Nous embauchons des gens qui veulent faire les choses différemment, nous encourageons la formation et finançons des partenariats soutenant les éducateurs dans tous les pays, nous récompensons les libres penseurs et les gens capables de mener des projets à bien.

Il scrute l'auditoire, et soudain, c'est sur moi que se pose sa paire d'yeux aussi brillants que verts. J'avais oublié que j'avais levé la main…

– Rachel Livingston, de *Edge*, dis-je rapidement pour me présenter, comme c'est la coutume.

Tout à coup, j'entends des murmures dans la salle, et… et merde, j'en oublie ce que je voulais dire ! Après un moment de panique, je formule la deuxième question qui me passe par la tête, faisant l'impasse sur celle qui me taraude vraiment : *Pourquoi n'as-tu pas lu mon discours ?*

– Interface, en un mot, est constituée de deux composantes distinctes échangeant des informations par ordinateur. En choisissant ce nom, vouliez-vous vous moquer des relations sans avenir qui peuvent se créer en ligne, de la dimension virtuelle ?

Un murmure parcourt l'auditoire. Et la salle disparaît autour de moi pendant qu'il me fixe. Oui, tout devient flou à part le visage parfait de Saint et l'éclat surpris dans ses yeux.

– Non, cela n'était pas du tout mon intention, au contraire, j'admire les relations qui peuvent durer.

Et cette fois, c'est le défi qui brille dans son regard. Quand les gens se mettent à rire, je sens une onde de chaleur se répandre jusqu'à mon intimité… *Chasse gardée*. À l'époque, l'expression m'avait agacée et choquée. Maintenant, je donnerais tout l'or du monde pour qu'il parle à nouveau de moi comme ça.

Après cet échange, il tourne son attention vers un autre journaliste et je me retrouve toute tremblante, comme lors de ma première conférence de presse. Les questions et les réponses se poursuivent jusqu'à ce que Saint remercie l'auditoire, qui l'applaudit à tout rompre quand il descend du podium ; le vide semble énorme après sa présence si imposante. Les journalistes se précipitent hors de la salle, pressés de travailler sur leur article ou leur vidéo.

Je m'attarde un peu dans la salle, jusqu'à ce que Catherine s'approche de moi, de son air toujours aussi professionnel.

– Il veut vous voir, me dit-elle. Suivez-moi.

Je lui emboîte le pas en silence, puis attends qu'elle m'annonce.

Après quoi, elle me fait signe d'entrer dans un salon magnifique, avec tapis persans et enceintes ultramodernes. Sur un guéridon sont disposés une corbeille de fruits et du vin chambré, comme si cet homme ne méritait que le meilleur, même pour une visite de quelques minutes.

Mes yeux tombent sur Saint : ce salon est un écrin dont il absorbe tout l'espace, tel un magnifique et énergique trou noir. Et moi aussi il me happe, si bien qu'en une seconde je ne vois plus que lui. Il me rend mon regard.

– Je vois que tu as pu venir.

– Oui…

Je souris.

– Beau discours… Tu veux qu'on parle ?

– Non, j'ai une réunion dans…

Il regarde sa montre.

– … dans cinq minutes.

À cet instant, son assistante lui apporte quelques fiches, il les parcourt rapidement, puis elle se retire, en me lançant un coup d'œil interrogateur. Je profite du moment où il consulte ses documents pour reprendre contenance.

Et dire que je suis gênée de me retrouver en tête-à-tête avec lui. Surprenant, tout de même…

Alors que nous avons passé tant de moments intimes ensemble, partagé tant de choses, il arrive encore à faire vibrer la jeune fille qui sommeille en moi. Il est si viril. Je me sens d'autant plus intimidée qu'il déborde de confiance, mais aussi parce qu'il me plaît et que son opinion m'importe énormément.

Voilà pourquoi je finis par dire :

– Tu n'as pas prononcé mon discours…

– Non, je n'ai pas prononcé ton discours, répète-t-il.

N'ayant pas trop le choix, je me mets à rire sans joie.

– Remarque, cela ne me surprend pas… Tu peux me dire ce qui n'allait pas ? Le ton était trop impersonnel, trop orienté sur les faits ?

Il repose ses fiches, fronce les sourcils, et dirige sur moi des yeux amusés.

– Rien de tout cela, m'assure-t-il. Simplement, il portait trop ta signature.

Et sur ces mots, son regard devient si sensuel et intense que j'en ai presque du mal à respirer.

– Tu ne peux pas écrire pour quelqu'un d'autre, car tu as un point de vue trop unique pour adopter celui d'un autre. Tu es trop passionnée. Tu dois écrire sur des sujets qui t'intéressent, voilà pourquoi je te propose ce poste à M4.

Je suis surprise par ce compliment inattendu, et manifestement sincère. Je ne détecte aucune flagornerie dans sa voix, ni dans son expression, juste la vérité dans ses yeux qui en ont sans doute vu plus qu'on ne devrait à son âge, et qui, en ce moment, tentent de lire en moi.

– C'est le premier texte que j'ai réussi à rédiger depuis des semaines, lui dis-je.

À part à Helen, je n'ai avoué mon blocage à personne.

– Il était très bon.

Ces mots me vont droit au cœur, qui se gonfle d'orgueil. Et j'éprouve presque un petit vertige quand Saint s'avance vers moi... Va-t-il me toucher? J'en meurs d'envie et tout mon corps se raidit. Mais il s'immobilise soudain, comme s'il venait de se raviser, et reprend d'un ton à la fois réservé et intense:

– Tu sais écrire, Rachel, et ça, tu ne le perdras jamais.

Si, j'ai perdu ce talent quand je t'ai perdu, toi.

Je soutiens son regard quelques instants puis baisse la tête, et je vois son poing serré. Son parfum me fait tourner la tête et je n'ai plus envie de respirer, désireuse de garder en moi son odeur si particulière. Je vois bien que ses mains sont des deux côtés de son corps, et pourtant, j'ai l'impression de les sentir partout sur le mien! Mais je prends mes rêves les plus fous pour la réalité.

– Tu l'as fait exprès, n'est-ce pas? Me lancer ce petit défi pour que j'écrive. En fait, tu n'avais pas besoin de discours, tu voulais juste me démontrer que je pouvais surmonter mon blocage.

À cet instant, son sourire atteint ses yeux, et je crois que je vais défaillir.

– Si tu le dis...

– Je le sais, Saint.

M'armant de courage, je plonge mon regard dans le sien, et j'ai la saisissante impression qu'il sait ce que je ressens. Je parviens tout de même à articuler un petit merci. Il hoche la tête et je poursuis:

– J'espérais ne pas me ridiculiser devant toi, donc je suis heureuse que tu aies au moins apprécié mon texte.

– Même si cela veut dire que je souhaite plus que jamais que tu intègres M4 ? demande-t-il, me défiant du regard.

Un frisson d'excitation me traverse et malgré moi, je demande :

– C'est vrai ?

Puis je me mords la langue et ajoute bien vite :

– Non, je ne peux pas !

– Mon offre tient toujours, insiste-t-il.

Et tout à coup, son regard se pose sur ma bouche le temps de quelques battements de cœur… Je m'éclaircis la voix.

– Merci. Elle tient jusqu'à quand ?

– Jusqu'à ce que tu dises oui.

Et il me plante là, me laissant dans le plus grand des paradoxes, à la fois heureuse et meurtrie. Du seuil de la porte, il me regarde une dernière fois… Faire l'amour avec Malcolm ne se réduisait pas à coucher avec lui : encore aujourd'hui, il peut me prendre juste par un regard.

– Es-tu libre samedi ? me demande-t-il à brûle-pourpoint.

Ça alors… J'hallucine. Il m'a bien posé cette question, ou c'est mon cerveau désespéré qui me joue des tours ?

– C'est-à-dire ?

– Pour un événement qui va durer toute la journée. J'aimerais te présenter à quelques personnes de mon équipe d'Interface.

Je n'hésite pas l'ombre d'une seconde.

– Je suis libre.

Il pose la main sur la poignée et précise :

– À samedi, donc. Mon chauffeur viendra te chercher à midi.

Il est tard quand je rentre à la maison : Wynn et Gina sont en train de regarder un film au salon.

– Salut ! dis-je en allant me servir un verre d'eau dans la cuisine.

Je m'écroule sur le canapé à côté d'elles et, les yeux rivés à l'écran, je me remémore le compliment de Saint, à propos de mon écriture.

– Qu'est-ce que tu as fait, aujourd'hui ? Pourquoi es-tu si silencieuse ? s'enquiert Wynn.

Je lui adresse un petit sourire et hausse les épaules.

En général, je leur dis tout sur Saint, elles ont été mes complices lorsque j'enquêtais sur lui, mes acolytes quand j'ai infiltré le repaire du joueur. Mais maintenant, Saint, c'est mon trésor, il est trop précieux et j'en profite si peu… Est-ce mal de vouloir le garder pour moi ?

– Rachel ! Tu partages, oui ? me somme Gina avant de se tourner vers Wynn : Elle file un mauvais coton, on doit la réveiller.

Et elles se mettent à me secouer.

– Ah, vous êtes lourdes, laissez-moi !

Et je me tortille pour me libérer et avoue :

– OK, j'ai vu Saint à McCormick Place, aujourd'hui. Il donnait une conférence sur les réseaux sociaux.

Et je revois soudain les regards que nous avons échangés… J'incline la tête contre le canapé et soupire d'aise. J'ajoute ensuite :

– Ah oui ! Et il m'a invitée à un événement promotionnel ou je ne sais pas trop quoi, samedi.

– Comment ça, tu ne sais pas trop quoi ? reprend Wynn.

– Mais qu'est-ce que tu nous racontes, là ? Tu aurais dû le hurler du seuil de la porte ! s'écrie Gina, indignée.

– Mais arrêtez ! dis-je en m'emparant d'un coussin.

J'enfouis la tête dedans, puis le lance dans leur direction, toute rouge.

– Écoutez, les filles, je ne veux pas en parler, j'ai besoin de réfléchir à tout ça. Bonne nuit !

Je les entends échanger leurs commentaires à voix basse en regagnant ma chambre. Peu importe ! Je m'assois sur mon lit et fais défiler mes contacts sur mon téléphone… *Vas-y*, me dit une petite voix, tandis qu'une deuxième renchérit : *Non, ne fais rien. Mais si, pose-lui une question à laquelle il devra répondre*, reprend la première. Non, je ne peux pas, je ne dois pas aller trop vite, mais prendre exemple sur lui, et patienter. À la place, j'étreins mon coussin et établis mentalement une liste pour samedi.

Je dois être parfaite. Je ne dois pas me ridiculiser. Je dois lui rappeler quels grands amis nous avons été, même quand nous ne nous envoyions pas délicieusement en l'air… Je veux le reconquérir.

Chapitre 9

SAMEDI, ENFIN

Quand une Rolls-Royce gris métallisé se gare sous mes fenêtres, samedi, je me rue vers la porte.

Je porte un pantalon avec un top en soie assorti d'un cardigan, le tout en blanc ; j'ai mis un peu de blush sur mes joues et une touche de gloss sur mes lèvres et me suis fait une tresse dans le dos. Lorsque je sors de l'immeuble et que je vois Otis appuyé contre la Rolls, je ne peux plus contrôler mon excitation.

– C'est un plaisir de vous revoir, mademoiselle Rachel, me dit-il, le visage rayonnant.

– Plaisir partagé, répondé-je avec un sourire.

Puis je m'installe à l'arrière et sens immédiatement les riches fragrances que Malcolm y a laissées… Après avoir humé son après-rasage, j'ai l'impression d'être au septième ciel. Enfin, un ciel gardé par un démon aux yeux verts. Je distingue ensuite l'odeur du cuir et les papillons s'affolent dans mon ventre… Hé, on se calme, *Pretty Woman* !

Bientôt, la voiture remonte l'allée d'un hôtel 5 étoiles, où Catherine m'attend. Quelques instants après, tout en me conduisant d'un pas rapide vers un magnifique foyer, elle m'explique la situation.

– Chaque été, des viticulteurs invitent Saint, ainsi que certains partenaires commerciaux et employés de son choix, à une dégustation de vins afin qu'il sélectionne ceux qu'il préfère en vue du gala annuel de M4. Il souhaitait que vous les rencontriez.

Elle s'interrompt et me lance un regard maussade :

– Dans la mesure où il souhaite aussi vous embaucher.

Dans le corridor, un groupe d'hommes arrive dans le sens inverse, et l'un d'eux se met presque à courir vers nous.

– Cathy ! Nous espérons vraiment que Saint va nous passer commande cette année.

Serrant son bloc-notes contre elle, Catherine continue à marcher à vive allure et je m'efforce de suivre.

– Je n'ai aucune influence sur lui, prévient-elle.

– S'il vous plaît, plaidez en notre faveur, glissez-lui juste un mot. Nous avons apporté tous nos meilleurs vins blancs du sud de Napa.

– Que puis-je vous dire, Richard ? Certains jours, il aime le rouge, d'autres le blanc, et il lui arrive de préférer le pinot noir au cabernet. Il aime la variété, je ne vois vraiment pas ce que je peux faire.

– Catherine, cela fait des années que ça dure, nous aimerions vraiment avoir l'assurance d'un engagement de sa part. Vous imaginez bien la renommée que nous acquerrions si nous étions, cette année, les premiers fournisseurs.

– Et je ne peux que vous répéter ce que je dis aux autres : bonne chance ! Peut-être que les saints seront avec vous.

Nous pénétrons dans un restaurant déjà bondé. Les hauteurs sous plafond sont immenses, et de grandes tables recouvertes de lin blanc sont dressées : elles rivalisent de porcelaine, couverts en argent et cristal. Au centre, dans de hauts vases en chrome, s'épanouissent des orchidées. C'est une plongée dans le luxe à l'état pur.

À l'autre extrémité de la pièce, des portes en verre coulissent sur toute une paroi et offrent une vue phénoménale sur un terrain de golf, d'une part, et une piscine, des chutes d'eau et une pergola, de l'autre.

Après avoir traversé le restaurant, nous nous dirigeons vers une autre salle encore plus raffinée. Des banquettes blanches et confortablement rembourrées y sont disposées, autour d'élégantes tables basses en verre, sur lesquelles se trouvent des cartes. Sur un mur sont alignés des casiers de bouteilles, tandis qu'un autre offre un panorama imprenable sur la terrasse et le terrain de golf. Catherine inspecte l'endroit d'un œil vigilant et parle à un des serveurs qui s'approche d'elle :

– Tout est parfait. M. Saint aime beaucoup le cadre, ainsi que l'intimité des lieux. C'est splendide. Beau travail, merci.

Waouh ! C'est vrai que tout est magnifique, à l'instar de son appartement, de ses voitures… Bref, de tout ce qui le concerne. J'admire chaque centimètre de ce qui m'entoure quand Saint surgit soudain dans mon champ de vision. Je cligne des yeux, comme si le soleil venait d'inonder la pièce. D'instinct, Catherine redresse la tête.

– Excusez-moi, dit-elle au serveur.

Puis elle me répète la même chose et se précipite vers son chef, créant dans son sillage un imperceptible mouvement. Il porte un pantalon et une chemise noirs, sans cravate ; ses cheveux lissés en arrière mettent en valeur son visage d'une beauté remarquable.

Tout à coup, je sens mes seins se tendre douloureusement, et me gêner : comment être à l'aise si la simple vue de Saint m'excite à ce point ? Je n'ai pas le droit d'éprouver de la jalousie lorsqu'il parle aux autres personnes présentes, même si j'aimerais vraiment être la seule à attirer son attention.

Je regarde la pointe de mes chaussures et cale mes cheveux derrière mon oreille avant d'inspirer profondément. Je croise les doigts et me jure de ne pas le regarder quand je vais redresser la tête... Raté ! Il est juste dans ma ligne de mire, en train de saluer un couple, dont la femme arbore un sourire intimidé.

Il hausse les sourcils en direction de Catherine, l'air interrogateur ; aussitôt, elle me désigne du menton. Il laisse alors son regard vert glisser jusqu'à l'autre bout de la pièce pour le poser sur moi. Mon cœur fait un bond terrible dans ma poitrine, et je me rends compte, désespérée, quelle image je dois donner : celle d'une femme seule qui bave d'admiration devant lui. Se détachant de la foule qui se presse autour de lui, il marche vers moi. J'ai du mal à déglutir. Visage impassible, il avance avec la fluidité de l'eau mais la force d'un tsunami. Sous sa chemise, je distingue les ondulations de ses solides abdos, les muscles de ses bras, de ses épaules. Mon cœur tape si violemment dans ma poitrine que je n'entends plus rien, à part ses battements.

– Je suis content que tu aies pu venir, dit-il une fois à ma hauteur.

– Merci, moi aussi.

Il fait un pas de plus vers moi.

– Catherine t'a expliqué comment la journée allait se dérouler ?

Il est si près de moi que je ne vois que lui. *Parle, Livingston !*

– Oui, merci.

Je n'ai aucune envie qu'il reparte, je cherche un prétexte pour le retenir.

– Comme je ne savais pas de quel événement il s'agissait, j'espère que ma tenue convient.

Il hoche la tête sans même vérifier et dit :

– Je voudrais te présenter certaines personnes.

– Bien sûr !

Il adresse alors un petit signe à un homme et, quelques instants plus tard, je salue Dean, son chargé de relations personnelles, ainsi qu'une poignée d'assistants, des membres du conseil d'administration, et deux designers importants d'Interface.

– Ravie de vous rencontrer, leur dis-je.

Et je me mets à discuter avec l'un de ces derniers, un jeune homme qui n'a pas encore terminé ses études mais dont le travail innovant lui a déjà valu un succès international.

Il est de notoriété publique que Saint sait repérer les talents, leur détermination, leur audace et le groupe M4 en est la preuve ; ils suivent tous l'exemple de leur chef.

– Bien, il est temps de s'asseoir ! annonce mon interlocuteur.

Et il se met à chercher son nom sur les tables ; je l'imite et, une fois assise, lis la carte des vins, pendant que chacun regagne sa place. La liste est impressionnante. J'essaie de trouver un breuvage que je connais lorsque Catherine arrive et, retirant le carton qui se trouve à côté de moi, y substitue un autre portant le nom de *Malcolm Saint*. Oh, oh… Saint va s'asseoir à côté de moi ?

Mon cœur se met à battre la chamade, et je m'arrête même de respirer quand il s'installe effectivement sur la chaise qui, quelques secondes auparavant, était encore vide… Je me liquéfie en sentant son odeur.

Il s'empare tranquillement de la carte, la parcourt, et je fais semblant de l'imiter, incapable de me concentrer. Puis des types viennent le saluer, ils se mettent à discuter du cours du pétrole, et moi, pendant ce temps, je contemple la main bronzée de Saint, qu'il a posée sur la table tout près de la mienne. Voilà à quoi j'en suis réduite ! C'est pathétique ! J'ai envie de frôler cette main, de mêler mes doigts aux siens, de lui envoyer un message qui dirait : *Chasse gardée.*

Incroyable ce que cette main m'obsède ! Je repose la carte mais n'ose rien faire. Ce n'est pas un rendez-vous galant, et d'ailleurs je compte bien respecter la distance qu'il semble vouloir instaurer entre nous. Mais je ne peux détacher les yeux de ses doigts, me rappelant leurs caresses… Malcolm saisit de nouveau la carte – il a fini de discuter – et sa main disparaît de mon champ de vision.

– Le temps s'est rafraîchi, l'été est presque terminé, dis-je.

– Oui, approuve-t-il.

Et il lève les yeux vers moi, m'observe quelques instants. Puis, d'un geste décidé, il repose la carte et, se tournant complètement vers moi, plonge ses yeux dans les miens. Il a l'air partagé, presque tourmenté. Aïe… Un frisson me parcourt tout entière, de la tête aux pieds…

– Donc… Dégustation de vins, dis-je.

– Un homme ne devrait pas laisser un autre choisir son vin, me répond-il.

Je renchéris d'un ton railleur.

– Pourquoi ne pas le fabriquer ?

À ces mots, il me regarde comme s'il venait juste de se rendre compte de ma présence. Et alors il me sourit. Un immense sourire, le genre de sourire qui donne envie de hurler : « Accrochez bien vos ceintures, les filles ! » Putain ! Aucun vin, aucune drogue ne peut être plus puissante que son sourire.

La dégustation commence. Au bout du quatrième vin, Mal fait un signe au serveur, lequel dépose bientôt un bandeau devant moi.

– Pour la nouvelle dame, me dit-il avec un petit sourire.

De ses longs doigts, Malcolm s'en empare et me le présente, me demandant :

– Je peux ?

Pitié !

– Euh… Oui, bien sûr.

Il se penche alors vers moi, et je retiens mon souffle lorsqu'il me recouvre les yeux du tissu en velours. Me voici plongée dans le noir… J'entends le cliquetis des verres, le bruit des pas, des chaises et, de nouveau, je cesse de respirer quand, de ses doigts qui me sont si douloureusement familiers, il guide ma main pour prendre mon verre.

Tout mon corps ressent brusquement la nostalgie de sa peau…

– Je suis certain que Noel ne va pas aborder la question avec toi, tu ne crois pas, Kyle ? demande un homme d'affaires assis tout près.

Il parle bas, essayant, apparemment, d'être discret. Saint ne répond pas. Kyle… C'est à lui que ce type s'adresse ? De son pouce, Saint effleure le dos du mien jusqu'à ce qu'il soit certain que je tienne bien le pied du verre. Sa proximité me perturbe et m'excite à la fois, et il me faut un certain moment pour reprendre contenance.

– Tu ne voudrais pas essayer d'évoquer votre différend avec lui ? insiste l'homme.

– Non, tranche Malcolm.

Puis il murmure contre mon oreille :

– Sens-le.

Tous mes sens s'enflamment, tous sauf ma vue. La voix de Malcolm me fait soudain l'effet du plus puissant des aphrodisiaques quand je porte à mon nez le verre qu'il n'a pas relâché, de sorte que je distingue aussi l'odeur de son savon. J'entends battre mon propre pouls, et je hume l'odeur du vin au point que j'en perçois presque le goût sur ma langue.

– Goûte-le, me chuchote-t-il.

Et d'un ton bien différent, plus froid, il poursuit :

– Il y a longtemps que j'ai dit à mon père tout ce que j'avais à lui dire.

– Mais il t'en veut, répond son interlocuteur à voix basse.

– Il ne peut en vouloir qu'à lui-même, rétorque-t-il, plus fort.

Et l'autre homme de renchérir dans un chuchotement :

– Est-ce que c'est pour cela que tu ne pourras jamais te lier à une femme ? Car selon toi, tel père, tel fils ?

Saint lâche un long rire semblable à un grondement de tonnerre.

– Je ne lui ressemble absolument pas, répond-il en baissant le ton, cette fois.

Silencieuse, j'essaie de comprendre ce que cet échange signifie tout en me concentrant sur le vin. C'est alors que Saint me prend le verre des mains et demande, dans un murmure :

– Il est comment ?

Mais oui, au fait, il était comment ce vin ? La « nouvelle dame » est un peu trop curieuse pour son propre bien !

– Fruité, je crois. Sec.

Je passe ma langue sur mes lèvres, mais seul le silence me répond. Et une singulière chaleur m'envahit car je sens son regard braqué sur ma bouche quand je la lèche à nouveau. De nouveau, ses doigts me frôlent, une caresse toute légère, lorsqu'il me tend un autre verre.

– Sens-le, me dit-il en laissant ses doigts sur les miens.

Et dans sa voix, j'entends à la fois une injonction, une pointe de curiosité et de chaleur. Je porte le verre à mon nez et le hume, en ouvrant mes poumons pour absorber l'arôme du vin.

– Et maintenant, goûte-le.

Sa voix est le péché à l'état pur, virile et sensuelle. Je ne peux pas lui désobéir.

– Et ses sociétés fantômes outre-mer, reprend l'homme, cet argent planqué, ces rumeurs d'espionnage industriel qui continuent de courir ? Tu ne crains pas que ces fouineurs finissent par infiltrer M4 ?

– Personne ne peut pénétrer dans nos locaux sans être soumis à un strict contrôle, les procédures seraient trop longues à décrire ici.

Puis Saint me demande :

– Tu aimes ?

– J'adore.

Il reprend :

– Catherine, nous commanderons trois caisses de chaque bouteille, pour l'instant.

J'écoute ce qui se dit autour de moi, et en même temps, je me concentre sur le deuxième vin. J'adore la façon dont il roule sur ma langue, glisse dans ma gorge. Sec mais doux.

– Encore un, déclare Saint d'un ton incitateur, en me donnant un troisième vin à goûter.

Quelques secondes plus tard, il me reprend le verre et son souffle me chatouille l'oreille quand il demande :

– Quel est le verdict de la « nouvelle dame » ?

Je souris et ma gorge se serre d'émotions en entendant son ton taquin, qui me rappelle ce que j'ai perdu.

– Il est un peu sec et légèrement terreux. Le goût ressort d'autant plus avec ça…

Et je touche le bandeau.

– D'où sa nécessité, explique-t-il.

Il me le retire si délicatement que je sens à peine ses doigts derrière mon crâne. Une tranquillité tangible, presque teintée de mystère, flotte dans l'air entre nous quand il le baisse ; il me scrute alors de ses yeux brillants, avec l'intimité de celui qui me connaît. Je sais qu'il a apprécié la confiance que je viens de lui accorder en acceptant le bandeau. Confiance…

Tiens, tiens, était-ce un test ? Il est une époque pas si éloignée où je l'obsédais littéralement, non ? Ma gorge se met à palpiter sous la force des sensations qu'il me procure… Nous nous sourions avant qu'il ne soit contraint de reprendre la conversation avec les autres convives. Je m'adosse ensuite à mon siège, détendue et un peu somnolente, même si certaines autres parties de mon anatomie sont, elles, bien réveillées.

– La vengeance est un plat qui se mange froid, dit finalement un des hommes.

Je regarde alors Saint, cette énigme constamment renouvelée à mes yeux. J'observe sa bouche tandis qu'il s'exprime avec calme, boit une gorgée de vin, cette bouche que je n'ai pas embrassée depuis une éternité. Il reprend la parole et je me laisse aller à la rêverie… J'imagine que je suis ce vin, ce verre qu'il porte de nouveau à ses lèvres avec un sourire de connaisseur avant de me jeter un bref coup d'œil interrogateur.

Les lumières tamisées adoucissent les traits et la musique d'ambiance est une invitation à la détente ; pourtant, rien ne saurait diminuer l'énergie qui bat chez l'homme assis à côté de moi. Un homme compliqué…

Il ne parle jamais vraiment de ses affaires, ni ne se livre réellement ; contrairement à de nombreux autres qui aiment parler d'eux ou se vanter, Saint n'a rien d'un égocentrique, il préfère taquiner, appâter, mettre au défi, et je sais aussi que c'est lorsqu'il semble parfaitement calme qu'on a les plus grandes raisons de se méfier de lui. D'ailleurs, en ce moment, il paraît totalement détendu, et j'ai l'impression qu'un danger nucléaire guette.

– Assez parlé de mon père, décrète-t-il tout à coup. Rachel, tu veux bien aller faire un tour sur la terrasse avec moi ?

Et je comprends que, depuis le début, c'est ce moment-là qu'il attendait : fermer la porte au nez de ses interlocuteurs et les laisser sur leur faim. Il leur a cédé quelques miettes à manger, mais comme il est l'homme le plus puissant de cette pièce, c'est lui qui décide des règles. Là-dessus, il se lève et prie le serveur de porter nos verres à l'extérieur ; je me mets également debout et m'excuse auprès des convives. Tout en me dirigeant vers la terrasse afin de l'y rejoindre, je tente de me ressaisir.

– Il a du tempérament.

Tournant la tête alors que je n'ai pas encore atteint la porte de la terrasse, je rencontre un jeune homme aux yeux gris, vêtu d'un costume bleu foncé, qui s'exprime sans articuler.

– On n'a pas envie de le voir s'énerver et encore moins d'être la cause de sa colère, poursuit-il, un verre rempli à la main. La seule chose qui puisse apaiser son énergie, c'est d'obtenir ce qu'il veut d'une femme. Il n'en attend pas plus. Et il réussit toujours, le salaud !

Puis il me tend le verre. Je secoue la tête pour décliner son offre.

– Je suis heureuse qu'il ait trouvé une stratégie qui fonctionne, dis-je d'un ton évasif, en me disant que si Mal a besoin d'une femme pour se calmer, je veux bien être celle-ci.

– Goûtez-le, insiste-t-il.

– Non, merci.

– Allez, juste une gorgée. Il est de 73.

– Vraiment, non.

Mais il passe derrière moi, me remet d'autorité le verre entre les mains et me recouvre les yeux de ses mains pour qu'elles fassent office de bandeau.

– Allez, faites-vous plaisir, me glisse-t-il à l'oreille.

Ne voulant pas causer de scandale et désireuse de me débarrasser au plus vite de cet individu, j'avale un peu de vin.

– Voilà, c'est fait, dis-je.

Et à travers un écart entre ses doigts, je vois un torse musclé, moulé dans une chemise noire, planté devant moi. Aussitôt, le type laisse retomber ses mains et dit, d'une voix enrouée :

– Monsieur Saint… Je faisais connaissance avec cette jeune femme. Elle me semblait si seule, tout à coup.

Il braque son regard vert sur moi.

– Tu te sens seule, Rachel ?

Jamais je n'ai vu un tel défi ni une pareille jalousie dans les yeux de Saint.

– Non, dis-je dans un murmure.

Alors, sans regarder l'importun, il décrète d'un ton bas et menaçant :

– Vous pouvez disposer.

L'homme semble tétanisé, mais Saint n'en a cure et poursuit avec le plus grand calme, à mon attention :

– On va sur la terrasse ?

Et, certain que je vais lui emboîter le pas, il ouvre la voie. L'endroit est bien plus intime qu'à l'intérieur, et un brasero renforce cette impression. Repensant à la tête déconfite du pauvre type, j'éclate de rire :

– Mal ! dis-je alors. Tu n'as vraiment pas été sympa. Tu l'as intimidé, le pauvre, il n'avait rien fait de grave.

Ce à quoi il répond d'une voix tranquille, mais déterminée :

– Il a osé te toucher.

– Quoi ?

Et un nouveau rire, incrédule cette fois, m'échappe. Il me regarde droit dans les yeux, les sourcils légèrement froncés, puis s'adosse au mur de pierre avant de croiser les bras.

– Ce rire me rappelle tant de souvenirs, déclare-t-il.

Brusquement, son expression s'assombrit et mon sourire s'évanouit.

– Je n'ai pas vraiment eu l'occasion de rire, ces derniers temps, dis-je dans un murmure.

– Dommage, finit-il par répondre en fixant ma bouche.

Brusquement, de son pouce, il en trace le dessin, d'un coin à l'autre.

– J'aime ton rire, ajoute-t-il.

Je le regarde, le souffle court… Avant lui, la notion de débauche m'était inconnue. Il a été mon seul péché, mon seul désir. Et ce désir, je parie qu'il peut le voir dans mes yeux au moment où il laisse retomber sa main. La sensation de ses doigts demeure sur mes lèvres… Nous nous tenons l'un en face de l'autre, et bien que je me consume pour lui, nous nous contentons de nous regarder comme deux étrangers.

Comme si tu ne connaissais pas la chaleur de ses bras, qu'ils ne t'avaient jamais tenue. Que tu ignorais la douceur de ses lèvres embrassant les tiennes... toujours à leur commissure.

La brise soulève soudain mes cheveux... Jamais je n'ai tant souffert, me dis-je, ni ressenti de si vifs regrets. Et je sais que je n'irai mieux que lorsque ma bouche oubliera qu'il l'a touchée, mais cela arrivera-t-il un jour ? J'ai l'impression que, de ses doigts, il a marqué mes lèvres au fer rouge pour l'éternité.

Une femme vient alors le saluer, et il serre les mâchoires, comme contrarié par l'interruption.

– Tu es d'une beauté si stupéfiante, Malcolm, lance-t-elle en faisant glisser ses ongles manucurés sur son torse. Je ne cesse de répéter que tu es le seul homme qui soit aussi magnifique sur sa photo de passeport que dans la réalité. Retournons à Monte-Carlo, toi et moi !

Et là-dessus, elle s'éclipse. Je souris, amusée.

– C'est ta destination de prédilection ?

Il hausse les épaules avec indifférence.

– Entre autres, oui.

– Mais tu n'y vas pas avec Callan et Tahoe ?

– Ils travaillent. Je voyage avec d'autres amis.

– Des mondains ? Des play-boys oisifs ?

– Des gens qui veulent s'échapper de temps en temps.

Comme toi avec moi, me dis-je soudain avec tristesse. Et je donne un coup de pied dans une feuille morte sur la terrasse. Au cours de la dégustation, ma tresse s'est défaite et mes cheveux volètent autour de mon visage. J'essaie de les maîtriser et incline la tête de côté, le regardant avec attention.

– On dirait que c'est ton cas... Chicago ne te plaît plus ?

Il m'étudie tout à coup avec la même intensité, constate ma lutte vaine contre le vent et suit des yeux les mèches folles qui glissent entre mes doigts.

– Qu'est-ce qui me retient dans cette ville ? réplique-t-il.

– M4, non ?

À cet instant, il empoigne une grande partie de ma chevelure rebelle et la maintient contre ma nuque.

– M4 est un grand garçon qui n'a plus besoin de moi. Je lui ai appris à marcher tout seul.

Un petit sourire narquois éclaire rapidement ses traits.

– Du moins pendant quelque temps.

Je pense alors : *Et moi ? Tu ne m'as pas dit comment survivre au cyclone que tu représentes !* Puis je plaque mes deux mains sur mes cheveux, et il laisse retomber la sienne. Je frissonne à cause de la brise, et aussi parce qu'il m'a privée de sa chaleur.

– Tu as froid ? murmure-t-il.

Je secoue la tête – à côté du froid qui sévit à Chicago en hiver, ce n'est rien –, mais il se dirige vers l'extrémité de la terrasse où des couvertures sont empilées.

J'enroule les bras autour de mon corps et m'assieds sur une banquette, près du brasero, en m'efforçant de ne pas le regarder, tout comme j'essaie d'éviter le couple qui est en train de s'embrasser dans un angle de la terrasse, contre la balustrade. Ce n'est pas une démonstration juvénile, mais un long baiser d'adultes qui n'en finit pas.

De nouveau, je frissonne et resserre les bras autour de mon corps. Malcolm rapporte une couverture et me la tend, m'observant en silence. Sa beauté dépasse l'imagination, il respire la puissance, l'élégance, le raffinement, ainsi que la testostérone, et toutes les femmes qui assistent à cette dégustation l'ont perçu, même celles qui sont accompagnées. Ça aussi, je l'ai remarqué. Je sens mon estomac se contracter, jalouse. Je baisse la tête et fixe ses chaussures quand il prend place à côté de moi.

– Ça va ? me demande-t-il en remontant la couverture sur moi.

Je secoue puis hoche la tête, et j'ai presque envie de pousser un grognement devant ma confusion. Ce doit être l'effet du vin, me dis-je. Il étend alors les jambes et, sans réfléchir, je soulève la couverture.

–Viens, il fait froid, dis-je.

Et je me décale un peu pour lui faire une place. Mais il me saisit par la taille, me fait glisser vers lui et s'adosse à la banquette, sans se blottir sous la couverture ; il ne semble pas du tout avoir froid, il sirote tranquillement son vin en examinant sa robe.

Son geste a été naturel et spontané… et il a l'air si calme, à présent. Moi, je suis abasourdie. Il me veut contre lui ? Remontant la couverture d'une main, je le surveille du coin de l'œil.

Je pense à tous les rêves que j'ai faits, pour me réveiller chaque fois seule dans mon lit, consumée de désir pour lui. Et maintenant, nos épaules se frôlent. Je me sens impuissante : je devrais m'éloigner mais je suis avide de lui.

Il tend soudain le bras pour saisir un nouveau verre sur le plateau d'un serveur.

– Tu veux qu'on rentre ou qu'on reste encore un peu ici ? demande-t-il d'un ton détaché.

Mais son regard intense est tout sauf indifférent.

– C'est agréable ici, non ?

À ces mots, son visage s'éclaire d'un sourire joyeux.

– Tu veux essayer celui-ci ? C'est un cabernet de 1968.

Et il me tend son verre.

– Non, ce ne serait pas raisonnable, j'ai la tête qui commence à tourner.

– Même juste pour goûter ?

L'œil pétillant de malice, il plonge son pouce dans le vin… et le passe sur mes lèvres. Sous sa douce caresse humide, mon cœur cesse de battre et le désir me saisit tout entière, jaillissant dans chaque recoin obscur de mon corps.

D'une voix essoufflée, je demande :

– Que fais-tu ?

– Quelque chose que je ne devrais pas faire, chuchote-t-il d'une voix râpeuse.

Et un éclat diabolique traverse son regard. Retenant ma respiration, j'entrouvre la bouche. Ses yeux se font plus sombres et mon corps se contracte à l'idée de le goûter lui, Mal, le seul homme que j'aie jamais désiré, qui m'ait jamais plu, et qui est en train de rouvrir la boîte des souvenirs et des tentations. D'une voix soyeuse, il murmure :

– Encore une fois, Rachel ?

Nous jouons avec le feu et en sommes tous deux conscients. Il incarne le péché et moi celle qui va succomber. Je ne suis qu'une boule de désir, il est trop tard pour faire machine arrière, et d'ailleurs je n'en ai aucune envie. Je hoche la tête mais, dans un éclair de lucidité, sachant que je risque d'y laisser un peu de moi-même, je précise :

– Une dernière fois.

Quand il plonge son pouce dans le vin et le porte à ma bouche, je le suce délicatement, afin qu'il ne sente pas à quel point c'est de son goût à lui que je suis avide avant tout.

Mais je fais mine de ne savourer que le vin qui se répand sur mes papilles, alors que c'est son pouce familier dont je me régale ; j'ai envie de le mordre, de l'embrasser, de lui faire l'amour avec ma bouche. Un gémissement monte en moi, demeure coincé dans ma gorge. Le désir enfle davantage. Mes sentiments m'étouffent, bien enfouis au fond de mon être, si bien que Saint risque de ne jamais connaître la profondeur de l'amour que je ressens pour lui.

Il me regarde tout à coup d'un air presque déçu, comme s'il regrettait que je ne suce pas son pouce avec plus d'entrain, plus longuement. C'est alors qu'il le plonge dans sa propre bouche pour en lécher ce qu'il reste de vin, puis me murmure à l'oreille :

– Celui-ci est plus doux que les autres.

– Je… Oui.

Le silence s'abat entre nous… Il me scrute à présent d'un air amusé, et une curieuse envie que je n'y ai jamais vue s'allume dans ses yeux ; je ne sais plus quoi penser. J'ai l'impression que ma voix est épaisse quand je parviens finalement à reprendre la parole :

– Ce que ces hommes ont dit, à propos de ton père…

– C'étaient des associés de ma mère qui le connaissent.

Sur ces mots, il arbore un petit sourire sarcastique, et son visage se referme jusqu'à ce que disparaisse l'ombre de la moindre tendresse.

– Ne t'inquiète pas. Je ne suis pas associé avec ses amis.

Sortant son téléphone, il embraie sur un autre sujet.

– Tu te souviens de cette photo ? demande-t-il en me montrant l'écran.

Je suis à la fois gênée et excitée de constater qu'il l'a gardée. Je me penche sur son smartphone.

– Tu l'as encore, dis-je dans un souffle.

On m'y voit sur son yacht, *The Toy*. Appuyée contre la rambarde, j'admire les eaux du Michigan. C'était la première fois que j'y venais et j'étais en train de penser à... à l'impression d'infini que me procurait cette vue, tout en me demandant pourquoi j'étais si contrariée d'avoir vu quelques filles lui mettre des raisins dans la bouche et reparler de ce fameux after où tout le monde s'était apparemment tant amusé mais auquel je n'avais pas été conviée.

Donc je l'ai sous les yeux, cette photo où je suis si pensive face au lac. D'un ton accusateur, je m'écrie :

– Tu avais promis de l'effacer !

– J'ai effacé celle que je t'ai montrée, mais j'en avais pris deux.

– Deux ? Pas quatre, par hasard ?

Un bref sourire éclaire son visage, mais sans atteindre ses yeux. Ceux-ci semblent au contraire extrêmement songeurs. Puis il clique sur son écran et une autre photo de moi s'affiche. Là, je suis assise sur un banc, avec un magazine. Le fameux numéro où a été publié l'article que j'ai écrit sur lui... Un sentiment de perte m'étreint alors, comme si ce jour-là, j'avais perdu tout mon monde et qu'il ne me restait plus que cette photo de lui, sur la couverture.

Je ne comprends pas très bien comment il a pu se

la procurer, d'ailleurs, mais j'en suis à la fois confuse et attristée. Je regrette que ce moment-là ait existé.

– Comment l'as-tu obtenue ?

– En ligne.

Et son regard s'assombrit, tandis qu'un muscle tressaute sur son visage.

– Tu as la photo de tous les gens que tu embauches dans ton téléphone ?

– Je te rappelle que nous n'avons encore rien signé.

Il revient à la photo sur le yacht.

– Et que tu n'étais pas non plus mon employée au moment où j'ai pris celle-ci.

– Saint, dis-je soudain d'une voix mal assurée, émue par sa proximité et des effets qu'elle produit sur moi, je ne serai jamais ton employée. Je ne pourrai jamais te considérer comme mon chef.

– Je veux aussi te montrer celle-ci, dit-il.

Et quelques secondes plus tard, il ouvre la pièce jointe d'un mail : un énorme éléphant surgit sur l'écran, avec la trompe en l'air, comme s'il nous saluait.

– C'est ton éléphante, me dit-il, en me regardant attentivement.

– Rosie…

J'ai une folle envie de le couvrir tout entier de baisers, son visage comme son corps, ses lèvres et ses yeux adorables et si impénétrables.

Il lève son verre de vin, hausse un sourcil et boit, puis il me le tend car je n'en ai pas pour trinquer avec lui. Je m'en empare et, soutenant son regard, je place mes lèvres exactement où il a bu et le vide.

Son sourire s'efface complètement quand il se rend compte de ce que j'ai fait.

– À Rosie, dis-je.

Il tient toujours son téléphone inactif à la main tandis que, dans la mienne, il y a le verre vide. Il me regarde désormais d'un air si… si concentré et curieux que je ne sais pas s'il veut m'embrasser, me gifler, ou me baiser comme un fou. Si seulement…

Apollon à la chevelure brune, Saint est l'un des plus jeunes participants à la dégustation, comme moi, d'ailleurs. Et il a l'air aussi absent qu'une comète. Pourtant, dans ses vêtements élégants mais décontractés, il émane de lui une réelle force physique et sensuelle. Je ressens la chaleur de son corps sous la couverture et, avec la mienne, elle suffit à réchauffer l'air de la terrasse. Je sens aussi sa cuisse dure contre la mienne, l'air est magnétique et la tension sexuelle entre nous tangible… Que ressent-il ? Me déteste-t-il, mais me désire-t-il toujours malgré tout ? Et moi, puis-je compartimenter de cette façon ? Non, je ne pense pas être capable de séparer le sexe des sentiments.

Aussi, je reste assise bien droite, le regarde et détourne les yeux quand je ne peux plus soutenir les siens. Mais lui continue de me fixer. Peut-être le désir qu'il éprouve pour moi n'est-il plus aussi fort qu'avant, mais je sais aussi qu'en ce qui me concerne, il a la patience d'un saint. Et je crains qu'il ne m'épuise et que, de guerre lasse, je consente à accepter tout ce qu'il veut. Même son offre d'emploi. Je cherche un terrain plus sûr et demande :

– Quand a lieu l'événement à M4 pour lequel tu achètes tout ce vin ?

– Dans six semaines.

Je souris et désigne le verre que j'ai à la main.

– Je te conseille celui-ci. Il dépasse largement les autres.

– J'avoue, dit-il avec un grand sourire.

Il rappelle alors le serveur pour lui en demander un similaire…

– À présent, goûte celui-ci, Rachel.

Et il place le verre dans ma main, mais je le lui redonne, ravie d'avoir un prétexte pour effleurer ses doigts.

– Non, dis-je en prolongeant le contact qui unit ma peau à la sienne. Je n'en veux pas d'autre, c'est celui-ci qui me plaît.

Et je lève son verre vide. En riant, il appelle aussitôt le serveur pour qu'il le remplisse de mon vin préféré. Pendant que chacun sirote son verre, je reprends :

– Pourquoi veux-tu m'embaucher ? Je mène encore une lutte quotidienne contre moi-même pour écrire.

Il hausse les épaules, puis il m'adresse un regard diabolique.

– Très bien, concède-t-il, dans ce cas, j'ai besoin d'une œnologue.

– Tu es vraiment déterminé à ce que je sois sous tes ordres, n'est-ce pas ? dis-je d'un ton provocateur.

Il m'observe attentivement, et personne ne m'a regardée de cette façon depuis très longtemps.

– Tu n'imagines même pas !

Chapitre 10

JUSTE UN LÉGER VERTIGE

L'obscurité est tombée quand nous rentrons dans la salle à manger que nous traversons pour nous rendre dans le lobby.

– Belle soirée, Saint, n'est-ce pas ? lance une personne qui nous croise. Comme toujours pour toi.

Il ne répond pas. Je note vaguement les regards spéculateurs que suscite notre passage, les hommes qui me matent, les femmes qui bavent d'admiration devant le Dieu aux yeux verts à mes côtés. On les dirait prêtes à lui sauter dessus et à le supplier de leur faire un enfant.

– Monsieur Saint !

C'est Catherine qui l'arrête sur le seuil de la porte. Ils échangent quelques paroles au sujet des commandes de vins, puis il me saisit par le bras au moment même où je commence à tanguer.

– Ça va ? demande-t-il, un petit sourire en coin.

– Parfaitement bien, oui !

Je ne pense pas qu'il me croie, parce qu'il resserre son étreinte, un bras passé autour de ma taille, pour me soutenir. Il est très détendu, à présent, il est vrai que nous avons absorbé beaucoup d'alcool, et moi aussi je suis bien plus décontractée qu'en début de soirée. Je sens d'ailleurs mes défenses tomber, sa présence est si enivrante. Il me lance un sourire qui fait fondre en moi ce qui ne l'était pas encore.

– Tu es vraiment ivre, murmure-t-il comme s'il se parlait à lui-même.

Il me conduit alors vers l'ascenseur et je ne proteste pas parce que… En fait, il m'a dit qu'il y avait un endroit en haut où l'on pourrait décompresser un peu. Et je l'ai suivi. *Oui, allons décompresser, ai-je dit.* Car je ne supporte pas l'idée de le quitter alors que toutes les femmes invitées ce soir n'attendent qu'une chose : que je m'en aille pour se jeter sur lui. Je souligne sur le ton du reproche :

– Tu as bu plus que moi.

D'ailleurs, je me demande bien comment il fait pour garder le contrôle.

– Je parie que tu buvais déjà dans ton berceau, et que des grands crus, en plus !

Il me gratifie de son sourire mystérieux.

– Comme tu me connais bien, Rachel.

Nous montons dans l'ascenseur et il me faut un certain temps pour comprendre qu'il me charrie. J'éclate de rire avec quelques secondes de retard, puis je redeviens silencieuse ; une subite envie de dormir m'assaille. Normalement, je me serais écroulée, mais j'ai un peu froid et il se tient incroyablement près de moi, si près que lorsqu'il appuie sur le bouton de l'ascenseur, la chaleur de son corps m'inonde, tout comme je sens l'odeur familière de sa peau et celle du vin dans son haleine : visiblement, il m'incite à prendre appui sur lui.

Il étend le bras derrière mon dos, regarde les numéros qui défilent… Ne sachant que faire, je m'adosse contre son bras.

– Je suis désolée, j'ai froid, dis-je en rougissant.

– Pas de problème, répond-il.

Et il m'enlace tout naturellement… *Putain, Malcolm…* Il a complètement retourné l'idée que j'avais du désir, du sexe et de l'amour, jusqu'à ce que tout s'emmêle et forme un ensemble inextricable qu'il incarne désormais à mes yeux. Je ne peux pas l'aimer sans le désirer, avoir envie de lui sans lui montrer mes sentiments.

Il ne me serre pas étroitement contre lui, il me tient juste par la taille, alors que j'ai envie d'étreintes bien plus appuyées, envie qu'il me touche partout ! *S'il te plaît, Mal.*

Je veux presser ma joue contre son torse, et quand je cède à mon impulsion – oui, finalement, je n'ai pas hésité –, j'entends que son cœur bat aussi fort que le mien. Dans la foulée, j'empoigne sa chemise qui sent si délicieusement bon.

– J'ai le vertige, Malcolm, dis-je d'un ton contrit.

– Mets un pied devant l'autre, répondit-il.

Puis nous sortons de l'ascenseur, et le bras toujours autour de ma taille, il m'entraîne dans une chambre. Sa chambre. Ou plutôt une suite très spacieuse, comprenant un salon, un comptoir, une table, et offrant un panorama extraordinaire. Sur le comptoir sont disposés un bouquet de fleurs, du champagne et des fraises au chocolat. Ainsi qu'une carte à l'attention de M. Saint.

J'ai l'impression d'évoluer dans un rêve, un rêve où je suis sa petite amie qu'il a amenée dans un de ces hôtels où il séjourne au cours de ses voyages d'affaires. J'enlève mes chaussures et me laisse tomber sur le matelas, enfin plus exactement sur le sol, et appuie la tête sur le rebord du lit.

Il allume une lampe et s'assoit à côté de moi. Lui aussi ôte ses chaussures et étend ses jambes. Son odeur m'enveloppe tout entière, et la simple vue de son immense corps étalé à côté de moi me procure un sentiment de sécurité que je n'ai pas éprouvé depuis fort longtemps. J'ai envie de le faire sourire, il est si sérieux. Donc je le charrie gentiment en lui reprochant d'avoir commandé plusieurs vignobles entiers. Une lueur joueuse passe dans ses yeux.

– Un homme se doit d'avoir des ambitions, répond-il.

Tête appuyée contre le matelas, il contemple le plafond. Je renchéris :

– Et si tu les as toutes atteintes à l'âge de quarante ans, disons cinquante, que feras-tu, après ?

Il me regarde alors droit dans les yeux, et soudain, nos visages ne sont qu'à quelques centimètres…

– J'en trouverai de nouvelles.

Et il baisse la voix, comme s'il venait de se rendre compte de notre proximité. À portée de baisers. J'enchaîne :

– Ainsi que de nouvelles admiratrices ?

Sa proximité m'est douloureuse, à présent, des endroits précis de mon anatomie protestent vivement. Je me mets moi aussi à fixer le plafond, l'estomac noué. J'ajoute :

– Je te vois d'ici, dans un coupé sport rapporté d'un pays exotique, un modèle que personne ne possède. Rapide, brillant, immense... Deux filles à l'arrière, prêtes à dégainer. L'une défile pour *Victoria's Secret*, l'autre est une actrice de séries télé. Mais hélas... Elles n'ont rien à te dire.

– Et que font-elles ?

– Pardon ?

– Si elles ne parlent pas, que font-elles ? Elles m'embrassent ? Me caressent ?

– Elles s'embrassent sur la banquette arrière pendant que tu conduis. Et elles passent aussi des commandes en ligne sur ton téléphone, en dépensant ton argent.

Il esquisse un sourire et hausse un seul sourcil.

– Je n'ai plus de chauffeur pour me libérer les mains afin de m'occuper des filles ?

– Non, tous t'ont lâché après une scandaleuse orgie à l'arrière de ta limousine. Leurs familles étaient dévastées.

– Rachel ! me gronde-t-il. D'où te viennent ces drôles d'idées sur moi ?

– D'Internet, dis-je en riant. Enfin, d'un peu partout, en fait.

Ses yeux s'attardent sur ma bouche, je retiens un peu mon souffle et mon rire s'évanouit pour faire place au silence. Mon estomac se contracte quand je vois le désir dans son regard. Dans un évident effort sur lui-même, il détourne la tête.

– Et toi ? demande-t-il alors. Que feras-tu quand tu auras quarante ans ?

De nouveau, il reporte son attention sur moi, laisse glisser les yeux sur mes épaules, puis mon bras qui semble s'engourdir sous ce poids…

– J'imagine que… je travaillerai. Et j'espère que j'écrirai toujours.

– Donc, rien n'aura changé ?

Je réfléchis à ce que j'aimerais changer dans ma vie. Mais aussi combien c'est impossible : comment espérer qu'un homme comme lui me désire pour la vie alors qu'il ne peut même pas choisir un seul vin ? Je reprends dans un souffle :

– Ce que je voudrais changer n'est pas connu pour… sa stabilité.

– Connu par qui ?

– Je ne sais pas.

Et de nouveau, je me mets à rire, puis tourne la tête vers la fenêtre et inspire doucement, tandis que je sens son regard s'attarder sur mon dos. La tristesse de la situation me submerge soudain… Je lui redemande :

– Pourquoi veux-tu m'embaucher ? Tu es si brillant, toujours concentré sur tes projets. Pour le salaire que tu m'offres, tu pourrais employer trois journalistes plus prestigieux et expérimentés que moi.

– Mais aucun d'eux ne serait toi.

Je pousse un soupir.

– Tu agites une pomme sous mon nez, difficile de ne pas croquer dedans.

– Tu comprends à présent ce que je ressens.

– Par rapport à quoi ? Tu n'as besoin de croquer dans rien, il te suffit d'avaler tout ce que tu veux. Tu peux prendre tout ce que tu désires.

– Faux. Je travaille pour obtenir ce que je veux le plus. Je dois le gagner, sinon je n'ai pas l'impression que cela m'appartient.

– Tu n'as accepté ta fortune familiale qu'après avoir gagné ton propre argent ?

– Exact.

– Tu aimes la chasse, n'est-ce pas ?

– J'adore.

– Tu aimes les défis ?

– Je ne vis que pour ça.

Et sur ces mots, il me décoche un regard chargé d'une émotion que je n'ai encore jamais vue dans les yeux d'un mec. Et que je serais incapable de nommer. Je fonds littéralement…

– Donc, ça t'a plu, que je te dise non ? poursuis-je. Je suis désormais ton défi, il te suffit que je réponde oui, et tu auras gagné.

– Non, Rachel, je crois que tu as besoin de lunettes, car tu ne vois pas clair en moi.

Il semble me jauger, puis il passe la main sur son front, un sourire songeur aux lèvres.

– Avec toi, j'ai le sentiment que je ne pourrai jamais l'emporter.

– Pourtant, avec toi, j'ai perdu, dis-je dans un murmure.

– Perdu quoi ?

La tête, mon cœur, ma muse, et mon âme aussi, je crois. C'est l'association de sa présence et du vin qui m'a mise dans cet état, me dis-je. Encore qu'il ait le pouvoir de m'affaiblir à lui tout seul. Je répète :

– J'ai perdu. Et maintenant, je tombe de sommeil…

Je n'étais pas censée m'endormir, mais je suis bien au chaud, détendue, et les sens complètement en éveil à cause de lui… De son souffle brûlant sur mon front, de sa cuisse musclée près de la mienne, de son épaule carrée qui me frôle.

Je marmonne :

– Je jouais à ça avec Gina, autrefois. La première qui s'endort a perdu. Toi, j'imagine que tu ne perds jamais.

Un long silence s'ensuit, puis sa voix parvint jusqu'à mon oreille, envoyant de longs frissons dans mon dos :

– Je n'aime pas perdre.

Je souris vaguement… Je suis en train de m'assoupir quand il me prend par le bras et m'aide doucement à me relever.

– Viens par là. Il y a un lit ici avec mon nom écrit dessus.

– Oh, tu peux t'offrir un lit à ton nom dans un palace !

– Eh oui ! Tu veux que je t'apprenne à l'utiliser ?

– En général, un lit me sert à dormir… Mais j'ignore quel usage *toi* tu en fais.

– Si, tu le sais bien… On peut s'y amuser de temps en temps.

Il me fait asseoir, puis m'allonger sur le lit. D'un air endormi, je le regarde se rendre dans la salle de bains dont il laisse la porte ouverte, puis il se met à chercher une brosse à dents… Toujours en chemise, il s'asperge le visage d'eau, se brosse vigoureusement les dents. Il éteint alors la lumière et revient dans la chambre. Je ferme les yeux et pousse un profond soupir.

Il s'allonge à côté de moi, sur la couette, alors que je suis en dessous. Passant un bras derrière la tête, il m'étudie d'un air impassible ; je lui souris timidement. Allongé sur cet immense lit blanc, encore en chemise et en pantalon, il est plus beau que jamais ; j'ai envie de le taquiner, de le voir sourire encore et encore…

– Tu es certain que ta cave contient assez de bouteilles pour nourrir tous tes convives, lors de ta fête ?

Et quand il sourit, je me sens frémir… Il secoue la tête, puis passe la main dans ses cheveux. J'insiste :

– J'ai entendu dire que les réceptions de M4 étaient somptueuses. Tu sais déjà avec qui tu vas y aller ?

– Juste une amie.

– Oh… Une amie qui connaît ton lit ?

Et joueuse, j'ajoute :

– Une personne à qui tu peux apprendre l'art et la manière de se servir d'un lit ?

Il relève un sourcil.

– Tu veux vraiment qu'on parle de ça ?

Son ton a changé, il ne flirte plus. Prise au dépourvu, je lui tourne le dos et soupire :

– Si je… Non !

Et merde ! Pourquoi ai-je posé une question pareille ? Saint se tait pendant un long moment.

– Est-ce que je te manque ? demande-t-il brusquement.

À ces mots, il roule sur le côté et il me semble que le tissu de sa chemise va craquer sous ses muscles bandés tandis qu'il cherche mon visage. Il se penche vers mon oreille et poursuit sur un ton intense :

– T'arrive-t-il de penser à moi, parfois, malgré toi ? Est-ce que tu as besoin de moi ? Est-ce que tu me sens encore ?

– Je te sens partout…

Il prend mon cou en étau entre son pouce et son index, m'immobilisant sur le lit, gentiment mais fermement.

Et nous restons ainsi de longues minutes, son front sur ma tempe, ses lèvres contre mon oreille, sa main autour de mon cou, comme si j'étais à lui.

– Je ne peux pas respirer quand tu es près de moi, mais je ne peux pas vivre sans toi, dis-je d'une voix haletante, mais tranquille.

Il ferme les yeux, pose sa joue contre la mienne et nous ne disons plus rien.

Nous sommes allongés, son corps solide et dur contre le mien, chaud et si faible. Telles deux âmes cassées impossible à réparer, mais qui ne peuvent non plus s'arracher l'une à l'autre, comme si une force quasi surnaturelle les unissait.

Je mets longtemps à m'endormir, consciente que je devrais rentrer chez moi, seulement, je n'en ai aucune envie. Je suis en enfer mais je veux y rester puisqu'il est avec moi. Je suis tellement à cran qu'au moindre bruit, au bord du sommeil, je tressaute ; il suffit qu'il bouge pour que je me rapproche de lui, à la recherche de sa chaleur, de ce mur si solide à côté de moi, mais quand je m'endors enfin, je perds tout contrôle…

Je descends la fermeture éclair de son pantalon et le dévore de baisers, faisant glisser ma bouche sur ses abdos, explorant son torse musclé avec mes mains, une soif inextinguible chevillée au corps. Puis je referme ma main sur sa puissante érection et la caresse de haut en bas, avant de me pencher pour l'embrasser là. Je lui fais l'amour avec ma bouche parce que j'ai besoin qu'il soit à moi. De le sentir. De l'aimer pour qu'il m'aime. Il me soulève le menton.

– Regarde-moi.

Ses mots résonnent comme un ordre chargé de désir. Il cherche quelque chose dans mes yeux, je le vois bien. Je lui obéis tout en léchant sa queue sur toute la longueur ; son gland est gonflé et rose, aussi beau que le reste. Son membre est prêt à plonger en moi, tout comme je suis prête à l'accueillir entre mes cuisses.

Je murmure son prénom :

– Malcolm.

Alors il enserre mon visage et se penche vers moi pour me donner un tendre baiser.

– C'est ça que tu veux ? me demande-t-il en me hissant à sa hauteur.

Puis je le sens entre mes cuisses, se frotter contre mon sexe. Dans un monde où il peut s'acheter tout ce qu'il veut, je suis sa petite chose, et lui le grand prédateur. De sa bouche de rêve, il m'effleure la joue et, brusquement, fait glisser ses lèvres le long de mon corps avec empressement… Soudain, sa langue est en moi… Ce sont ensuite ses dents qui mordillent mon clitoris… Je suis attentive à la moindre sensation qu'il me procure, un orgasme gronde en moi, et je me mets à le supplier, *Malcolm, s'il te plaît…* C'est alors que j'entends une porte claquer, et je me réveille en sursaut.

Je suis en sueur, trempée, frissonnante… Je regarde autour de moi, confuse, et reconnais la suite de l'hôtel… Un juron s'élève tout à coup de la salle de bains, immédiatement suivi par le bruit de la douche. Je ferme les yeux, et mon estomac se contracte violemment. C'est pas vrai ! Malcolm m'a entendue, il m'a entendue gémir son nom, il m'a entendue perdre les pédales. Honteuse, j'enfouis le visage dans mes mains tandis qu'à côté l'eau frappe les carreaux de la douche ; je sais que Malcolm est dessous et je jurerais qu'il se douche à l'eau froide.

J'essaie de reprendre ma respiration. Et si je faisais comme si de rien n'était ? Comme si je ne m'étais pas réveillée et ne me rappelais absolument pas ce rêve. Non, c'est impossible, je ne peux pas rester ici, si près de l'objet de mes fantasmes ! Promptement, je bondis hors du lit, ramasse mes chaussures et traverse la suite. À la hâte, je griffonne sur le bloc-notes de l'hôtel :

J'ai un emploi du temps très chargé demain. Merci pour cette journée.
R.

Là-dessus, je me précipite vers la porte.

Chapitre 11

EDGE SUR LE FIL

Je suis mortifiée ! Si mortifiée que ce mot prend presque une nouvelle définition pour moi. Une fois chez moi, je m'assieds sur mon lit… Je sens encore son savon, son eau de Cologne, son odeur est restée attachée à mes vêtements. Complètement sobre à présent, je suis incapable de dormir. Si Saint se doutait que je le désirais, il en a maintenant la preuve absolue.

Et pour couronner le tout, les réseaux sociaux sont eux aussi en ébullition. Ma présence à la dégustation a, de toute évidence, ravivé d'autres sortes d'étincelles chez les admiratrices de Saint, vu ce que j'y lis le lundi matin en arrivant chez *Edge*.

Twitter :

@MalcolmSaint vu avec ELLE

@MalcolmSaint c'est vrai ? Tu t'es remis avec elle ???? Il paraît que vous avez passé le samedi ensemble.

@TahoeRoth tu confirmes que @MalcolmSaint revoit son ex ? Il la regarde du podium comme s'il voulait la dévorer.

Je clique sur le lien et une photo de moi à McCormick Place s'affiche, au moment où il m'invitait à poser une question. Je ne me suis pas aperçue qu'on nous photographiait, et encore moins qu'il me lançait un regard très embarrassant, oubliant le reste de l'assemblée.

En soupirant, je repose mon téléphone et ouvre mon dossier « Idées ». Je réfléchis à des sujets quand Helen me convoque dans son bureau. Je ferme mon ordinateur, ce que je ne faisais jamais auparavant. Je pensais en effet que tout mon potentiel était dans ma tête et que le contenu de mes fichiers importait peu. Mais depuis l'affaire Victoria, j'ai compris que tout ce à quoi on accorde de l'importance doit être inaccessible. Putain de vie, tu nous rends vraiment méfiant de tout ! me dis-je. Et je me dirige vers le bureau de Helen.

Dès qu'elle lève les yeux sur moi, elle m'adresse un grand sourire et me désigne une chaise.

– Assieds-toi.

Je secoue la tête et commence :

– Non, tout va bien. Helen, j'ai finalement fait une découverte capitale…

– On va être rachetés, coupe-t-elle.

– On va… Pardon ?

Donc la rumeur était vraie ? Helen se met à glousser.

– Tu vois, Rachel, tu aurais dû t'asseoir.

Nous nous regardons : ma chef semble aussi incrédule que moi, mais bien plus heureuse, en revanche.

– On nous a fait une offre, et apparemment c'est ton article qui a attiré l'attention de notre investisseur, poursuit-elle.

Sur ces mots, elle me regarde, ravie. Son plaisir est évident, mais moi, je suis de plus en plus dubitative…

– Et qui nous rachète ? Cela fait des années que *Edge* n'intéresse personne.

– Exact, mais notre magazine est désormais intéressant. L'offre provient d'un homme important, d'ailleurs tu le connais sans doute, c'est le patron de Lindon Corporation. Elle s'interrompt, comme si j'étais censée avoir une révélation. Et devant mon silence, elle ajoute :

– Il s'agit du nouveau groupe de presse de Noel Saint.

J'ai envie de vomir… Je secoue la tête et passe la main sur mon front en comptant… eh oui, jusqu'à quatre !

– Noel Saint ?

– Lui-même, confirme Helen avec un grand sourire. Et tu n'as pas besoin de t'inquiéter, il procédera peut-être à quelques remaniements, mais ton poste ne craint rien. Noel Saint est fort intrigué par la femme qui a su retenir l'intérêt de son fils pendant si longtemps.

Je me sens si mal que je suis incapable de rester debout plus longtemps, et encore moins de parler… Je finis néanmoins par retrouver l'usage de la parole et dis :

– Si tu n'y vois pas d'inconvénient, je vais travailler sur mon nouvel article…

Tel un automate, je regagne mon bureau et, une fois devant mon écran, les bribes de la conversation que j'ai entendue ce week-end me reviennent… *Espionnage industriel… La vengeance est un plat qui se mange froid.* Noel Saint rachète *Edge*. À cause de mon article. Pourquoi ? Qu'attend-il de *Edge* ? De moi ?

Je regarde fixement mon ordinateur. Quand Saint me poursuivait de ses assiduités, il a acheté ma peinture murale… Il m'a envoyé des fleurs… Il a aidé Halte à la violence en proposant de nouvelles mesures de sécurité high tech… Mais je n'aurais jamais imaginé que cette offre d'emploi à M4 était motivée par une raison similaire. Saint me protège-t-il de son père ?

Je lutte avec moi-même pendant une bonne heure, puis je perds la bataille et lui envoie un texto :

On peut se parler ?

Comme il n'a toujours pas répondu à l'heure du déjeuner, je prends la pomme que j'avais prévue pour le goûter et appelle Catherine au moment où je m'engouffre dans l'ascenseur. Je m'enquiers d'une voix empressée :

– Malcolm est là ? Je peux le voir cinq minutes ?

– Désolée, il n'est pas dans les locaux aujourd'hui.

Déçue, je remonte dans mon bureau et mange ma pomme sur mon siège en pensant à Mal. Il ne semblait pas inquiet lors de la dégustation, pendant la discussion sur son père ; en fait, il paraissait plus concerné par ce que je pensais du vin que par les propos tenus sur son père. Il n'empêche que celui-ci est dangereux. Aussi dangereux que Saint lui-même.

Et soudain, j'ai un nouvel éclair de lucidité, je me rappelle l'avoir entendu dire à quelqu'un : « … *être mort pour la laisser tomber dans ses griffes...* » Tout se met en place à la vitesse de la lumière dans mon cerveau. Non... Je ne veux pas le croire. Oh non !

Submergée par une bouffée d'adrénaline, je me souviens que son père est vraiment un enfoiré de première classe et vais sur Google à la pêche aux informations. Je trouve quelques articles relatifs à des employés qui l'ont poursuivi en justice, tombe sur des interviews qu'il a données lorsque Saint a lancé M4, où il assure tranquillement que la société de son fils fera banqueroute dans trois mois. Je marmonne à l'écran :

– T'es vraiment un gros connard et je suis bien contente que Saint t'ait donné tort.

Me sentant de plus en plus mal, je passe mes options en revue, au cas où Noel Saint rachèterait vraiment *Edge*, et me précipite sur ma boîte mail ; je scrute attentivement les messages que j'ai reçus lors de la parution de mon article... Ceux qui voulaient me recevoir en entretien alors, le souhaitent-ils encore ? Je soupire et ouvre un site qui publie des offres d'emplois.

– Tu cherches un job ?

Je lève distraitement la tête pour découvrir Valentine en train de loucher sur mon écran.

– Pardon ?

– Tu regardes bien des offres d'emplois, non ? Tu comptes nous quitter ?

Je jette un coup d'œil autour de moi pour m'assurer que personne ne nous a entendus, puis je ferme la page, bien décidée à reprendre mes recherches plus tard, à l'abri des regards.

Chapitre 12

UNE DÉLICATE ATTENTION

Lorsque j'arrive chez moi, je dois effectuer une tonne de recherches pour mon article, mais sans pour autant arrêter de penser à Noel Saint, à son fils et à sa dégustation de vin érotique, et à mon rêve très gênant. Après m'être rapidement douchée, j'applique un masque à la mayonnaise sur mes cheveux pour les nourrir et suis devant mon écran depuis un certain temps, une charlotte sur la tête, quand on sonne à la porte. C'est ma propriétaire qui habite au premier : elle vient me prévenir qu'on a livré un paquet pour moi, mais qu'il est trop lourd pour qu'elle me le monte.

Quand son mari rentre du travail et me l'apporte, peu de temps après, je reconnais une caisse de bouteilles. De mon vin préféré.

Sur le dessus, un mot est écrit d'une écriture familière, et mon monde chavire :

Rachel,
Je ne pouvais pas toutes les garder pour moi, surtout après avoir vu ton regard inoubliable quand tu as rencontré ta nouvelle obsession.
M. S.

Je relis plusieurs fois son mot, scrute l'espace entre les lettres, m'attarde sur le M et le S… *Putain, mais mon obsession, c'est toi !*

Poussant un soupir tremblant, je porte la caisse dans la cuisine et me rends dans ma chambre où, d'une main fébrile je sors mon téléphone et appuie sur le numéro de Mal.

Je cherche ce que je vais lui dire… Au bout de trois sonneries, il décroche.

– Saint.

Les papillons remontent de mon estomac jusque dans ma gorge.

– Salut, c'est moi, dis-je en m'efforçant de rester naturelle.

Mais quand mes yeux tombent de nouveau sur son mot, je perds les miens. Contrôlant ma respiration, je poursuis :

– Donc, un mec que je connais vaguement tient à ce que je m'enivre et vient de me faire livrer une caisse de bouteilles d'un vin absolument exquis. Il m'a aussi donné l'adresse d'une association AA, une fois que j'aurai terminé.

– Le salaud.

Je me mords la joue pour ne pas rire.

– Tu viendras me donner un coup de main, un de ces jours ?

Le rire qui résonne alors dans mon téléphone me trouble tant que j'arrête de faire les cent pas et m'assois sur le rebord du lit. Je tire nerveusement sur la couette quand il me répond :

– Il y a sept jours dans une semaine, Rachel, donc nomme celui qui correspond à « un de ces jours ».

Je sens mes joues s'empourprer.

– Cette semaine, je dois remettre un article, donc on dit ce week-end ? Samedi ou dimanche ?

– J'ai une meilleure idée. Descends.

– Pardon ?

– Descends, répète-t-il.

– Tu passais dans le quartier ? dis-je, incrédule.

– Non, je ne passais pas dans le quartier, j'y suis venu pour toi.

Traversant la pièce, je tire le rideau sur le côté : une voiture rouge flambant neuve est garée devant mon immeuble. Sa nouvelle voiture de frimeur.

– Rejoins-moi, dit-il.

Je laisse retomber le rideau et lui envoie un texto :

Donne-moi cinq minutes.

Je jette mon portable sur le lit et me rue dans la salle de bains où je retire prestement ma charlotte. *C'est pas vrai, Rachel, pourquoi as-tu choisi précisément ce jour pour faire ce masque ?*

Appuyée contre le chambranle de la porte, Gina me demande d'un air narquois :

– Tu ne préfères pas que j'aille lui dire que tu as un truc jaunâtre dégueulasse dans les cheveux et qu'il vaut mieux qu'il revienne plus tard ?

Fébrile, j'ouvre le robinet et mets la tête dessous, afin

d'enlever en un temps record toute trace de mayonnaise. Après quoi, j'enveloppe mes cheveux dans une serviette et les frictionne aussi vite que possible pour les sécher. Saint est en bas, dans mon quartier, il est venu me voir.

Je ramène ensuite ma chevelure en arrière, y passe un coup de brosse énergique puis me fais un chignon; j'enfile alors un legging bleu marine, un tee-shirt gris clair, mes bottines UGG et me précipite dans les escaliers.

La gravitation, c'est la force d'attraction qui existe entre deux objets, deux masses, deux corps, elle ne définit pas juste un objet attiré par le centre gravitationnel de la Terre. Elle peut s'appliquer à tous les objets de l'univers: plus ils sont proches, plus grande est l'attirance. Je n'ai jamais ressenti cette loi de manière aussi puissante qu'envers l'homme qui est à côté de moi. Avec lui, la gravitation me donne l'impression de tomber alors que je suis immobile.

Mâchoires carrées, bouche toujours aussi appétissante, grand, puissant, impressionnant dans son costume noir, il semble nager dans un océan de confiance et de détermination. Nous sommes dans sa voiture, devant mon immeuble. D'un calme olympien, d'une beauté à tomber par terre, Saint est encore une fois en train de me regarder, aussi implacable que peut l'être le seul P.-D.G. que je connaisse, et aussi insaisissable qu'un ouragan.

Tout le monde est fou de lui. Les femmes se ridiculisent pour attirer son attention, il inspire l'envie, l'amour et toute la gamme d'émotions situées entre ces deux pôles. Même l'obsession. Même de ma part. Il était adossé à sa voiture quand je suis sortie.

– Salut, ai-je dit en rougissant. C'est ce que je fais quand j'ai du temps libre.

Et j'ai désigné mon chignon mouillé. Il m'a regardée sans mot dire, puis a ouvert la porte papillon de son étonnante voiture.

– J'espérais que nous pourrions parler, déclare-t-il enfin.

À présent, il est assis derrière le volant et je suis nerveuse. Tout le monde attend quelque chose de lui. Il a l'instinct du guerrier et l'habitude qu'on le sollicite. Il dit rarement non. Il sait prendre soin d'autrui. Il m'a déjà consolée et, tout en admirant, dans la pénombre, son visage viril où dansent les ombres de la rue, je me rappelle à quel point je veux être indépendante et comme il peut facilement me dominer.

Je me souviens comme si c'était hier de la première fois où je l'ai vu. De ce lent sourire qui lui montait si facilement aux lèvres et avait allumé un incendie en moi. C'est un homme dont les doigts ont tracé pendant des heures les courbes de mes épaules et de mon dos pour les mémoriser pendant que nous nous embrassions.

Finalement, les lames tranchantes de la perte n'étaient rien comparées à la douleur qui m'étreint maintenant, dans la voiture, car le souvenir de chaque moment passé en sa compagnie est à la fois un trésor et une punition. Il est si silencieux, si charnel et si excitant. Il peut aussi être tendre, mais il consume mon monde avec la violence et la vitesse d'un cyclone.

Je n'ai jamais désiré un homme avec autant de force que lui, ni attendu avec autant d'impatience l'appel de quiconque. Jamais nourri une telle envie de voir quelqu'un. Avec lui, cette impression de vide que l'on ressent parfois au fond de soi m'est devenue familière, ainsi que le besoin qu'on a de le combler, mais jamais elle n'a été aussi grande qu'en ce moment même ; je redoute en même temps désespérément que Saint ne soit jamais à moi.

Ce qui ne m'empêche pas de le désirer.

– Tu vas donc quitter *Edge* ? demande-t-il.

L'intimité de sa voix dans l'habitacle étroit de la voiture est difficilement supportable.

Une main sur le volant, il se tourne un peu vers moi.

– Pourquoi ? poursuit-il. Ton magazine se porte bien mieux après l'article que tu as écrit, non ?

– Mon article ? Tu veux plutôt parler de ma lettre d'amour, non ? dis-je en baissant les yeux.

Un ange passe. L'air est chargé d'électricité entre nous.

– C'est ainsi que ma chef l'appelle.

Il reprend d'une voix basse :

– Pourquoi veux-tu partir ?

– Parce que.

D'un geste vif, il me saisit le menton. Ce contact me fait l'effet d'un choc électrique et je sursaute légèrement. Quand il se penche vers moi et envahit mon espace vital, je m'adosse à mon siège, essayant de lui échapper, paradoxalement. Les yeux rivés aux miens, il insiste :

– Tu ne vas pas venir à M4 ?

– Non, dis-je en regardant sa bouche.

Il me tient toujours le menton.

– Pourquoi quittes-tu *Edge* si ce n'est pas pour venir à M4 ?

– Mais d'abord, comment sais-tu que je compte quitter *Edge* ?

Je tourne la tête pour respirer et me dégager de sa main.

– J'ai des amis partout, Rachel.

Je lui fais de nouveau face.

– J'ai juste consulté quelques annonces et appelé pour me renseigner.

Il est si proche de moi que son parfum m'enveloppe, la tête me tourne presque… À la fois nerveuse et le cerveau en vrac, je me mets à fixer la rue, derrière lui. Soudain, je hausse les épaules et avoue en rougissant :

– Je sais ce que veut ton père.

– Et ? insiste-t-il en cherchant mon regard.

– Et je ne travaillerai pour personne qui soit contre toi. Je fais partie de l'équipe Malcolm.

– Dans ce cas, pourquoi ne travailles-tu pas pour moi ?

– Parce que…

Ma voix faiblit.

– Même si je fais partie de ton équipe, je ne veux pas être ce qu'un millier d'autres personnes sont déjà pour toi.

Une lueur brille alors dans ses yeux et il penche la tête.

– Dans ce cas, que veux-tu donc ?

– Tu le sais bien, dis-je dans un murmure en baissant les yeux.

– Je veux l'entendre de ta bouche, rétorque-t-il d'un ton aussi intense que bas.

Dis-lui. N'aie pas peur. Tu ne peux pas faire pire que ce que tu as déjà fait !

– C'est toi que je veux.

J'ai murmuré mon aveu, sans même le regarder. Je l'entends soupirer et scrute la pénombre dans sa direction…

– Je suis tellement en colère contre toi, dit-il tout bas près de mon oreille.

Puis il pousse un léger grognement en passant la main sur son visage. Je respire avec difficulté, comme si je venais de sauter d'une falaise, et c'est d'ailleurs peut-être ce que j'ai fait. Le désir que j'éprouve pour lui me griffe violemment le cœur, tel un être vivant qui voudrait sortir de moi pour s'enrouler autour de lui.

– Saint…

Je halète littéralement.

– Je suis furieux, Rachel, reprend-il.

Ses paupières sont incroyablement lourdes, mais ses mâchoires saillantes traduisent sa colère.

– Si furieux que je ne vois plus clair.

Et il darde sur moi des yeux où semblent brûler tous les feux de l'enfer.

– Quand je ferme les yeux, c'est toi que je vois, Rachel. Tes yeux, tes cheveux, ton visage rougissant.

– Malcolm…

Ma vision devient floue. J'ajoute d'un ton suppliant :

– Je suis prête à tout pour te prouver que je te suis loyale et sincère.

Il serre un peu plus les mâchoires.

– Tu m'as fait souffrir, dit-il d'une voix douloureuse. Je t'en veux, mais je ne peux pas renoncer à toi, même si j'en ai envie.

– Saint, n'essaye pas de m'oublier, car moi, je ne le pourrai jamais, dis-je subitement.

Il me regarde. Nous sommes dans une impasse. Il referme ses doigts autour de mon bras, et je lui dis d'un ton suppliant :

– Faisons table rase du passé.

Puis je touche son visage. Ses yeux lancent des éclairs, ils brûlent de désir. J'insiste :

– Je veux que tu me donnes une nouvelle chance.

Là-dessus, je m'apprête à plaider encore une fois ma cause, mais finalement, à la place, je saisis sa main et en embrasse le dos. Je la porte ensuite à mon visage et ferme les yeux, redoutant de lire du dégoût dans ses yeux.

– S'il te plaît, Saint.

Je relève la tête et suis surprise par ce que je vois sur son visage, son expression. Celle d'un homme affamé, de retour chez lui après de nombreuses décennies. Mon sexe trempé tremble de désir. Il ne pourrait pas avoir l'air plus puissant, ni plus possessif, et pourtant, cela ne m'arrête pas, et j'embrasse cette fois le milieu de sa paume.

Son regard est un brasier, comme s'il se consumait intérieurement, et je suis responsable de ce supplice. Prenant mon visage, il embrasse le coin de ma bouche. Puis il m'attire à lui, sur son siège, et pose un baiser sur l'autre coin de mes lèvres avant de m'asseoir sur lui.

Est-ce bien une énorme érection que je sens ? Oh oui, pas de confusion possible. Il me désire. Il me désire tant que j'en tremble. Il me rapproche plus étroitement de lui et fait glisser fiévreusement sa bouche sur mon visage, vers mon oreille, prenant son temps. Comme toujours.

– Tu sens bon, me murmure-t-il à l'oreille.

Et il laisse sa main courir sur mon ventre… Je frissonne. Le désir crépite entre nous.

– Je voudrais t'oublier, Rachel, mais je sais que tu as raison, que tu ne mentais pas, du moins pas à moi. Mais tu t'es menti à toi-même. Tu t'es persuadée que tu voulais découvrir la vérité sur moi alors que, pendant tout ce temps, tu ne voulais pas admettre que tu étais en train de tomber amoureuse de moi.

Je soutiens son regard, mes poumons pèsent une tonne.

– Et si c'était vrai ?

– C'est vrai, Rachel.

Et dans ses yeux brille alors une tendre lueur possessive. Je rougis, baisse le visage, et quand il glisse la main sous mon tee-shirt, je pose la mienne sur son poignet pour l'immobiliser.

– Non, Malcolm, non. Tu vas me rendre folle, et ensuite, m'abandonner au bord de la falaise.

– Si je me rapproche de la falaise avec toi, je n'en reviendrai jamais.

– Qu'est-il arrivé à mon homme qui aime prendre des risques ?

– Je ne me soucie pas uniquement de moi, mais aussi de toi qui, comme le grand vin, dois être protégée.

Je caresse sa joue, sentant sa barbe naissante sous mes doigts.

– Saint, quand tu me touches, rien d'autre ne compte. Alors utilise-moi, brise-moi, mais désire-moi.

Puis fébrile, j'effleure ses lèvres du bout des doigts. Tendu, il se tait. Je frissonne à l'intérieur, mais il demeure immobile, toujours dans le contrôle… Je baisse la main, déçue qu'il ne me touche pas en retour. Alors d'une voix rauque, yeux plissés, il me dit :

– Tu réagis à mes caresses comme avant.

– Je suis toujours la même, je ne t'ai pas menti.

Mon cœur cogne à tout rompre dans la crainte qu'il ne me repousse, mais je ne peux m'empêcher d'implorer son pardon. Je poursuis :

– Je voulais être avec toi, te voir. Je ne voulais pas que ça s'arrête.

À cet instant, je pose la main sur sa cravate et sens ses muscles se contracter. Je laisse mes doigts se promener sur lui, sans détacher mes yeux des siens, où couve un orage qui les rend plus verts encore. Soudain, il tire sur le lobe de mon oreille. Je ferme les yeux quand il reprend, la voix râpeuse, chargée de désir :

– Je me rappelle cette oreille.

J'ouvre les yeux pour rencontrer les siens, posés sur moi. Et je fonds carrément.

– Quand tu me taquines comme ça, ça me fait mal.

– Non, c'est ça qui fait mal, renchérit-il.

Et il me serre le bras, m'arrachant un petit gémissement.

– Dès que je te touche, tu te rapproches, poursuit-il. Tu pousses ton corps contre le mien pour que mes mains te caressent, partout. Tu me regardes comme si j'étais le connard qui avait réalisé tous tes rêves puis te les avait arrachés. Et pourtant, tu veux toujours que je te touche, non ?

– Oui… Mais je veux aussi que tu me fasses confiance.

– Te faire confiance, Rachel ? C'est à moi-même que je ne fais pas confiance quand je suis avec toi.

J'essuie une larme et murmure d'une voix brisée :

– Je veux que tu sois ma chasse gardée.

À cet instant, la lumière de la lune éclaire son visage : il est d'une beauté quasi surnaturelle. Il saisit mon visage et le rapproche du sien, puis colle sa bouche à mon oreille. Sur une impulsion, j'ajoute, rougissant de mon propre aveu :

– Tu me manques.

– Vraiment ? Tu es sûre ?

– Tu me manques terriblement, je ne peux pas t'oublier, et je ne veux pas que tu m'oublies.

Je déglutis avec difficulté et quand j'ouvre la bouche pour poursuivre, il me devance :

– Chuuut…

Alors, avec la plus grande prudence, comme s'il risquait de me briser, il attire mon visage vers le sien. Je frissonne quand, de ses lèvres, il frôle le coin de ma bouche. La chaleur de ses mains sur mes joues traverse tout mon corps… Reculant un peu, il se met à me caresser les lèvres du pouce.

– Nous allons faire machine arrière en douceur, dit-il tandis que ses yeux virent au vert profond. Quand je serai prêt, je te demanderai de devenir ma petite amie, mais ce sera la dernière fois, Rachel. Si tu me réponds non, ce sera aussi le dernier non que j'entendrais de ta bouche.

Pourquoi ne me le demande-t-il pas maintenant ?

Je tourne la tête et pose un baiser sur son pouce ; il en profite pour le faire glisser sur ma lèvre, comme lorsqu'il m'a fait goûter le vin. Le désir s'enroule autour de moi comme un long ruban, doux et chaud. J'ai tellement envie qu'il m'embrasse.

– Ne joue pas avec moi, dis-je dans un murmure.

– Ce n'est pas un jeu.

– Je veux que tu aies faim de moi comme avant, Saint.

– Sortons ensemble vendredi, propose-t-il d'un ton pressant.

– Oui ! Avec plaisir.

– Ce sera très chic. Tu as une tenue appropriée ?

Et il me regarde avec une tendresse dont la sincérité m'émeut terriblement. Je hoche vite la tête.

– Oui, bien sûr, j'aurai ce qu'il faut.

– J'aimerais t'offrir une robe.

– Non, dis-je en riant. Voyons, Mal !

– J'insiste. N'oublie pas… plus de *non.*

Je reprends d'une voix à peine audible.

– À quelle heure dois-je être prête ?

– 20 h 45 ? Ça commence tôt, mais une longue semaine m'attend, à partir de lundi.

Et je sais pourquoi, Saint, parce que tu en veux toujours plus, encore et encore, et c'est parfait, car je veux que tu me désires de cette façon-là. Je sais aussi pourquoi tu tiens à ce que je travaille pour M4. Parce que même si tu es furieux contre moi, tu essaies à tout prix de me protéger. Toujours. Je lui demande :

– Tu veux toujours décrocher la lune ?

Il ne répond pas tout de suite, puis finit par dire :

– Quelque chose comme ça.

Le silence retombe. Je descends de la voiture de son côté, en lui murmurant :

– Merci pour les bouteilles de vin.

Je lui souris, et il me rend mon sourire.

– C'était avec plaisir.

Après quoi, nos regards restent attachés l'un à l'autre pendant une bonne minute. Dans l'ombre, ses yeux brillent d'un éclat purement viril. Tout cela est-il vraiment réel ? Et mon cœur se serre brusquement à l'idée que non…

– Je représente un défi, pour toi, n'est-ce pas, Saint ? Et quand tu auras gagné, tu en auras fini avec moi.

Là-dessus, je m'apprête à tourner les talons, mais il me saisit la main et m'attire vers lui. Alors, sans me lâcher, il tend l'autre bras jusqu'à la boîte à gants et en sort un stylo.

Mon cœur tressaute quand je reconnais le stylo de l'hôtel… Déterminé, il pose ma main côté paume sur ses genoux. Il sent forcément que mes doigts tremblent, et d'ailleurs, il me jette un regard brûlant. Après quoi, il écrit quelque chose sur ma peau, puis me referme les doigts.

– Ne me sous-estime pas, murmure-t-il.

Et je savoure le regard possessif qu'il braque sur moi tout en me parlant de cette voix si profonde. Puis, avec lenteur, une lenteur qui me met au supplice, il me relâche.

– Bonne nuit, Rachel.

D'un pas hâtif, je regagne mon immeuble, certaine que ses yeux sont braqués sur mon dos. Sur le seuil de la porte, je me retourne : un puissant désir jaillit entre mes cuisses lorsque je l'aperçois une dernière fois. Le bras étendu sur le dos du siège passager, il a tout du prédateur, décontracté, tout en me scrutant avec une intensité à peine soutenable…

Presque paniquée, je cherche la poignée à tâtons, parviens à l'ouvrir et m'engouffre à l'intérieur en poussant un soupir. La porte refermée, je pose la main sur la vitre. L'extérieur est flou désormais, et j'entends bientôt le moteur de sa voiture qui redémarre. Mais il a beau s'éloigner, je garde au bout des doigts la sensation de son torse, et en moi l'énergie qui l'habite, tel un liquide chauffé à blanc qui court à la vitesse de l'éclair dans mes veines. Dans un ultime effort, je rentre dans l'appartement et m'appuie contre la porte, essoufflée. Puis j'ouvre la main.

Chasse gardée.

Chapitre 13

LA TENUE DE SOIRÉE

– Moi, je choisirais la bleu clair.

– Je vote pour la rose pâle.

– Non, la bleu clair. Une soirée parfaite requiert une robe parfaite, tout comme un homme parfait mérite une femme parfaite, argue Gina face à Wynn.

– Je ne suis pas parfaite, mais je dois l'être, ce soir, leur dis-je.

– Ton milliardaire va toucher le jackpot avec toi, tu as l'air de valoir des millions. Bon investissement qui rapportera vite.

– Wynn ! m'écrie-je d'un ton indigné.

Puis j'éclate de rire.

– Je ne comprends toujours pas pourquoi tu ne l'as pas fait monter pour le laisser te prendre sauvagement ! renchérit-elle, un rien provocatrice.

– Parce que… cela fait un mois que nous n'avons pas couché ensemble.

– Justement ! À quoi bon parler ? Ce n'est pas nécessaire. Il te désire, et vice versa.

Je cherche, parmi mes boucles d'oreilles, la paire de petits clous en argent qui met en valeur le gris de mes yeux.

– Il… Bref, je vous ai déjà expliqué la situation.

– Ah non ! Regarde, tu es toute rouge. Décidément, tu ne peux pas parler de lui sans avoir bu.

Je soupire. Mes amies sont hyperprotectrices… et curieuses, quoi de plus logique ?

– Il a lu mon article, dis-je.

Elles veulent les détails. Et moi, je me souviens de la main de Saint sur mon visage, me fixant… Ses lèvres à la fois si proches et si lointaines, et tout à coup, au coin des miennes… Je regarde ma paume où il a gravé « Chasse gardée », désormais invisible car effacé par une semaine de douches.

– Et il m'a demandé de sortir avec lui ce soir, voilà.

Gina ouvre une de mes bouteilles de vin et revient avec trois… gobelets ! Je prie pour que Mal ne nous voie jamais commettre un tel sacrilège : un grand cru dans du plastique !

– Une sortie publique ? demande-t-elle en nous tendant à chacune un gobelet.

– Ce n'est pas trop tôt, renchérit Wynn en sirotant une gorgée.

Je repose mon verre et hoche la tête : je me sens à la fois comme sur un petit nuage et fébrile. J'ai toujours sa chemise, bien cachée au fond de ma garde-robe. Je l'ai sortie hier soir – cette chemise qui porte tant de souvenirs –, puis j'ai ôté mes vêtements, l'ai enfilée, boutonnée. Et c'est ainsi que j'ai dormi. C'était comme de dormir dans des draps après une nuit de sexe torride, toutes mes hormones me tourmentaient, même si j'avais conscience que je ne ferais rien sans lui.

– Et j'ai répondu oui. Et il m'a aussi dit qu'il voulait m'acheter une robe.

Il l'a dit à voix basse, comme si c'était la chose la plus naturelle du monde, de ce timbre qui m'émeut toujours. Je me retiens de leur avouer la suite, ce qu'il a écrit sur ma paume… Après quoi, je me suis mise au lit et j'ai appelé ma mère dans le noir, pour lui confier ce qui s'était passé et, sans m'en rendre compte, des larmes de joie ont coulé sur mes joues au moment où j'ai entendu sa voix dans le combiné…

Je reprends :

– Le code vestimentaire est très chic. Si c'est la dernière fois que je sors avec lui, autant être superbe.

Sur ces mots, je me regarde dans le miroir.

J'ai l'air heureuse, et en fait, il me semble que je ne l'ai jamais été autant.

– Cette robe est parfaite, m'assure Wynn. La fente sur le côté, les épaules dénudées, la coupe fourreau. Elle crie : « Je suis une vilaine fille, mais rien que pour toi ».

– Arrête ! renchérit Gina. Comme si ce n'était pas le pire bad boy connu à ce jour.

Je me mets à rire et me sens rougir en pensant à lui : est-il aussi impatient que moi d'être à ce soir ?

– Donc, il a lu ton article ? insiste Wynn. Tes mots l'ont forcément atteint.

Wynn sort le magazine de dessous mon lit, là où je l'ai caché, notamment à cause de la photo de Saint qui figure en couverture. Elle poursuit :

– Surtout cette phrase : « Je sauterais aveuglément dans le vide s'il y avait juste 0,01 % de chance qu'il soit encore là et m'attende pour me rattraper ».

– Wynn, arrête ! Et toutes les deux, vous feriez mieux de m'aider à me préparer.

Elles mettent de la musique, et, avec en fond *Sugar*, de Maroon 5, je me fais belle pour lui, brossant soigneusement mes cheveux jusqu'à ce qu'ils brillent comme du verre sous le soleil.

Pendant des semaines, j'ai connu une traversée du désert. Je regardais mon écran désert avec espoir, écoutais son léger vrombissement, tout aussi amorphe. Mais maintenant, celle qui vibre, c'est moi ! Je porte une robe digne d'une princesse, et mes amies s'affairent autour de moi, cherchant le sac et les chaussures qui s'accordent le mieux à ma robe. L'aide de Gina m'est précieuse, elle qui a eu tellement peur que cette histoire avec Saint ne me brise.

– Donc, c'est toi qui m'encourages maintenant à sortir avec le type dont tu voulais me protéger il y a encore quelque temps ? Tu fais partie de la *team* Saint, à présent ?

Elle réfléchit quelques secondes puis répond :

– Je soutiens l'équipe qui te rend heureuse. Et… d'après ce que Tahoe m'a dit, c'est bien le cas.

Je roule des yeux.

– Et tu le crois ?

– Il aime Saint autant que moi je t'aime, dit-elle. Il n'a pas apprécié votre rupture, pas plus que je n'ai aimé te voir traîner ton cafard. Il m'a dit que…

– Que quoi ? m'enquis-je, soudain très intéressée.

– Selon lui, Saint est vraiment à fond sur toi, car en général, il ne pardonne jamais la trahison.

Wynn fronce les sourcils.

– Et qu'a-t-il dit d'autre ? s'enquiert-elle. Puisque vous communiquez tous les deux, autant tout nous dire.

– Je lui ai justement parlé hier, et il m'a dit, je le cite : « Saint est vraiment à fond sur ta meilleure amie. Jamais je ne l'ai vu comme ça. Jamais ».

J'ai l'impression que même mes parties intimes en rougissent.

– Et qu'en dit maman Rachel ? renchérit Wynn. Elle est au courant ?

– Notre mère ? dis-je en riant.

Car les filles l'appellent toujours maman Rachel ou maman, jamais Kelly.

– Eh bien, elle veut le rencontrer. Elle est contente qu'il ait repris contact avec moi. Mais je n'ai pas envie de mettre la pression à Saint, et ma mère devra attendre que nous voyions où tout cela nous mène.

– OK, soyons pragmatiques : est-ce que tu vas coucher avec lui ?

– OUI, OUI, OUI ! Je n'attends que ça !

Et j'éclate de rire, j'ai tellement hâte.

– La voiture est en bas, annonce alors Wynn de la fenêtre.

Puis elle se rend dans la cuisine pour ne rien rater de la scène et poursuit :

– Il monte.

– Ok.

Respirant lentement, j'attache vite mes chaussures et sors une étole bleue de mon placard.

– Rachel, s'écrie Gina en me saisissant la main.

Elle me regarde et la serre.

– Je suis heureuse pour toi, et en même temps, ça me brise le cœur, car j'en ai un, tu sais. Paul ne m'a pas tout pris, juste ce qui était réservé aux hommes. Mais pour mes amies, il est intact. Mon cœur vous appartient, à Wynn et toi.

Ses yeux brillent d'émotion.

– Vous savez que je ne crois pas à l'amour. En revanche, je crois aux secondes chances ; or, tu tiens la tienne, Rachel. Et en l'occurrence, j'admire la persistance de Saint, j'avoue, il est vraiment sérieux avec toi.

Je serre sa main moi aussi, émue.

– Quand il a un objectif en tête, il est à la fois patient et tellement implacable. C'est impressionnant.

On se sourit, puis elle me lâche la main.

– N'ouvre pas encore, Wynn, il faut qu'elle soit parfaite, ordonne Gina.

Mais quelques secondes plus tard, Wynn claironne :

– Entre, Saint, elle est presque prête.

En entendant sa réponse, je frissonne. Depuis la salle de bains, j'aperçois la manche de sa veste noire par l'entrebâillement de la porte, ainsi que ses boutons de manchette. Sa main aussi, bronzée et puissante, que je meurs d'envie d'avoir sur moi… Je jette un dernier coup d'œil à ma robe bleue sans manches qui frôle mes chevilles, à sa longue fente sur le côté gauche ; sa couleur souligne les nuances bleutées de mes yeux gris. J'ai les cheveux détachés et comme mes épaules sont nues, je remonte mon étole un peu plus haut.

Les nerfs en pelote, je sors de la salle de bains et peut enfin voir Mal dans toute sa splendeur ; c'est agréable de pouvoir l'admirer de dos, la manière dont il se tient, l'énergie incroyable qui émane de lui.

– Tiens, elle est là ! s'exclame joyeusement Wynn.

Il se retourne, mains dans les poches, et à ma vue, je me rends compte qu'il serre les poings.

– Rachel, dit-il.

Une rafale d'émotions traverse mon corps. Je ne peux lutter contre ma nature, et même si j'aimerais prendre un air décontracté, mon corps me trahit et je me sens rougir.

– Salut, Mal, dis-je avec un sourire timide.

Et je m'avance vers lui pour déposer un baiser sur sa joue, en me hissant sur la pointe des pieds. Il pose la main sur mon dos nu et me maintient quelques instants ainsi, prolongeant le contact de mes lèvres sur sa peau.

– Tu es prête ? me murmure-t-il à l'oreille.

Je hoche la tête et nous disons au revoir aux filles. Il glisse sa large main dans la mienne et m'entraîne vers la porte. Je lance alors un dernier coup d'œil par-dessus mon épaule… Gina articule un silencieux « Waouh », tandis que Wynn ouvre la bouche dans un « Aaaah ! ».

En bas, Otis nous ouvre la portière de la Rolls et Malcolm lui donne des instructions. Je suis à peine assise qu'il se glisse sur la banquette en face de moi. Aime-t-il ma robe bleue sans manches, sa longue fente, mes ongles vernis et manucurés ? Je l'ignore, mais en revanche, sa proximité me trouble terriblement, et quand il se met à promener son regard lent et délicieux sur mon corps, le désir agrippe mon sexe.

Moi aussi je le regarde, parce que visiblement son smoking l'adore et que la rencontre des deux est aphrodisiaque. Je suis consumée par un désir brûlant.

– Salut, dit-il, en dardant sur moi ses yeux vert liquide. Tu es belle.

Il hausse un sourcil et ajoute :

– Même si j'étais censé t'acheter une robe.

– Non, dis-je avec un sourire, en secouant vigoureusement la tête.

– Si. Arrête de me dire non.

Putain, ces yeux ! Si brillants. Je suis fichue, complètement fichue.

– J'ai dit oui à la tenue correcte exigée, renchéris-je.

Je ne devrais pas être timide, bon sang ! S'il existe au monde un homme qui me connaît, c'est bien lui ! Mais il est si impressionnant, et il me regarde avec une telle admiration, comme si j'étais la féminité incarnée, que cela me rend incroyablement fragile, presque adolescente.

– Je t'ai soudoyée avec du vin, tu vois, je connais tes points faibles.

Puis me saisissant la main, il m'attire sur sa banquette.

– Tous tes points faibles, insiste-t-il, brusquement très sérieux, une fois que je suis assise à côté de lui.

– Vraiment ? Non, je ne crois pas, sinon, tu serais déjà en train de m'embrasser.

Il pose un regard lourd sur ma bouche, et de délicieux picotements se promènent entre mes cuisses quand je comprends que c'est exactement ce qu'il va faire.

– Le problème, si tu m'embrasses, c'est que je n'aurai plus de rouge à lèvres.

Mais il m'enlace déjà par la taille d'un bras possessif.

– Il m'ira bien, non ?

– Mal ! dis-je en éclatant de rire.

Il caresse la ligne de ma nuque.

– Ce rire...

Et à l'entendre, on croirait que c'est sa plus grande découverte. À un centimètre de mon oreille, il murmure :

– Je peux tout à fait embrasser tout le reste de ton corps en évitant ta bouche.

Soudain, une lueur bien familière s'allume dans ses yeux et je tremble d'anticipation. Il fait glisser mon étole puis rejette mes cheveux dans mon dos et pose alors la bouche sur mon épaule, l'embrasse avant d'y promener ses lèvres. Un frisson me parcourt...

– Malcolm, dis-je à voix basse, avec un petit rire.

Remontant lentement, il dépose un baiser dans mon cou, cette fois.

– Rachel, murmure-t-il d'une voix rauque.

Et il suit la ligne de mon collier jusqu'au R, avant de le soulever pour me donner un baiser à l'endroit où bat mon pouls – lequel cogne à toute vitesse ! Son souffle humide sur ma peau me rend folle de désir, tout comme sa cuisse contre la mienne, et cette façon délicieusement lente qu'il a d'embrasser mon cou...

– J'ai perdu, dit-il quand il s'approche de ma bouche.

Je ne comprends pas. Que veut-il dire, au juste ? Qu'a-t-il perdu ? Pourquoi a-t-il cet air déterminé... et si peu désolé ?

– J'ai perdu, répète-t-il.

Et j'ouvre grands les yeux quand il me tire sur ses genoux et qu'il m'enlace étroitement... Je vais perdre la tête ! Il a l'air si sérieux, rien à voir avec le visage qu'il affiche quand il me sourit. Mâchoires serrées, il attrape ma nuque et m'attire contre son torse ; seules ma robe et sa chemise nous séparent. Il fixe obstinément ma bouche et le souffle me manque quand ses lèvres touchent les miennes.

Je demande à voix basse :

– Tu crois que c'est à cause de notre séparation que c'est si intense entre nous ?

– Je ne sais pas… Mais je ne m'arrêterai pas. Je préfère de loin ce feu à la froideur dans laquelle je vis tous les jours.

Son torse se lève et s'affaisse lentement, tandis que ma respiration s'accélère. Mon cœur s'affole dans ma poitrine, dans l'attente de la suite, je ne pense qu'à ses mains chaudes sur moi, son torse solide, sa bouche qui frôle à présent le coin de la mienne. Il y dépose l'ombre d'un baiser… et tous mes sens se réveillent. C'est ici que je le veux, que je le désire de tout mon être, là où il m'a faite sienne pour la première fois.

Et tant pis pour mon rouge à lèvres ! Plus rien ne compte…

Mais non, il abandonne ma bouche, glisse la sienne le long de ma joue, empoignant mes cheveux au passage, me maintenant contre son torse… S'il me donne du temps pour réfléchir, c'est raté car j'en suis bien incapable. D'ailleurs, il n'y a pas à réfléchir, il m'a trop manqué… Une boule d'émotions me noue la gorge, l'estomac.

Ses cheveux me chatouillent quand il cherche l'autre coin de ma bouche, et enfin, il capture mes lèvres. J'en tremble de la tête aux pieds. Du bout de la langue, il teste ma résistance, mais je ne lui en oppose aucune et nos langues s'enroulent langoureusement l'une à l'autre, tandis que le désir grandit entre mes cuisses...

Soudain, il s'écarte de moi pour me lancer un regard si sexy que j'en suis tétanisée J'ai l'impression d'être exceptionnelle, parfaite, comme s'il ne pouvait pas croire que je suis là, tremblante, dans ses bras.

De ses mains, il prend mon visage et m'embrasse à nouveau. Il gémit et le baiser se fait plus intense, plus urgent. J'enfonce mes doigts dans ses cheveux et le laisse utiliser le bas de mon dos pour me presser contre son corps, écrasant mes seins contre son torse, suçant ma langue comme un homme affamé, fou de désir. Il m'embrasse comme s'il me désirait plus que le monde qu'il veut conquérir, plus que la lune qu'il ne pourra jamais avoir.

Et de mon côté, je déverse tout mon amour dans ce baiser... Tous mes murs s'écroulent à mes pieds quand il détache sa bouche de la mienne, je n'ai plus d'énergie. Mes paupières sont lourdes, comme les siennes, et j'essaie de retrouver mon souffle, tout comme lui.

– Tu m'as manqué, Mal.

– Toi aussi, Rachel, murmure-t-il, le front posé sur le mien.

Puis nous laissons le silence nous envelopper, enlacés, jusqu'à notre destination. Je me sens à la fois détendue et pleine d'énergie. Quand la voiture s'arrête, Saint efface de son visage les traces de mon rouge à lèvres, puis vérifie que je n'en ai pas, tandis que je me recoiffe. Après quoi, il descend de la Rolls, me tend la main et nous nous retrouvons à l'extérieur, aussitôt assaillis de dizaines de regards dans la file d'attente de la soirée. Ils ont l'air surpris en me découvrant à ses côtés. Je tremble, mais sa main dans la mienne me donne le courage d'affronter la foule.

– De quoi as-tu peur ? me demande-t-il à l'oreille.

Nous sommes arrivés à la hauteur du videur qui nous ouvre la porte.

– Du monde, dis-je.

Il me sourit.

– Détends-toi, le monde m'appartient.

Et je me sens soudain soulagée car je le crois.

La salle de bal brille de mille feux quand nous y pénétrons. On dirait que les plus riches et puissants de la ville se sont donné rendez-vous ici, et je m'efforce de garder la tête haute.

Des chandeliers modernes en verre sont suspendus au plafond, et du mur de droite jaillissent des cascades scintillantes. Il y a un orchestre, des fontaines de chocolat, des tables rondes recouvertes de nappes en lin blanc, des couverts en argent, des chaises Tiffany… Nous nous frayons un chemin dans la foule, croisant un nombre impressionnant de robes pailletées, d'hommes en smoking, de parfums aux notes profondes et épicées. Je suis conscience que les femmes dévorent Saint des yeux et que ceux des hommes sont fixés sur moi. Putain, c'est incroyable, comme il attire les regards ! Même si les gens ne savent pas qui il est, sa présence est si magnétique qu'on ne peut ignorer son statut.

– Ne les laisse pas t'intimider, Rachel.

– Ça n'arrivera pas.

– Tu es avec moi.

Je lève la tête vers lui.

– Je sais.

– On s'assoit un peu, après on s'échappera… Enfin, si tu es gentille, me prévient-il.

Et une lueur malicieuse, qui m'a tant manqué, s'allume dans son regard, qui s'égare quelques secondes sur ma bouche… Je repense au baiser qu'il m'a donné dans la voiture. Puis il m'entraîne vers notre table où, contrairement à ce que je pensais, les convives ne me traitent pas de haut ; en fait, ils respectent bien trop Malcolm pour être désagréable avec moi. Et ils ne gâcheraient pour rien au monde les précieuses minutes qu'il leur accorde.

Il me présente à un couple avec lequel j'échange quelques mots, tout en le surveillant de près quand trois femmes viennent le saluer. Je le taquine gentiment lorsqu'on se retrouve.

– Tu ne peux donc pas rester une minute tout seul ?

Il me sourit avant de se tourner vers une femme plus âgée que nous, au look spectaculaire.

– Rachel Livingston, voici Norma Dean, notre hôtesse.

– Oh, je connais votre travail ! s'exclame aussitôt cette dernière. J'ai lu votre papier sur ce… garnement-là ! dit-elle en donnant une petite tape à Saint du dos de la main. Et votre écriture m'a d'emblée séduite. Vous êtes une fille intelligente et passionnée.

Se tournant vers Saint, elle ajoute :

– Pourquoi as-tu mis si longtemps à la rencontrer ?

– À cause de la circulation.

Et un sourire éclaire ses traits, tandis qu'une onde de chaleur me traverse. Finalement, me dis-je, il y a peut-être des gens qui me respectent, par ici.

À notre table, il me présente quelques P.-D.G., leurs femmes, des philanthropes, des entrepreneurs… Ils sont tous plus âgés que nous mais fort sympathiques. Ils parlent des poneys qu'ils ont achetés à leurs enfants, de récentes fusions de sociétés, des meilleurs coiffeurs de la ville. Et tout à coup, je me rends compte que Malcolm ne m'aurait pas demandé de l'accompagner à une soirée qui m'aurait mise mal à l'aise. Il respecte ces personnes et il attend qu'il en soit de même pour moi. Finalement, s'il veut me présenter à ses pairs, à son monde, c'est pour mieux me protéger et que je m'y sente en sécurité.

Un homme a entamé une conversation avec Malcolm pendant qu'une femme me décrit par le menu sa vie avec son conjoint, assis à côté d'elle. Elle s'apprête à évoquer son ex-épouse et toutes celles qui l'ont précédée, lorsque Malcolm murmure à mon oreille :

– Allons faire un petit tour, Rachel.

Puis il ajoute à l'attention de ma voisine :

– Vous permettez que je vous l'emprunte, Julie ?

Il pose alors la main sur mes reins et ce simple contact m'excite jusqu'à la pointe de mes seins, d'autant qu'avec Malcolm, difficile de passer inaperçus ! Tous les regards semblent converger vers nous quand nous nous dirigeons vers la rangée d'ascenseurs ; j'aperçois un groupe de femmes chuchotant sur notre passage : apparemment, son départ en déçoit plus d'une.

– Tes petites amies n'ont pas l'air ravies que tu partes avec moi.

Il me sourit, amusé.

– Ce ne sont pas mes petites amies.

– Et comment appelles-tu donc toutes ces filles qui te font des strip-teases et te nourrissent de raisins pour un jour, deux ou quatre ?

Il éclate de rire.

– Juste des filles.

Une fois que nous sommes arrivés au dernier étage, il m'emmène sur la terrasse du toit.

– Viens admirer la vue.

Et soudain, à l'angle de l'immeuble, je découvre un panorama du Michigan, à couper le souffle. L'éclat de la lune danse au milieu du lac, dans la nuit, et tandis que Saint se perd dans la contemplation des eaux, je le surveille du coin de l'œil. C'est la première fois, je crois, que je le découvre aussi pensif et calme. Ce n'est pas le visage qu'il offre aux objectifs, ni à personne, d'ailleurs.

– Tu ne vas pas manquer à tes amis, en bas ? dis-je dans un murmure.

– Ils savent que je suis un homme occupé. Et que j'ai aussi besoin de moments d'intimité.

Il m'étudie un instant, la lumière de la lune se reflétant dans ses yeux.

– J'ai rendez-vous avec ta robe bleue, poursuit-il.

– Oh que non.

L'estomac noué d'excitation, je précise :

– Je ne la laisserais pas faire connaissance avec ton smoking.

– Bien sûr que si.

Il referme alors ses doigts chauds sur les miens.

– J'ai envie d'un moment d'intimité avec toi, là, maintenant.

Il m'attire encore plus près de lui et nous contemplons le lac, en silence. Je n'ai pas eu le temps de m'habituer à ce genre de tendresse lors des quelques semaines durant lesquelles nous sommes sortis ensemble, donc j'essaye de profiter de l'instant, de savourer la présence de cet homme si fort et puissant à mes côtés.

On reste comme ça un moment, tandis que l'eau du lac semble parcourue de mille courants électriques. Il passe sa main dans mes cheveux et je suis si enivrée par la douceur et la tendresse de ses gestes, de la nuit que, même si je le voulais, je ne pourrais pas m'échapper…

Il a de toute évidence conscience qu'il m'affecte profondément, mais il semble l'être lui aussi, car je le sens tendu à côté de moi.

– Tu vois le lac ? me demande-t-il soudain.

Le vent en porte l'odeur et j'en perçois presque la saveur. Je hoche la tête.

– Je ne pourrai jamais quitter Chicago, tout simplement parce que je suis trop attaché au Michigan. Ma mère m'emmenait souvent sur son yacht, *The Pearl*. Mais elle ne voulait jamais que je me baigne, elle avait toujours peur que je tombe malade, à cause de mon séjour à l'hôpital. Je devais apprendre à gérer ma frustration ou céder à mes pulsions en privé.

– Elle t'emmenait sur le lac juste pour que tu regardes ce à quoi tu ne pouvais pas toucher ?

Il hausse les épaules et j'ajoute :

– C'est pour cela que tu testes constamment tes limites, maintenant ?

– Sans doute. Parfois pour avoir l'impression que je suis immortel, et quelquefois pour me rappeler précisément que je ne le suis pas.

– C'était une bonne mère ?

– Oui, et moi, un sale gosse.

Il fait la grimace et je rétorque spontanément :

– Je suis sûre que non.

Il sourit, et je fonds intérieurement.

– Je t'assure que si, Rachel.

– Non, c'est impossible.

Il se met à rire.

– Je suis toujours un mauvais garçon, tu sais, seulement, je suis un homme à présent, mu par des ambitions d'homme. Des désirs d'homme.

Sur ces paroles, il m'observe attentivement, guettant ma réaction. Je me rappelle alors des vidéos où son père parle de lui. Chaque fois qu'il était présent, Saint demeurait impassible et admirablement diplomate pendant que ce premier déversait son venin sur lui devant les caméras. Toutefois, si Saint avait été foncièrement et uniquement bon, il ne serait pas le milliardaire que tout le monde admire aujourd'hui, son père aurait eu la mainmise sur son gentil garçon. Non, à la place, il est devenu Malcolm Saint, et désormais, son ombre est bien plus grande que celle de son père.

C'est alors que malgré moi je me confie à mon tour :

– Ma mère travaillait beaucoup, jour et nuit. C'est peut-être pour cela que mon imagination a pu s'épanouir, c'était la seule compagnie que j'avais. Nous ne passions pas beaucoup de temps ensemble, ma mère et moi, et j'avais toujours envie de rattraper le temps perdu avec elle, sans y parvenir.

– Je comprends ce que tu veux dire. Je n'ai pas pu dire au revoir à la mienne.

Malcolm me semble soudain si humain. Il se tient debout, solide, et il contemple la ville, mystérieux et indéchiffrable. Il fait des efforts pour ne pas paraître affecté. Par la conversation, par moi. Mais quand je colle mon corps au sien, il tourne vers moi un regard brûlant.

– Rentre à la maison avec moi, ce soir.

J'ouvre la bouche pour protester – il voulait qu'on y aille doucement –, mais il effleure mes lèvres des siennes. Un rire nerveux m'échappe.

– Qu'est-ce que tu fais ? Tu tiens vraiment à ce que je n'aie plus du tout de rouge à lèvres ?

Je frissonne quand il esquisse un sourire et murmure :

– Et si on parlait d'Interface ?

C'était notre code, avant, quand on voulait s'embrasser, se retrouver.

– Dis-moi que tu as oublié quelque chose chez moi, dit-il en frottant son nez contre mon oreille. Que tu veux être avec moi ce soir.

– Je… Je voudrais parler d'Interface, dis-je, incapable de retenir un petit rire.

D'un doigt, il me caresse le bras, sans cesser de me regarder.

– J'ai pour objectif de dominer complètement le marché, dit-il à voix basse en approchant sa tête de mon cou. Élimination complète de la concurrence.

Il incline la tête et je sens soudain son visage effleurer, tel un souffle, la pointe d'un de mes seins. Je retiens ma respiration… Il glisse ses mains dans mon cou, et j'ai la subite impression d'être complètement en sécurité, même si le tumulte le plus total s'est emparé de mon corps. Il poursuit d'un ton rauque, tout contre mon visage :

– Je vais tout conquérir, jusqu'à ce qu'il ne reste plus rien. Ni avant. Ni après. Seulement ce qui m'appartient.

À ces mots, il capture ma bouche et m'embrasse… longtemps.

– Peut-être que je pourrais investir dans Interface, dis-je quand il détache ses lèvres des miennes.

– Redescendons, souffle-t-il. Je te présente quelques partenaires et on repart.

– Je ne t'ai pas dit oui.

– Ce n'était pas une question.

Nous reprenons l'ascenseur et quand il m'enlace par la taille, j'ai la délicieuse impression d'être sa petite amie.

– Tu es diabolique, dis-je en inspectant mon reflet dans le miroir.

– Et tu me veux.

Je pousse un cri faussement choqué.

– Un diable qui se berce d'illusions.

– Et je n'arrêterai que quand j'aurai obtenu ce que je désire.

Quand l'ascenseur arrive au rez-de-chaussée, il m'entraîne vers la salle de réception, une main posée sur ma nuque. Le contact est léger, destiné à me rappeler que je suis libre de mes choix, mais qui dit : *Je suis là, je te désire. Viens passer la nuit chez moi et je ferai en sorte que chaque partie de ton corps se rappelle que tu es ma femme.*

Il laisse ensuite sa main glisser dans le creux de mes reins, puis comme il l'a promis, me présente à quelques hommes d'affaires dont les épouses me mettent mal à l'aise.

Elles sont drapées dans leurs plus beaux bijoux et regardent, presque étonnées, le simple R qui orne mon cou. Leurs robes brillent de mille feux, leurs coiffures portent la marque des plus grands stylistes et, à en juger par leur expression, elles n'arrivent pas à croire que ce soit moi qu'il ait choisie. Mais Malcolm ne retire pas sa main de mes reins.

Et pour la première fois depuis que je le connais, je ne me demande pas si ces femmes ont lu mon article, si elles sont jalouses ou si elles m'estiment digne de Malcolm Saint.

Je m'en fiche. Je suis humaine, avec mes défauts, mes espoirs, mes peurs, mes forces et mes faiblesses. Je suis indépendante, et amoureuse de lui comme, j'en suis certaine, elles ne le seront jamais. Je suis fière d'être qui je suis. Je suis fière d'être ici, avec lui.

Chapitre 14

NOUVEAU DÉPART

Une fois dans la Rolls, Malcolm remonte la vitre de séparation entre Otis et nous. Puis il m'attire contre lui et, sans dire un mot, capture ma bouche qu'il se met à dévorer avec passion ; je me laisse submerger par les sensations, lui rendant son baiser avec la même fougue.

Je promène mes mains sur ses épaules et les noue autour de sa nuque quand notre baiser devient plus lent, plus langoureux. Quand nous faisons connaissance pour la deuxième fois.

– Tu es d'accord ? dit-il en détachant sa bouche de la mienne.

Ses yeux sont d'un vert si foncé que je n'arrive plus à distinguer ses pupilles. Hochant la tête, j'enfouis mes doigts dans ses cheveux et attire sa bouche délicieuse contre la mienne. Il trouve l'angle parfait et se met alors à jouer avec ma langue, aspire gentiment ma lèvre…

Il glisse sa main sous mes cheveux, tient le dos de ma tête dans sa paume, et m'immobilise, complètement à la merci de sa bouche affamée, de son baiser torride, et je n'ai jamais été aussi excitée de ma vie…

Je me retrouve allongée sur la banquette, son corps pressé contre le mien, et je tente fébrilement de déboutonner le col de sa chemise.

Sa langue plonge et replonge dans ma bouche, et lorsqu'il s'écarte pour me regarder, ses yeux sont aussi sombres que la nuit.

– Tu m'as manqué, dit-il d'un ton complètement possédé.

Comme s'il m'ordonnait de comprendre ce que cela signifiait.

– Toi aussi, dis-je d'une petite voix.

– Ton goût, ta peau, ta voix et tes gémissements m'ont manqué, poursuit-il sur le même ton.

Il serre les mâchoires comme s'il en souffrait encore, puis trace le contour de ma joue de son doigt, suivant son geste du regard. Je vois les émotions passer sur son visage : détermination, faim, contrôle.

Je halète, éperdue de désir, d'un désir douloureux, impatient… D'un geste fluide, il nous redresse tous les deux et nous nous embrassons encore une fois à pleine bouche, assis. Puis ses lèvres caressent les miennes d'un coin à l'autre, me goûtant sous tous les angles… J'ai envie de le déguster pleinement, j'aspire sa langue avec ma bouche, la suce, et mon corps se contracte. autant que son étreinte se resserre.

Il pousse un gémissement et m'attire sur ses genoux pour que je le chevauche ; alors, d'un mouvement rapide, il baisse le haut de ma robe…

Je pousse un petit cri.

– Malcolm, que fais-tu ?

Instantanément, je pose les mains sur ma poitrine nue.

– Je te regarde, dit-il d'un ton éhonté.

Et il me saisit les bras, qu'il place de part et d'autre de mon buste. Je ferme les yeux, les rouvre, et je me rappelle soudain avec horreur que je porte des cache-tétons car je ne voulais justement pas que mes tétons fassent leur apparition ; j'ai l'impression à présent que les bouts de mes seins se dressent vers lui. Il passe le pouce sur l'un, puis l'autre. Mon sexe se contracte quand je reconnais un mélange de tendresse et d'admiration dans son regard si noir et sensuel…

– Je comptais les enlever avant…

Il me vole un baiser au coin des lèvres.

– Je vais m'en charger, déclare-t-il.

Sur ces mots, il embrasse mes mamelons l'un après l'autre par-dessus les ronds adhésifs, puis il relève la tête et les enlève doucement, ses yeux dans les miens. Un frisson de désir me traverse tout entière, tant son geste est empreint d'une étrange intimité… Alors il porte son pouce à sa bouche, et encore une fois mon sexe se contracte quand il se met à le lécher. Il procède de la même façon avec l'autre. Après quoi, de ses deux doigts humides, il frotte le bout de mes seins, pour effacer toute trace d'adhésif ; j'en gémis presque.

– Ils sont à moi, maintenant, décrète-t-il d'une voix rauque.

Je sens à quel point il est dur entre mes cuisses. Il me replace sur ses genoux, remonte ma robe sur mes hanches et capture de nouveau un de mes seins dans sa bouche… Lorsque sa langue chaude et humide en titille la pointe, je commence à me frotter à son érection.

– Saint…

Il redresse la tête et, au regard qu'il me lance, j'ai l'impression qu'il veut me dévorer tout entière. Puis il reprend ma bouche tout en glissant les mains sous mes fesses, me frottant plus vite et plus fort contre son érection.

– Mon Dieu ! je gémis, folle de désir.

J'enfonce mes ongles dans ses cheveux et recouvre de baisers chaque partie de son corps que je peux atteindre, ses cheveux, sa barbe naissante, sa mâchoire… Je lui mordille ensuite le lobe de l'oreille, abandonnant tout contrôle… Je me presse étroitement contre lui tandis qu'il me pétrit divinement les seins.

Je veux continuer de l'embrasser, de me frotter contre lui, de m'abandonner avec lui… Mais il est tellement dur contre mon sexe, sa bouche continue de me dévorer et je sens l'orgasme se préparer, au loin…

– Arrête, dis-je d'une voix essoufflée.

Je lui empoigne les cheveux et poursuis sur le ton de l'urgence :

– J'y suis presque et je ne veux pas jouir toute seule.

– Je te rejoindrai aussitôt, promet-il d'une voix enrouée.

Après quoi, il place sagement la main sur ma nuque et se contente de m'embrasser durant le reste du trajet. Lorsque la voiture approche de son immeuble, il me donne un dernier baiser au coin de la bouche, rabaisse le bas de ma robe et remonte le haut.

J'essaie d'arranger mes cheveux, un peu honteuse.

– Je n'ose pas imaginer ma tête.

– Tu es renversante.

– Renversée par toi, oui !

Et nous rions tous les deux avant de marcher jusqu'à son immeuble.

– Monsieur Saint, dit le gardien.

Il se contente de lever la main pour lui rendre son salut.

Une fois dans l'ascenseur, je jette un coup d'œil à notre reflet dans le miroir : il est magnifique, les lèvres rouges, légèrement gonflées et je dois avouer que j'ai l'air très sexy, décoiffée et les paupières lourdes. Un couple s'est engouffré derrière nous, et nous devons donc bien nous tenir.

– Bonsoir, disent-ils en chœur, avec empressement.

– Bonsoir, répond Saint d'un ton posé.

Je me contente d'un sourire. Nul doute qu'ils savent qui il est, et qui je suis aussi, d'ailleurs. Dès qu'ils descendent, il m'attire contre lui et nous nous embrassons tendrement jusqu'à ce que l'ascenseur tinte et que ses portes s'ouvrent sur son appartement. Je tremble d'impatience quand il prend ma main et m'entraîne à l'intérieur. Il me laisse un instant pour allumer une lumière tamisée, enlever sa veste, poser son téléphone et retirer ses chaussures.

Les lumières de la ville brillent derrière lui quand il revient vers moi, si beau dans son pantalon noir et sa chemise blanche que toutes mes peurs s'envolent : je ne le veux pas juste pour ce soir, mais pour toujours.

Il plonge ses yeux brûlants et liquides dans les miens, tout en me caressant la nuque. J'ai l'impression que mon sexe est une fontaine et le reste de mon corps un brasier, allumé et entretenu par Malcolm Saint.

Mon monde retrouve son axe quand, de ses mains, il se met à explorer mon corps à travers ma robe, mes hanches, mes fesses, mes reins… Il les pose ensuite sur mon visage et je vois dans ses yeux la question qu'il va me poser…

– Comment me veux-tu, doux et lent ou passionné et brusque ?

– Les deux, dis-je dans un souffle.

Il respire vite, me donne un baiser tendre, mais possessif, et répond :

– D'accord.

Alors il descend la fermeture éclair de ma robe et je lui suis reconnaissante de m'en délivrer enfin. Je murmure :

– Prends-moi.

– C'est ce que je fais.

– Sers-toi de moi, fais tout ce que tu veux de mon corps.

– Non, chuchote-t-il. On se sert d'une chose dont on veut ensuite se débarrasser, or, je n'en aurai jamais fini avec toi.

Ma robe tombe comme une flaque de soie bleue à mes pieds et je me fige, telle une statue, ne portant plus que ma culotte et mes escarpins. Et tout mon amour dans mes yeux. Qu'il embrasse, comme s'il avait deviné. *Il sait.*

Il presse ensuite sa bouche sur la mienne et glisse la main dans ma culotte, puis ses doigts entre mes lèvres qu'il se met à caresser lentement. Mes jambes ne me portent plus, il me retient d'un bras et recule pour me regarder, consumée par mon désir.

Visage tendu du même besoin, il explore mon sexe trempé, les yeux dans les miens. Un gémissement m'échappe quand il me pénètre d'un doigt et ses yeux brillent d'un éclair de désir fou, et je vois ses pupilles se dilater, encore et encore… pour ne laisser que la faim qu'il a de moi.

Un deuxième cri m'échappe et il s'empare de ma bouche, férocement, presque violemment… tout en me transportant jusqu'à la chambre !

– Tu es revenue, Rachel, dit-il comme s'il avait du mal à le croire, tout en m'allongeant sur le lit.

Et j'enroule tout de suite mes jambes autour de ses hanches quand il s'allonge sur moi.

– Ne me quitte plus, Mal.

Il glisse alors son regard entre mes cuisses, les écarte et repère l'humidité à travers ma culotte et se met à me caresser là ; son pouce glisse de haut en bas jusqu'à s'arrêter sur le renflement de mon clitoris et il commence à tracer des petits cercles à me rendre folle.

– Tu aimes ça ? demande-t-il d'une voix lourde de désir.

– Oui, dis-je, ma propre voix étranglée par l'émotion.

Il accélère ses caresses tout en se penchant pour effleurer presque innocemment ma bouche… Alors que je me tords de désir sous lui, au supplice.

Il fait rouler ma culotte sur mes cuisses. Je porte encore mes escarpins, et les garder serait sexy… Mais Saint les fait tomber l'un après l'autre par terre.

– Mal…

Il se penche de nouveau sur moi, pour dévorer mes tétons qu'il mouille avec sa langue, mordille doucement… Puis il les suce plus fort tout en pressant mes fesses, me tenant fermement contre lui. Le plaisir me saisit violemment, et je me cambre contre lui.

– Tout doux, m'ordonne-t-il dans un murmure.

À cet instant, il prend mon autre sein dans sa bouche, fait glisser la langue sur la pointe, l'aspire… Je saisis le drap dans mon poing alors que je sens un violent orgasme se préparer en moi.

– Saint, arrête les préliminaires, dis-je d'un ton suppliant.

– Putain, ce que tu m'as manqué !

Et un sourire joyeux éclaire son visage, quand il prend mon visage entre ses mains, me regardant avec une telle admiration que je me sens… parfaite.

– Tu es comme une étincelle, Rachel, il suffit que je respire près de toi, et tu t'embrases.

Je suis au bord de la jouissance, à un battement de cœur…

– Malcolm, ne me laisse pas venir sans toi.

– Tu n'iras nulle part sans moi, répond-il d'un ton tranquille.

Et il me regarde si intensément, ses paupières n'ont jamais été aussi lourdes de désir. Je halète, les mains tremblantes. Il enlève enfin son pantalon, sa chemise… Il se déshabille pour moi, rien que pour moi. Un mètre quatre-vingt-dix de muscles et de testostérone à l'état pur, là, devant moi. *Pour moi*. Il est à la fois brûlant, doux et dur quand il s'allonge sur moi.

– Dis-moi que tu me désires, chuchote-t-il. Sur ces mots, il plonge sa langue dans ma bouche, l'emmêle à la mienne, la guide, la domine, l'entraîne dans une folle danse.

– Je te désire, tellement, gémis-je.

S'emparant de mes mains, il les plaque des deux côtés de ma tête, pendant que, de mes jambes, j'emprisonne ses hanches. Puis il enchevêtre ses doigts aux miens et d'un coup de reins, me pénètre…

Choc des corps. Tellement parfait. Mon gémissement meurt dans sa bouche et nous restons un instant comme ça, immobilisés par l'intensité de nos retrouvailles.

– Tu aimes ça ? demande-t-il en baissant les yeux vers moi.

Nous nous regardons comme deux noyés, comme si nous ne croyions pas à ce qui nous arrive. Quand je sens les pulsations de son sexe en moi, j'ai l'impression que tout mon corps s'accroche à lui. Et je jure à ce moment-là de ne plus jamais le laisser partir, de le garder en moi pour toujours.

– Oui, dis-je enfin en serrant un peu plus étroitement ses doigts.

Ses yeux brillent d'une émotion si pure que mes muscles intérieurs se contractent, redoutant presque l'orgasme. Il ne m'a jamais regardée d'un air si possessif. Il se retire… pour mieux revenir, et je gémis quand il se met à aller et venir en moi… Se redressant sur ses bras, il adopte un rythme lent, me pénétrant aussi profondément que possible, et je le sens s'abandonner peu à peu.

Il accélère, m'embrassant le cou, les seins, comme s'il avait besoin de me goûter sans s'arrêter. Je m'accroche à lui, lui vole des baisers, le mords tandis qu'il se déchaîne à présent sur moi, lui, le seul homme à qui j'ai eu la sensation d'appartenir… Mal est en moi, Saint est en moi, Malcolm est en moi, j'en ai le vertige, et nous bougeons à l'unisson comme si jamais nous n'allions nous arrêter.

Tout à coup, il prend mon visage et m'ordonne, haletant, tandis qu'il accélère encore :

– Regarde-moi dans les yeux ! Ne me quitte pas des yeux jusqu'à ce que tu jouisses pour moi.

J'acquiesce sans protester et le mords une dernière fois dans le cou. J'observe la façon dont il serre les mâchoires quand il s'enfonce en moi, puis se retire jusqu'à l'entrée de mon sexe, dans la maîtrise la plus parfaite de son corps. Il plaque ensuite mes bras des deux côtés de ma tête et m'écrase de tout son poids… Je sens l'orgasme monter comme une énorme boule de feu, je gémis, je me tords sous lui, hurle son nom, cependant qu'il me regarde m'abandonner au plaisir…

– Malcolm…

Il m'immobilise pendant que je jouis, plonge et replonge en moi de plus en plus lentement pour prolonger mon indescriptible orgasme… Puis il reprend ma bouche, accélère la cadence, ses coups de reins deviennent plus puissants, violents, exquis… Soudain, ses bras flanchent, et je sais qu'il va s'abandonner en moi…

Nous restons un bon moment sans bouger, juste bercés par nos respirations bruyantes.

Je souris contre sa joue, et lui aussi. Puis il glisse la main sous mes fesses et les pince avec tendresse avant de rire doucement. Brûlant et viril contre moi. Je n'ai qu'une envie : rester pour toujours dans son lit afin qu'il me baise encore et encore.

– Petite diablesse, me dit-il.

Sur ces mots, il roule sur le dos et m'entraîne pour que je m'allonge sur son torse.

– C'est encore meilleur que dans mes souvenirs, poursuit-il en posant la main sur ma nuque, la pressant légèrement tout en caressant les contours de mon oreille. Et pourtant, je me souviens de chaque instant passé avec toi, Rachel…

– Moi aussi, finis-je par dire d'une voix enrouée par l'émotion.

Nous nous sourions, et son sourire me touche tant, ma présence dans son lit… Ça y est, je rougis ! Je tire le drap pour couvrir mon visage, il hausse un sourcil mais ne dit rien. Il disparaît ensuite dans la salle de bains et quand il revient, je m'assois dans le lit, les yeux rivés à lui, incertaine… Il s'écroule sur le matelas, à l'aise avec sa nudité, sa peau bronzée formant un magnifique contraste sur les draps blancs. Je reste assise, me demandant si je ne devrais pas partir.

Soudain, comme s'il avait senti que j'allais partir, il me saisit le visage des deux mains et m'embrasse fermement, gentiment…

– Tu te souviendras de cette nuit, Rachel.

Je fonds.

– C'est une promesse ?

– Tu sais bien que je ne sais pas tenir mes promesses.

Il m'observe et ajoute, coquin :

– C'est un avertissement.

Nous sommes en sueur, les draps froissés à nos pieds, et je sens sa main glisser dangereusement sur mon corps…

– Saint… Tu me tues… Tu es insatiable… Je ne peux pas suivre.

– Viens là.

Il enroule ses bras autour de moi, m'attire contre lui, puis me murmure à l'oreille :

– Je veux juste te tenir contre moi, Rachel.

Mais à peine ces mots prononcés, il embrasse le coin de ma bouche. Et c'est comme s'il déposait ce baiser entre mes jambes, sur mes seins, sur mon cœur. Haletante, je prends sa mâchoire entre mes mains :

– Tu avais dit qu'on s'enlaçait juste. Et tu embrasses le coin de ma bouche. C'est s'enlacer, ça, Mal ?

– Oui.

À cet instant, un sourire immense éclaire son visage. Il aime me provoquer, et il caresse la commissure de mes lèvres. Je n'oublierai jamais le désir intense dans ses yeux à ce moment-là.

– Tu préférerais que je m'abstienne ? demande-t-il.

– Non.

Et de nouveau, il me vole un baiser à cet endroit si sensible, maintenant mon visage d'une seule main. Je fonds. J'ai peur. Je le désire tellement. Trop.

– Si tu m'embauches, tu ne pourras plus faire ça.

Il fixe ma bouche avec l'air d'un tigre affamé.

– Bien sûr que si.

– La règle est que tu ne touches jamais tes employées.

– C'est moi qui fixe les règles.

Et il hausse un sourcil, me défiant, avant de baisser son visage vers moi.

Je ne bouge pas tandis que je sens son souffle chaud sur ma joue et respire avec difficulté, enfouissant mes doigts dans ses cheveux, retenant un gémissement. Il me serre contre lui, m'embrasse derrière l'oreille et je me détends dans ses bras. Nous restons ainsi sans bouger et je pense que je vais mourir demain en me rappelant tout ça…

Je voudrais parler mais n'ose pas briser le moment. Il semble avoir tant besoin de me sentir contre lui, et moi aussi.

– Malcolm Kyle Preston Logan Saint, dis-je.

Il sourit contre mes cheveux.

– Pourquoi tant de noms ?

– Parce que mon père est entêté. Il tenait à ce que son premier fils soit baptisé d'après son propre père, et comme ma mère voulait quatre enfants, elle l'a laissé choisir à condition de pouvoir décider du prénom des trois suivants.

Il reprend sa respiration et ajoute :

– Hélas, ma naissance fut difficile et après ça, elle ne pouvait plus avoir d'enfant.

– Alors, elle t'a donné les trois prénoms ? Kyle, Logan, Preston…

Je souris, puis caresse son torse du bout des doigts.

– Saint.

– Mon Dieu, Rachel. Tu ne sais pas l'effet que tu me fais.

– Dis-moi.

– Un jour…

– Parfait.

– Oui, parfait.

Sa bouche se promène sur ma peau et ma respiration s'accélère quand il la pose sur mon oreille, mon front, ma joue… Je lui demande :

– Qu'as-tu fait pendant tout ce temps ?

– J'ai travaillé.

Il hausse les épaules.

– Acheté une nouvelle voiture, testé quelques avions. Fait construire un quatrième étage dans les locaux d'Interface.

– Moi, je me suis mise à regarder le baseball, dis-je avec une petite grimace.

– Ah bon ? s'exclame-t-il d'un air amusé.

– Oui, ça m'arrive de temps en temps.

Ce que j'aime le surprendre ! Je poursuis :

– Tu sais que cette année les Cubbies ont mis fin à leur malédiction, j'imagine ?

– Tu m'en diras tant…

– Grâce à notre lanceur star ! Et les MPM, tu les connais ? C'est sûr, c'est leur année.

Cette fois, il émet un sifflement admiratif.

– Ah bon ?

– Tu es sûr que tu regardes le baseball ? dis-je d'un ton moqueur.

– Je préfère te regarder m'en parler, élude-t-il avec un sourire en coin.

Je lui donne un coup de coude.

– Allez, réponds-moi !

– Mais oui !

Je me pelotonne contre lui et il resserre son étreinte.

– Tu as raison, c'est l'année des Cubs, ils ont brisé la malédiction.

Nous n'avons pas dormi, je n'ai aucune conscience du temps et de l'espace, seulement de lui, de son corps, de l'odeur de son shampoing, de ses draps, de sa peau toute chaude, de ses yeux verts intenses quand il me fait l'amour. Je ne veux plus jamais quitter ses bras. Soudain, il capture ma bouche, je lui rends son baiser, caressant ses cheveux alors que je le sens encore en moi.

– Tu es insatiable, dis-je.

– Tu sais bien que les prédateurs comme moi le sont toujours.

Je ris et bascule sur le dos, en me recouvrant avec les draps. Je ne me reconnais plus.

Est-ce bien moi ? Suis-je de nouveau dans le lit de Malcolm ? Épuisée après des heures de sexe... Mais aussi comblée, reconnaissante, effrayée, et malgré tout, joyeuse. Ma situation professionnelle n'est pas idéale, je suis inquiète pour ma mère, et pourtant, si je parviens à sauver ma relation avec Saint, alors je me sentirai capable de tout.

Malcolm...

Je veux qu'il ait encore faim de moi, qu'il me désire pour la vie, et pas juste pour le sexe. Je le suis des yeux alors qu'il se lève pour aller chercher une nouvelle boîte de préservatifs et en profite pour remettre un peu d'ordre dans mes cheveux, car je dois avoir l'air d'une folle. J'entends l'eau qui coule dans la salle de bains.

Je lui ai déjà dit que je l'aimais, mais c'était avant que tout se complique, et je n'ai pas eu le courage de le lui redire, pour la bonne raison que je n'ai pas été digne de mon aveu, je l'ai parjuré ; mais je crois qu'il sait que je l'aime toujours.

Et c'est pour ça qu'il m'a pardonnée – je crois –, il sent l'amour que j'ai pour lui, tout comme je suis attirée par son énergie. Aïe ! C'est bien ce qui s'appelle tomber amoureux, c'est le sujet de nombreuses chansons, romans et œuvres d'art, c'est aussi courant que la naissance ou la mort, et d'une certaine façon tout aussi mystérieux. Rien ne nous avertit. On croit d'abord que c'est du désir. Que les sentiments que l'on éprouve sont autre chose. Comme l'admiration et le respect. Et puis quand ces sentiments deviennent plus forts, plus profonds, que l'on ferait n'importe quoi pour l'autre, que son bonheur devient le vôtre, que même ses défauts paraissent fascinants et qu'on veut être meilleur pour cette personne, alors on sait que c'est de l'amour. Et après ?

Il s'approche du lit, s'allonge et m'attire sur lui. Je cale mes jambes autour de ses hanches, noue les bras autour de son cou, et nous nous embrassons à pleine bouche. De nouveau, il me prend, je le chevauche et il m'emmène vers des plaisirs que lui seul sait me montrer…

Quand je me laisse retomber sur le dos, nous sommes tous les deux exténués, haletants. Je cherche sa main à tâtons, la trouve, place la mienne dessus, puis fixe le plafond. Et c'est lorsqu'il referme ses doigts sur les miens, de la façon la plus naturelle du monde, que je me rends compte que je retenais mon souffle.

Après notre marathon du sexe, nous dormons presque toute la journée. Nous nous réveillons dans l'après-midi, il me prête une de ses chemises pour aller dans la cuisine nous préparer de quoi manger. Plus tard, tandis que nous sommes assis sur le canapé en train de boire un café, j'annonce :

– Je dois vraiment rentrer chez moi, maintenant.

– Il pleut. Reste.

Au moment où il se rend compte que je m'apprête à partir, il cesse de regarder son ordinateur, me porte jusqu'à son lit, et la seule pluie qui se déverse sur moi, c'est celle, brûlante et sensuelle, des baisers de Malcolm.

Chapitre 15

TOUTES LES COULEURS DU MONDE

Le lundi matin, c'est comme si quelqu'un avait allumé la lumière... Toutes les couleurs me semblent plus vives, plus réelles. Sans doute parce que je me réveille tout contre le corps chaud de Malcolm : j'entends battre son cœur, des cognements lourds et calmes. Nos jambes sont emmêlées et les draps aussi.

Quand l'alarme de son téléphone sonne, il s'étire, soupire et file sous la douche. Je reste au lit, savourant l'instant, puis envoie un texto aux filles :

Si vous saviez comme je me sens bien, aujourd'hui.
Et délicieusement épuisée. Je ne veux pas quitter son lit.

J'aimerais hurler ma joie à mes amies, mais je n'ai pas vraiment envie d'en dire plus que ce que je viens d'écrire.

C'est curieux... Lorsqu'on se rapproche d'un homme, on commence à vouloir garder certains détails pour soi, ne pas tout dire à ses amies les plus proches, des amies avec qui on avait l'habitude de partager absolument tout. Je n'ai jamais rien caché à Wynn et Gina avant de rencontrer Malcolm ; or, certaines choses me semblent désormais d'ordre très privé, elles ne regardent que lui et moi.

J'envoie un deuxième texto :

Maman, comment vas-tu aujourd'hui ? J'aurai tant de choses à te raconter quand je te verrai. Je t'aime.

Après quoi, je m'envoie un mail pour me rappeler de travailler sur mon article en rentrant. Je roule sur le dos… Aïe… J'ai le corps endolori, et particulièrement à certains endroits. Il m'a fait l'amour toute la nuit.

Je sors du lit, me force à me mettre en mode Marche et le rejoins dans son immense salle de bains. Je me brosse rapidement les dents avec le doigt et un peu de son dentifrice, puis je me lave les mains et les passe dans mes cheveux.

Dans le miroir, je vois le verre dépoli de la douche et distingue les contours de sa puissante silhouette, à l'intérieur. J'entends l'eau couler sur son corps nu… Après notre marathon, comment peut-il m'exciter encore ?

J'entends tout à coup mon téléphone sonner, dans la chambre. *Entretien*, m'avertit-il. Je regarde l'heure : je n'ai que cinquante minutes pour me préparer ! Trop gênée pour sauter dans la douche avec lui, je m'habille et vais l'attendre dans la cuisine en buvant un café, assise sur le comptoir en granit, dans la lumière du soleil qui inonde la pièce. À l'extérieur, le vent agite les branches et les enseignes ; d'ici, j'ai l'impression qu'en étendant les bras, je peux tenir la ville entière.

Entre cette vue et celle de l'homme qui sort de sa chambre en pantalon noir et chemise blanche ouverte, cheveux mouillés et portable collé à l'oreille, je retiens un soupir, et je pense à Gina. Au fond, elle a peut-être tort d'avoir renoncé aux hommes. Pourquoi ne donnerait-elle pas sa chance à Tahoe ?

Rachel ! Tu deviens comme Wynn, qui aimerait caser toutes les filles sous prétexte qu'elle a un amoureux ! Tahoe et Gina, franchement ? La dernière chose dont elle a besoin, c'est d'un nouveau cœur brisé. Fronçant les sourcils, je regarde les nouvelles en ligne et tombe sur les dernières frasques de notre Dark Vador local, alias Noel Saint.

La Linton Corp. de Noel Saint va racheter le magazine qui a dévoilé l'idylle secrète de son fils, le mois dernier.

J'ai la nausée. Le *Tribune* déployé devant lui, Malcolm vient de raccrocher et est en train de boire son café d'une main, tout en regardant son téléphone de l'autre. Je descends du comptoir.

– Saint, je dois y aller. Je ne peux pas être en retard, j'ai un entretien.

Il relève la tête, sourcils froncés.

– Un entretien ? Où ?

J'hésite.

– Euh… Je préfère ne rien dire pour que ça ne me porte pas la poisse.

– Dis-moi.

Il a l'air détendu, mais son regard est bien trop intense pour que je prenne sa question à la légère.

– N'insiste pas, s'il te plaît. Cesse de toujours vouloir tirer les ficelles.

Haussant un sourcil arrogant, il renchérit.

– Les ficelles existent pour être tirées.

J'éclate de rire.

– Saint, promets-moi !

– Dis-moi juste où tu vas, dit-il en plongeant ses yeux dans les miens.

– Pas à M4, ça, c'est sûr.

Je pousse un soupir devant son visage déterminé et ajoute :

– Je ne peux pas rester à *Edge*, je ne m'y sens plus en sécurité.

Il ne répond pas, attendant visiblement que je poursuive.

– Mais il m'est tout aussi impossible d'accepter ton offre, donc n'insiste pas. Cela compliquerait les choses, je t'assure, et ça pourrait nuire à ta position.

– Je ne suis pas d'accord du tout. Nous serions très heureux de t'avoir parmi nous.

Il redresse la tête et je lis soudain de l'admiration et de l'inquiétude dans ses yeux.

– Tu as tout donné à ce magazine, tu t'es mise à nu pour lui.

– Ce n'est pas pour *Edge*, mais pour toi que je me suis mise à nu. Je peux trouver un autre job, le magazine ne pourra en revanche pas survivre sans être racheté, et si c'est ton père aux manettes, je préfère m'en aller avant.

Son regard devint fuyant comme chaque fois qu'on parle de Noel Saint.

– Je sais que la transparence et la loyauté sont primordiales pour toi, Saint, et il n'est pas question que je travaille pour un homme qui rêve de te faire tomber.

– Dans ce cas, viens bosser pour moi, Rachel, dit-il d'un ton à la fois autoritaire et charmeur.

À contrecœur, je secoue la tête.

– Je t'ai déjà expliqué que je ne peux pas travailler pour toi ET coucher avec toi, Mal ! J'ai des principes.

Et subitement, je me mords la langue – est-ce que je ne vais pas un peu vite ? – et reprends :

– Enfin… Si tu veux recoucher avec moi, bien sûr.

Et merde ! Je prends mon assiette et, me plaçant devant l'évier, la lave promptement. J'ai vraiment dit ça ? Malcolm s'approche de moi.

– Je ne comprends toujours pas ce qu'il y a de mal à travailler pour moi.

Je m'essuie les mains, me retourne puis, me hissant sur la pointe des pieds, prends son visage entre mes mains et plante un baiser sur sa bouche.

– On a dit qu'on y allait doucement, toi et moi, mais quoi qu'il arrive, je ne veux pas que tu sois mon chef, c'est tout ! Promets-moi que ça n'arrivera pas.

Ses mâchoires se contractent de frustration.

– Ne me force pas à te faire une promesse, Rachel.

Il secoue la tête et reprend son journal.

– Si tu me fais une promesse, j'y croirai, Mal.

– On en reparlera plus tard. Je ne peux pas te promettre ça.

Grrr ! Cet homme est impossible ! Mais il a dit « plus tard », alors il y a de l'espoir. Apaisée, je précise :

– Tu ne me feras pas changer d'avis, tu sais, et tes baisers seront inutiles. Putain, je suis vraiment en retard !

Je fonce dans la chambre prendre mon sac, et quand je le rejoins, il a fait son nœud de cravate et enfile sa veste. Je marque une pause, appréciant la vue. *Chasse gardée !*

– Moi aussi, je suis en retard, dit-il. Otis est malade et Claude est parti à l'aéroport chercher mon rendez-vous de neuf heures qui arrive de Dubaï.

Quand je sors mon portable pour appeler un taxi, il me saisit le poignet et glisse quelque chose dans ma main. Je regarde ce que c'est et écarquille les yeux, confuse…

– Qu'est-ce que c'est ?

– Pour rentrer chez toi, dit-il avec un clin d'œil.

Chapitre 16

QUELQUE CHOSE D'EMPRUNTÉ

Je me sens comme une nouvelle femme lorsque je me glisse sur le siège conducteur de la Bugatti noir métallisé dont Malcolm vient de me remettre les clefs. L'intérieur est tout aussi magnifique, il y flotte une odeur absolument divine, et je suis tout excitée à l'idée de conduire ce putain d'engin ! Cet homme me gâte !

Je referme la portière et allume le moteur : il gronde immédiatement, m'arrachant un petit rire nerveux… J'le crois pas, je vais conduire sa Bugatti ! Le volant est lisse sous mes doigts, le siège épouse confortablement les courbes de mon dos et les vibrations du moteur résonnent doucement en moi. Ce n'est pas une voiture, c'est une bête. Un monstre qui donne envie de rouler à fond la caisse, mais je m'efforce de respecter les limitations de vitesse, m'arrêtant sur les regards envieux que suscite mon passage.

Un vieil homme me sourit, et je me sens pousser des ailes… Après un saut à la maison pour une douche ultrarapide, je me rends en centre-ville, car j'ai rendez-vous dans les locaux très cool de *Bluekin*. L'adrénaline galope à toute vitesse dans mes veines. J'adore cette revue. Ses couvertures, qui sont en général des dessins, permettent finalement une grande diversité de contenu. *Bluekin* colorie définitivement en dehors des lignes. Leurs articles sont toujours authentiques, sobres et réconfortants, leur ligne éditoriale n'a aucune limite et leurs sujets peuvent être aussi légers et drôles que sombres et engagés.

Je suis ravie d'être reçue par Charles Harkin, une figure importante au sein de la rédaction du journal, qui a collaboré par le passé avec un grand magazine new-yorkais.

– Notre P.-D.G. connaît Saint, et il a été impressionné par la façon dont vous avez su saisir et écrire sa personnalité, et surtout par le courage de votre honnêteté, me dit-il. Vous pouvez être fière de votre article.

Merde à la fin ! Est-ce que la terre entière a lu cet article ET connaît Saint ? Le manque de sommeil m'empêche de former des pensées cohérentes, mais en même temps, je me sens incroyablement détendue, comme si j'avais bu de l'alcool. Mais ce qui court dans mes veines est bien plus sain, c'est l'ivresse d'une merveilleuse nuit d'amour… Mal m'a dit que je n'oublierai pas ces étreintes et il a raison. Je me sens comme… possédée.

Je pousse un soupir. J'ai dû m'obliger à partir ce matin pour venir à cet entretien que je n'aurais jamais pensé avoir, mais je réalise maintenant que tous les sacrifices auxquels j'ai consenti chez *Edge* se transforment en complications que je ne peux pas gérer.

– Parfois, les meilleurs articles que l'on écrit sont ceux qui demandent une part de nous-même, dis-je finalement à l'homme assis de l'autre côté du bureau, admettant que je ne m'en suis pas encore remise.

C'est un homme gentil et humble mais je vois, derrière ses lunettes, un éclair de perspicacité mêlée d'admiration.

– Je comprends, dit-il. Les choses les plus difficiles à réaliser sont souvent celles qui nous importent le plus, mais pas nécessairement celles dont nous voulons nous souvenir.

Nous échangeons un sourire, puis il regarde mon C.V.

– Je lis ici que les sujets sérieux et engagés vous intéressent... Parfait ! Nous voulons quelqu'un comme vous dans notre équipe, qui n'a pas peur de prendre des risques.

J'attends et tente de me calmer tandis qu'il passe de nouveau mon C.V. en revue.

– Désolé d'aborder des questions qui vont vous sembler personnelles, enchaîne-t-il, en général nous ne nous intéressons qu'aux articles écrits par nos journalistes, et non à leurs relations, mais il se trouve que vous fréquentez un homme célèbre dans notre ville, réputé pour obtenir tout ce qu'il veut... Par conséquent, nous sommes surpris que vous passiez cet entretien.

Je m'efforce de sourire.

– Je peux vous assurer qu'il respecte mes choix de carrière.

– Bien…

Mouais… Je commence à avoir impression qu'ils craignent de contrarier Malcolm, s'ils m'engagent.

– Donc, vous souhaitez élargir le spectre de vos thèmes habituels ? En général, vous vous intéressez aux dernières tendances de Chicago, même si dernièrement vous vous consacrez aux conseils féminins.

– Exact. J'aimerais désormais parler de la communauté, m'investir pour notre ville et écrire sur des gens qu'on n'entend pas et qui font Chicago.

Il prend quelques notes.

– Très bien, vous avez une vision singulière et de l'ambition… Écoutez, je vais être franc avec vous. Mes supérieurs sont des amis de Saint, ils apprécient votre courage, votre cran, mais ils veulent être certains de pouvoir compter sur vous sur le long terme.

– Naturellement !

– En êtes-vous bien sûre ?

Il s'adosse à son siège et croise les bras.

– Malcolm Saint est-il au courant que vous passez cet entretien avec nous ?

– Tout à fait.

– Mais Interface ne va-t-il pas ouvrir un service dédié à l'information ?

Sa question cache un sous-entendu évident : *Saint ne voudra-t-il pas vous embaucher ?*

– C'est exact, mais je veux faire mes preuves toute seule.

Il semble presque impressionné par ma réponse.

– Très bien !

Il se frotte alors les mains et ajoute :

– Merci, mademoiselle Livingston, je donnerai un avis favorable à votre candidature.

– Merci à vous de m'avoir reçue.

Nous nous serrons la main, et je sens que nous ne nous reverrons pas, en dépit du grand sourire qu'il affiche. Dès l'instant où je sors de l'immeuble, je pousse un lourd soupir et secoue la tête : je sais que cet entretien n'était pas un succès. Ils sont convaincus que je vais travailler pour eux quelques mois, puis me laisser convaincre par Interface. Cela ne présage rien de bon pour mes entretiens ultérieurs. Est-ce qu'ils auront tous peur que je finisse dans les bras de M4 ?

Traversant la rue, j'achète le *Chicago Tribune* au kiosque le plus proche et regagne la Bugatti, que j'ai garée au parking souterrain. Je jette le journal sur le siège, pose mon front sur le volant… OK, c'était juste un entretien. Un seul, pas LE seul. D'un air absent, j'effleure le tableau de bord hyper luxueux. Le prochain rendez-vous se passera mieux. Il le faut !

Je mets le moteur en marche, et de nouveau son ronronnement presque animal m'arrache un petit rire, tout comme les vibrations du siège… Heureusement que l'homme qui m'a reçue ne me voit pas au volant, ou bien il jetterait tout de suite mon C.V. à la poubelle.

Hélas, la Bugatti ne passe pas aussi inaperçue à *Edge*. Notre parking souterrain est minuscule et nous ne disposons que de quelques places, aussi suis-je obligée d'appeler Valentine à la rescousse.

– Val, je peux emprunter ta place de parking ?

– Mais tu n'as pas de voiture.

– Aujourd'hui, si. S'il te plaît, je ne peux pas la garer à l'extérieur, tu peux me laisser ta place ?

– OK, mais tu me seras redevable.

Et il raccroche. Quelques instants plus tard, il arrive en grommelant et sort sa voiture du parking afin que je puisse garer la mienne : avec la plus grande prudence, j'effectue une manœuvre délicate, puis sors de la Bugatti. Valentine revient alors en courant dans le parking et commence à hurler.

– Mais qu'est-ce que…

Il s'arrête pour reprendre son souffle.

– Écoute, je ne voulais pas venir au travail en voiture, dis-je immédiatement devant son regard accusateur. Otis est malade, je voulais prendre un taxi, mais Saint a insisté pour me prêter cet engin. Il m'a dit : « Conduis-la comme si tu l'avais volée, mais ne te fais pas arrêter. » Ça me rend super nerveuse, si quelqu'un la raye, je meurs.

– Mais… J'peux pas…

Il secoue la tête puis s'écrie :

– Meuf, c'est une putain de Bugatti ! Elle vaut entre deux et trois millions de dollars.

– Écoute, c'est déjà assez stressant de la conduire, donc je n'ai pas besoin d'en connaître le prix ! C'est un vrai félin, tu effleures la pédale et elle décolle.

– Normal, c'est un moteur 16 cylindres, qui a la puissance de 1 200 chevaux. Mais… C'est n'importe quoi de laisser une femme conduire une Bugatti !

– Hé, tu parles comme un gros macho, là ! Tu as oublié qui tu étais ?

– La ferme ! Je peux monter ?

Presque aussi excitée que lui, je lui ouvre la portière.

– Bordel de merde ! Ça veut tout dire, ce mec t'adore. Les gens t'ont vue partir avec ?

J'affiche un petit sourire narquois.

– Depuis quand un loup s'occupe-t-il de l'opinion d'un agneau ?

Valentine inspecte l'habitacle en bavant d'admiration, effleure le cuir, puis reprend :

– Alors, cet entretien, c'était où ?

– À *Bluekin*.

Mon visage se décompose tandis que je verrouille le « bébé » de Malcolm. Une fois devant l'ascenseur, je reprends :

– Je ne peux pas rester à *Edge*, Val, le père de Saint va nous racheter et je ne peux pas travailler pour lui ET être loyale à Malcolm.

– Ne m'en parle pas, Rachel, ça m'empêche de dormir, cette histoire. Moi non plus je ne sais pas ce que je vais faire, je devrais sans doute t'imiter et passer des entretiens. Tout le monde dit que Noel Saint est un sale con. Le seul qui pouvait le supporter, c'était son fils, et encore, on prétend qu'il a coupé les ponts dernièrement. Dans la vie, il faut avancer, pas rester avec ceux qui vont vous mettre des bâtons dans les roues.

Valentine a un air abattu qui ne lui ressemble absolument pas. Il pousse un soupir.

– Quand des nouveaux acquéreurs s'emparent d'une société, ils veulent aussi du renouveau, en profitent pour faire du tri, les petits arrangements sautent ! Si tu entends quoi que ce soit…

– Promis, je t'en parle ! Bonne chance pour tes recherches, Valentine.

Une fois à notre étage, je me rends compte que… que tout le monde est déjà au courant pour la Bugatti dans la salle de rédaction. Nous ne sommes pas un magazine people pour rien !

Helen me convoque dans son bureau quelques heures plus tard, une fois que j'ai avancé sur mon nouvel article qui s'intitulera sans doute : « Qu'est-ce que votre voiture dit sur lui et/ou vous ? »

– Je suis jalouse de toi, m'annonce-t-elle dès que je franchis le seuil de son bureau.

– Pardon ?

– Tu as l'air rayonnante, regarde-toi ! Tout le monde parle de toi et de Saint, sa voiture est dans notre parking. Je vais finir par devenir une groupie de Saint moi aussi.

– Parce qu'on est rachetés par son père ?

Elle passe un doigt sur sa bouche pour indiquer qu'elle ne dira rien, puis sourit :

– Dis-moi si les rumeurs sont vraies. Il a vraiment les trois qualités indispensables ?

– Pardon ?

– Taille, endurance et séduction.

– Mais qu'est-ce que tu racontes ? Arrête de parler de lui.

– Les sex-symbols ont des critères bien précis, tu sais.

– Sujet interdit ! Mon article devrait te suffire. Je peux me remettre au travail, maintenant ?

Elle me congédie de la main avec un petit rire, puis me rappelle :

– Rachel…

– Oui ?

– C'est vrai que tu cherches un poste ailleurs ?

Je comprends alors sa manœuvre : elle plaisantait avec moi pour que je réponde à cette question. Et je me fais soudain l'effet d'un déserteur, comme ces rats qui quittent le navire quand il coule au lieu de rester à bord pour tenter de le sauver. Seulement, je suis résolue à ce que ça marche entre Malcolm et moi, et rester ici, sous la coupe de son père, ne nous aidera pas.

– Je ne veux pas travailler pour le père de Malcolm, dis-je.

– Ton petit ami le sait ?

– Ce n'est pas mon petit ami, nous sommes juste…

Je reprends mon souffle.

– Je ne veux pas que *Edge* soit un obstacle entre nous. J'adore travailler ici, mais… mais ma relation avec Saint passe avant, voilà tout. C'est ma priorité numéro 1, Helen. Si je le laisse partir sans me battre, je le regretterai pour le reste de ma vie.

Ses traits s'adoucissent et elle secoue la tête, comme si elle était furieuse contre elle-même.

– Assez spéculé ! Remets-toi au travail, décrète-t-elle en claquant dans ses doigts.

Et tout à coup, elle ajoute :

– Cela dit, Rachel, je ne crois pas que les nouveaux acquéreurs vont te laisser partir facilement. Noel Saint veut que tu restes à *Edge*.

– Raison de plus pour partir ! Il peut aller se faire f…, je m'en fiche.

De retour à mon bureau, j'envoie un texto à Mal.

Les gens du bureau meurent de jalousie à cause de ma voiture.

J'adore ! Mais organiser leur enterrement va être vraiment chronophage, je préfère employer mon temps à autre chose.

Quand est-ce que je peux te ramener ta Bugatti ?

Tu pourras jouer un peu avec moi après, si tu veux.

Je le crois pas ! Une vraie allumeuse ! Je n'ai pas pu lui envoyer ça… Mais si. Et il me répond :

Je suis plutôt d'humeur joueuse. Mais pas avant 21 heures, hélas.

Chapitre 17

L'ENFER DES RÉSEAUX SOCIAUX

Avant que je ne quitte *Edge* ce soir-là, Valentine me fait un compte rendu des rumeurs qui circulent sur les réseaux sociaux depuis la dégustation.

Dernière entrée du blog chicagogal243–

Malcolm Saint, notre bad boy préféré, serait en couple ? Vous croyez vraiment, amies lectrices, que notre célibataire préféré le plus sexy pourrait devenir monogame ? Moi non...

Twitter :

Vu ce week-end @MalcolmSaint en compagnie de cette menteuse de journaliste. Ce n'est vraiment pas celle qu'il te faut @MalcolmSaint, vraiment pas ! Tu es un prince et elle, une grenouille.

Sur sa page Interface :

Saint, chéri, Jeremiah et moi t'invitons à notre premier anniversaire de mariage. Tu peux venir avec ta copine.

Sur Facebook :

Juste pour infos, S : on est en train de planifier notre voyage annuel à Monte-Carlo. Tu es des nôtres ?

Son Instagram :

Ta nouvelle copine est sexy et adorable. Appelle-moi si tu veux que je la rencontre et que je l'embrasse. On pourra te faire un petit show. APPELLE-MOI.

– Tu as loué les services d'un garde du corps, j'espère ? demande Valentine en refermant les onglets.

– Non, mais Saint me protège, dis-je.

– Donc, c'est non pour la partie à trois que propose la meuf?

– Franchement, cette fille n'imagine même pas à quel point Saint n'a besoin de personne d'autre que moi.

Valentine éclate de rire, et je secoue la tête en me dirigeant vers l'ascenseur, un sourire aux lèvres. Mal, oh, Mal, vais-je devoir apprendre à me battre pour me défendre contre toutes tes groupies ? Et si on leur annonçait que tu es ma chasse gardée ?

Chapitre 18

CETTE NUIT-LÀ

Il est vingt et une heures. J'ai déjà appelé ma mère et annoncé à Gina que je ne dormirai pas à la maison ce soir. Saint est en jean, en train d'enfiler un tee-shirt bleu marine quand j'arrive chez lui. Il vient visiblement de prendre une douche. Mon corps tremble en le voyant… ça promet !

– Comment ça s'est passé ? demande-t-il.

– Quoi au juste ? Avec la voiture ? L'entretien ? Ma journée ?

Je pose les clefs de la Bugatti sur la table basse, ainsi que le *Tribune*.

– Commençons par l'entretien. Je sais que ma voiture, c'est du bon matos.

Il me sourit, incline la tête puis s'assoit à côté de moi ; je me pelotonne contre lui. Il embrasse ma mâchoire et passe la main sur le renflement de ma poitrine dont les bouts se dressent immédiatement pour se frotter contre lui. Je l'embrasse dans le cou…

et y vois la marque de la petite morsure que je lui ai faite la nuit dernière !

Je demande :

– Tu sais que tu as un suçon ?

Je me contente de gémir doucement quand il se jette sur mon cou, aspire ma peau jusqu'à laisser une marque.

– Et maintenant, tu as le même ! annonce-t-il d'un ton diabolique.

Je gémis alors qu'il continue de sucer ma peau. Je n'ai pas envie de parler, ni de manger, ni de rien à part faire l'amour avec lui. Il me mordille l'oreille.

– J'adore tes gémissements quand je te touche comme ça.

– Arrête, c'est gênant, je marmonne.

Il sourit contre ma joue. Je fais courir mes mains de son torse à son visage.

– J'ai pensé à toi toute la journée.

Ses yeux s'assombrissent. Il m'attire contre lui, jusqu'à ce que je sois assise sur sa cuisse.

– Tout va comme je le souhaite, alors, me dit-il d'un air amusé.

Sur ces mots, il pose la main sur les boutons de mon corsage sans les défaire pour l'instant : il sait aussi bien que moi que, dès l'instant où il me l'enlèvera, nous cesserons de parler.

– Alors, c'était comment ?

– Bien.

– Bien ? répète-t-il d'un ton peu convaincu.

– Bon, pas extraordinaire, mais je ne veux pas me faire trop d'illusions au risque d'être déçue.

Il me regarde en mode « On ne me la fait pas », et je soupire malgré moi.

– OK, c'était pas terrible, mais j'adore *Bluekin*. J'apprécie leur esthétique, tout comme le fait qu'ils ne se refusent aucun sujet, ils sont aussi bien lus par les jeunes que par les personnes plus âgées, les femmes que les hommes… Bref, ils sont ouverts.

– Avec qui avais-tu rendez-vous ? Harkin ?

– Oui, dis-je en plissant les paupières. Il m'a dit que tu étais ami avec le patron.

Il hoche la tête, puis il se lève pour nous servir à boire. Je prends le verre qu'il me tend et demande :

– Quel journal devrais-je contacter, selon toi ?

– Tu le sais mieux que moi.

Après quoi, il se rassied à mes côtés, l'œil pétillant mais sérieux. J'insiste :

– Allez, dis-moi ! Ton opinion compte pour moi !

– *Bluekin*, c'est bien, commence-t-il, d'un air concentré. Mais il y a aussi *Buzz*, *Lokus*, le *Sun Times*, le *Tribune*, le *Reader*. Je peux t'obtenir des rendez-vous partout. Peut-être même à *RedEye*.

– Pas question ! Je veux y arriver par moi-même. Tes conseils me suffiront. Que ferais-tu, toi, si on t'offrait un poste aussi facilement ?

– Je l'utiliserais pour aller plus loin. C'est comme ça qu'on atteint les sommets.

– Évidemment, pour toi, c'est facile, tu es déjà sur ces sommets. En tout cas, une chose est sûre : je ne veux pas travailler dans le même journal que Victoria.

– Elle n'y travaille plus. Je peux te présenter à son ancien chef, si tu veux.

– Quoi ? ! Et que fait-elle, alors ?

– En tout cas, elle ne te fera plus d'ombre.

Je le regarde, intriguée.

– Comment connais-tu tous ces gens ?

– Collectes de fonds, bénéfices, affaires... Ils apprécient mon portefeuille.

Il me fait un clin d'œil et poursuit :

– Et figure-toi que certains d'entre eux m'aiment bien.

Il lève son verre et me décoche un nouveau clin d'œil.

– Donc, ne me raie pas de ta liste, ajoute-t-il dans un murmure.

– Pourquoi ?

Je hausse un sourcil amusé.

– Tu veux me surveiller chaque heure de la journée ?

D'un air pensif, il me caresse la joue.

– M4 est le seul endroit où tu pourras vraiment écrire sur les sujets qui te plaisent, plaide-t-il.

Je lui saisis le menton, soudain enthousiaste à l'idée de ce changement :

– Je n'arrive pas à le croire, mais je vais bel et bien quitter *Edge*. Au fond, ce rachat sera peut-être une bonne chose pour mes collègues...

Et je pense plus particulièrement à Sandy et Valentine. Il se met à rire puis va se resservir à boire et, comme s'il avait besoin d'espace, il se plante devant la baie, tout en tapotant son verre du bout des doigts. Je lui demande alors :

– Tu veux vraiment qu'on parle de ça ?

– Non, pas vraiment...

Des millions de lumières scintillent à l'extérieur, sauf sur cette surface aussi noire et tranquille que la nuit, le lac. M'emmènera-t-il de nouveau sur son yacht ? Sur ce petit îlot qui nous sert de refuge ? Il finit par se retourner, l'air suspicieux.

– Qu'est-ce qui te semble si affreux à l'idée de travailler avec moi ?

– Rien, mais je ne veux pas, c'est tout.

Et je fronce les sourcils. Il m'imite. Ce que je veux, c'est écrire sur des sujets qui me correspondent. Et il m'offre tout ça. Mais je ne peux pas accepter si cela met en danger notre relation et la possibilité de construire une vie avec lui. Je ne peux pas. Je ne veux même pas y penser.

– Malcolm, je te promets que je ne travaillerai pas pour ton père. Et si tu ne crois pas aux promesses, crois au moins en moi !

Il plisse les yeux.

– Tu peux difficilement m'en vouloir de ne pas te croire aveuglément.

C'est comme s'il m'avait giflée.

– Sommes-nous dans une vraie relation ou suis-je seulement là pour ton maudit quatre ? Quatre semaines ? Quatre mois ?

Peut-être que je ne peux pas supporter sa réputation et tout ce que j'ai lu et vu dans les médias. Peut-être ne suis-je pas à la hauteur, finalement. Il répond avec prudence :

– Nous y allons étape par étape, Rachel.

Je me mords la lèvre. La tournure de cette conversation ne me plaît pas. Pas du tout.

– Cela ne te suffit pas ? ajoute-t-il encore.

Non. Parce que je t'aime, me dis-je.

– Tu m'as appris à être exigeante, alors je ne sais quoi te répondre… Crois-tu que j'aie envie de travailler pour toi alors que dans cinq mois tu pourrais parfaitement parader entouré d'une dizaine de filles, sans moi ?

Je me relève lentement, avec l'envie de le défier.

– Moi aussi, j'ai ma fierté, poursuis-je. Je ne veux pas compartimenter ma vie, pas avec toi. Je sais que tu cherches à me protéger, mais je dois me prouver que je peux réussir par moi-même. Je veux que tu me respectes comme moi je te respecte. J'ai besoin de…

Je marque une pause pour évacuer mon trop-plein d'émotions.

– Je voudrais que tu me croies capable de réussir par moi-même.

Un silence sinistre s'ensuit… Je vois bien qu'il essaie de trouver une porte de sortie, mais je me rends compte que cette conversation ne mène à rien. Putain, ce que je suis fatiguée ! Pourquoi mon travail lui pose-t-il problème ? Nous nous disputons déjà, au bout de deux jours ? Je reprends :

– Tu sais quoi ? On n'arrivera pas à s'entendre là-dessus et je suis crevée. Le mieux est que je rentre chez moi.

– Putain ! l'entends-je marmonner.

Je l'entends donner un coup de poing dans le mur, mais je suis déjà dans l'ascenseur. Quelques instants plus tard, je hèle un taxi, les larmes aux yeux mais fière. Il me faut un peu de temps pour réfléchir à mon avenir, tout en essayant d'être avec Mal.

Chapitre 19
VISITE NOCTURNE

Assise sur mon lit, je réfléchis à ma vie depuis au moins une heure quand Gina frappe à ma porte.

– Rachel ? Tu as de la visite.

Elle passe la tête dans l'entrebâillement de la porte pour vérifier que je suis décente, puis l'ouvre en grand. Saint se dresse alors sur le seuil, les bras ballants et l'air songeur. Mon cœur se retourne dans ma poitrine.

– Salut.

Je me lève, choquée, tout en luttant contre l'excitation de le voir, ici, à l'improviste.

Il referme lentement la porte de ma chambre derrière lui, les yeux rivés à moi… Moi qui porte sa chemise… Mes jambes tremblent.

– Belle chemise, dit-il.

– C'est la tienne.

J'ai l'impression que ma chambre a rétréci et que sa virilité absorbe toute l'atmosphère féminine de la pièce. Il s'approche de moi, le regard brillant, me regarde.

– J'aime quand tu la portes.

Je me mords nerveusement l'intérieur de la joue.

– Je ne pensais pas que tu apprécierais de me voir dedans puisque tu me détestes en ce moment.

– Je ne te déteste pas, Rachel.

Et à mesure qu'il avance, malgré moi, je recule. Peut-être parce que je me sens vulnérable qu'il me voie dans mon espace intime. Dans sa chemise.

– Je ne respecte pas beaucoup de gens, Rachel, c'est difficile pour moi.

Il cherche mon regard.

– Mais je te respecte, toi.

À cet instant, il attrape mon bras pour m'attirer vers lui et prend mon visage entre ses mains pour que je m'immobilise et le regarde.

– Je t'ai dans la peau, Rachel. Je ne te l'ai pas dit, car les mots, c'est ton truc, pas le mien, mais tu es la seule avec qui je sois allé aussi loin, avec qui j'aie éprouvé un tel désir. Promets-moi que si tu n'as rien trouvé au moment où mon père aura racheté ta société, tu viendras chez moi. Et je te croirai.

Ses yeux verts me transpercent, lourds comme notre promesse. Nous nous fixons, essayons de nous comprendre, lui calmement et moi en proie à mille désirs… Je sais que ce qu'il ressent est tout nouveau, mais moi non plus, cela ne m'est jamais arrivé avec un homme. Je ferme les paupières quand il caresse ma nuque.

– Promis, lui dis-je.

Un lent sourire éclaire son visage, un sourire reconnaissant et si divinement viril. Puis il m'attire contre lui.

– C'était si dur que ça ?

– Non, mais toi tu l'es.

Il rit doucement et me soulève le menton.

– Ça m'arrive quand tu es dans les environs.

– Ah bon ? Je n'avais pas remarqué.

Il esquisse un sourire en coin.

– C'est tout le temps le cas quand tu es près de moi.

Mon Dieu, il me fait tellement mouiller. Je le repousse un peu, m'éloigne et fais une petite grimace.

– Moi, j'ai entendu dire que ça t'arrive tout le temps en présence d'une femme.

Il me suit.

– Je ne vais pas m'excuser de mon appétit, c'est de mon âge.

– Et tu aimais les festins ?

Je saute sur mon lit et me dérobe quand il tente de m'attraper. Ses yeux brillent d'amusement.

– Pourquoi pas ? Si j'ai faim, oui.

– Tu en as encore envie, des festins ?

Et je lui échappe encore, alors qu'il marche calmement vers moi.

– Cette faim que tu ressens est peut-être si grande que rien ne pourra la rassasier, poursuis-je d'un ton provocateur.

– Peut-être.

Cette fois, il me coince entre le mur et son torse imposant, se plaque contre moi et me murmure contre l'oreille, la voix basse :

– Je pense toujours que ma chemise te va mieux qu'à moi.

Je gémis et me presse contre lui.

– Saint.

Baise-moi tout de suite, sur le lit, le plancher, contre le mur ! Mais il est d'humeur joueuse et prend tout son temps pour ouvrir un premier bouton ; il promène ses doigts sur ma peau. Prise de vertige, émotive, je susurre :

– J'ai envie de toi, Saint. Tu vois, j'ai de l'ambition, moi aussi.

Il répond d'un ton rauque :

– Parfait, j'aime les femmes gourmandes.

– LES femmes ? Ce que tu peux être agaçant.

Et je le repousse vivement, en fronçant les sourcils d'un air moqueur.

– Nous sommes pareils, toi et moi, j'ajoute.

Il se rapproche de moi, et son sourire est aussi enivrant que son érection.

– Je vise haut… J'essaie de mettre un mot sur notre relation mais je n'y arrive pas, et ça me frustre.

Qui suis-je au juste pour toi ? ai-je envie d'ajouter dans la foulée, mais il ouvre un autre bouton et murmure :

– Il n'y a que toi pour vouloir mettre un mot sur ce que nous vivons. Il n'y en a pas.

Puis il empoigne mes cheveux au niveau de ma nuque et incline légèrement ma tête pour m'embrasser… Nos lèvres se heurtent presque violemment, il cherche à prendre le contrôle, et je cède, entrouvre la bouche pour que sa langue s'y glisse. Le désir enfle entre mes cuisses. Je m'agrippe à ses épaules, reculant vers le lit… Et quand l'arrière de mes genoux heurte le matelas, j'y bascule ; il me recouvre alors de son corps, sans détacher sa bouche de la mienne. Ce baiser langoureux me consume tout entière.

Je retiens un gémissement et le regarde, médusée, en embrassant son cou, sa mâchoire, tandis qu'il laisse glisser sa main sur ma cuisse.

– Donc, on est d'accord ? murmure-t-il, d'un air entendu.

Je me lèche les lèvres et hoche la tête. Il enfonce à nouveau sa langue dans ma bouche. Dominant, tout en virilité, il prend le contrôle du baiser. Des langues de feu me lèchent littéralement le corps, pressé contre le sien, cependant qu'il me caresse les hanches, les seins, la gorge… Je prends son visage pour accélérer notre baiser, mais il ne me laisse pas faire.

– Doucement. Laisse-moi te savourer.

Il prend son temps, comme si j'étais un vin qu'il dégustait.

J'entends l'air conditionné, les bruits de la ville… Le poids de son corps sur le mien m'arrache un petit soupir, le frottement de nos peaux un ronronnement… La moindre sensation me transporte : la chaleur humide de sa bouche, ses doigts dans mes cheveux, son torse dur contre mes seins, son odeur, nos souffles emmêlés. Je suis déjà haletante quand il se met à caresser mon décolleté. Nous restons allongés un moment, à nous regarder… et il me vole un nouveau baiser…

– Tu tiendras ta promesse, Rachel ? demande-t-il avant de m'embrasser… encore.

– Mmm, dis-je d'un ton langoureux en l'embrassant à mon tour. Oui, Mal.

– Gentille fille.

Encore un baiser lascif, puis il roule sur le dos et se lève. Je demande, confuse :

– Où vas-tu ?

– Je dois y aller, il faut que je règle quelque chose d'important à la maison.

Et sur ces mots, il se dirige vers la porte.

– Comment ça ? Tu ne passes pas la nuit ici ?

Il se retourne, hausse un sourcil, et je vois une lueur briller dans ses yeux. Alors il revient vers moi, et en s'allongeant sur moi, reboutonne les boutons qu'il a lui-même défaits, l'air soudain sérieux. Puis il prend un de mes seins en coupe et me donne un dernier baiser, titillant d'abord mes lèvres, pour mêler ensuite sa langue à la mienne, avant d'en embrasser les commissures. Il touche mon corps comme si celui-ci lui appartenait et cela m'inquiète, car je sens que je suis complètement accro.

Il murmure :

– Pas ici.

– Pourquoi ?

– Nous ne sommes pas seuls. Je veux t'entendre hurler.

Il m'adresse alors un regard entendu.

– On se voit bientôt ?

De nouveau, il se dirige vers la porte. Il va partir. Je vois sa main sur la poignée.

– Je compte aller voir le match des Cubs le week-end prochain. J'ai l'intention de t'inviter.

– Les Cubs ?

Je bondis du lit.

– Oui !

Ses yeux brillent et il relève les coins des lèvres, triomphant. Je rougis. A-t-il seulement conscience de ce que je ressens pour lui ?

– Je suis très excitée, je n'ai jamais assisté à un match.

– J'espère bien !

Il sait parfaitement que ce qui m'excite, c'est de sortir avec lui.

J'ai envie de lui dire que je l'aime mais il est parti avant que je trouve le courage d'ouvrir la bouche. Et je reste allongée sur mon lit, à rêver de nous.

Le lendemain matin, je parle à Gina de notre dispute, chez lui, puis des mots adorables qu'il m'a dits après, ici, et lui demande si elle pense qu'il m'aime. Elle me lance un regard genre « Tu plaisantes j'espère ». Je réponds par un « Pas du tout ».

– Sérieusement, Rachel !

– Je ne plaisante jamais à propos de Saint, Gina.

Elle repose sa cuillère dans son assiette.

– Je ne sais pas, Rachel. En tout cas, il te rend vulnérable, et je vois bien que tu reconstruis tes murs.

– Non, pas du tout.

– Tu ne veux pas être dans l'attente, tu es toujours terrifiée.

– OK, peut-être que j'ai peur.

– De quoi ?

Je hausse les épaules.

– De tout.

Et j'éclate pitoyablement de rire.

– J'ai toujours peur.

– Que ce ne soit pas réciproque ?

Je hoche la tête.

– Tu redoutes sa célébrité, ses admiratrices ? Qu'elles te mènent la vie dure en s'offrant à lui bras et jambes grands ouverts ?

– Gina ! Il n'est pas comme ça.

Et pourtant, elle a raison, ses groupies m'effraient, tout comme mes sentiments pour lui.

– Les mecs sont tous comme ça, insiste-t-elle. Tahoe et Callan aussi. Encore que Saint tient ses paroles, elles valent plus que des mots doux. Paul, lui, faisait tout le contraire de ce qu'il disait. J'aurais pu le tuer pour m'avoir menti et trompée si facilement si je n'avais pas été aussi dévastée.

Elle me lance un air morne.

– Regarde ce que Saint a fait pour toi. Il t'a offert un job, a supprimé l'article de Victoria, pas le tien. Sans parler de son engagement pour Halte à la violence. Il est venu hier soir ici pour faire la paix. Je sais combien les mots comptent pour toi, mais son truc à lui, c'est l'action. Il met tout en œuvre pour que vous vous rapprochiez. Tu devrais peut-être passer aux aveux…

– Je lui ai déjà dit que je l'aimais. Une fois. Au téléphone.

Mais il n'a jamais réagi à mes mots et ça, ça pique.

– Oui, avant l'article, me précise Gina. Peut-être qu'il attend que tu te jettes à l'eau encore une fois. Tu as écrit que tu ferais le grand saut si tu pensais qu'il te rattraperait. Tu crois qu'il le fera ?

Les émotions me submergent alors que je m'imagine sauter, en sachant qu'il me rattraperait…

– Depuis quand es-tu si perspicace, Gina ?

Et je fais une boule de ma serviette en papier que je lance dans sa direction. Elle me la renvoie.

– Depuis… Bah, je ne sais plus !

Elle me jette alors un regard mélancolique.

– J'ai peut-être envie de faire à nouveau confiance aux hommes.

Puis elle se met à rire et hausse les épaules, comme si cet aveu était anodin. Alors que c'est énorme ! De longues années se sont écoulées depuis sa rupture avec Paul, mais Gina était jusque-là déterminée à ne plus revivre un tel traumatisme et par conséquent à en éviter la cause : les hommes.

– La première partie de notre histoire…

Je m'arrête, puis je pose une boîte de céréales et un bol sur la table.

– On ne peut pas dire que ça a été un long fleuve tranquille.

Elle prend la boîte avant que je puisse me servir.

– Ça, c'est sûr, ça ressemblait plutôt à des montagnes russes.

Elle met une bouchée de céréales sans lait dans sa bouche et ajoute :

– Mais comme dit Tahoe… parce que tu sais, lui et moi, on est potes, maintenant. Ça t'étonne, hein ?

Elle émet un petit rire.

– Bref… Donc, comme il dit, on peut s'ennuyer sur les longs fleuves tranquilles.

Chapitre 20

LE MATCH DES CUBS

Aujourd'hui, c'est le match des Cubs, et je cours partout en culotte et soutien-gorge dans ma chambre, complètement paniquée. J'ai l'impression d'être dans un film d'horreur et qu'une fille idiote va ouvrir un placard où se trouve un serial killer sauf que cette fille, c'est moi, et que de l'autre côté de la porte, il y a Malcolm. À vrai dire, je ne sais pas ce qui m'effraie le plus… Malcolm ou le serial killer. Mal, mon addiction, mon amour…

Je sens la vanille, j'ai lissé mes cheveux, et ils retombent en une masse chaude et soyeuse dans mon dos, juste sous mes omoplates. Je suis si excitée… Une vraie ado ! Je regarde son dernier texto qui brille encore sur mon écran :

Je suis en chemin.

Quatre petits mots de rien du tout qui suffisent à me couper le souffle. J'ai aussi envie de pousser des cris perçants comme une gamine : ça fait une semaine que je ne l'ai pas vu à cause du travail, on a juste échangé quelques textos. En fouillant dans mon armoire, j'imagine déjà nos retrouvailles. Bientôt, je serai à ses côtés dans sa voiture, entourée de cuir… Je me demande s'il montera chez moi, après… j'en ai tellement envie !

Je vérifie tout de suite que mon lit est fait, ma chambre bien rangée et propre. Je choisis finalement une tunique en soie vert émeraude et un short blanc, qui me fait de belles fesses. J'enfile des ballerines, m'asperge de parfum, mets une touche de mascara, de blush et une légère couche de rouge à lèvres rouge. Je me regarde dans le miroir : ça va, je suis présentable. On frappe à la porte.

Je me concentre sur ma respiration, sur le bruit de mes ballerines qui résonnent dans le couloir… Je suis toute seule à la maison, et il n'y a que deux lampes allumées ; je réalise que, entre le moment où j'ai commencé à me préparer et maintenant, le soleil s'est couché, et l'appartement est plongé dans la pénombre.

J'ouvre la porte et il se tient devant moi, mains dans les poches. Il porte un jean foncé et un tee-shirt noir à manches longues qui épouse étroitement sa musculature. Curieusement, mon estomac me laisse tranquille, pour une fois… Il pose sur moi son regard vert, le fait courir sur mon corps, et ce simple geste suffit à me faire rougir de la tête aux pieds.

Il s'éclaircit la voix et, quand enfin il parle, je jure que j'en pleurerais tant ce son m'a manqué. C'est incroyable, son torse semble en vibrer, mais ce qui l'est plus encore, c'est que je sens vraiment la chaleur qui émane de lui. Et tout ce que je souhaite, c'est me noyer en lui. Il s'approche de moi, si près que je dois lever la tête et lui baisser la sienne. Il dit alors tout simplement :

– Tu es magnifique.

Je ne trouve rien à répondre, mes nerfs m'en empêchent. C'est notre deuxième rendez-vous officiel. Il penche la tête et ses lèvres effleurent mon cou.

– Et tu sens divinement bon.

Je jure que je vais défaillir. Et comme si ce salaud ne le savait pas, il m'adresse un de ses sourires de charmeur arrogant.

– Tu es prête ?

– Oui, dis-je dans un souffle.

Puis j'éteins les lumières et prends mon sac à main.

Talking Body de Tove Lo se déverse à plein volume des enceintes. La tribune d'honneur surplombe le terrain et consiste en plusieurs rangées de sièges extérieurs, si on veut être dans l'action, jouxtant une suite privée – c'est là que nous nous trouvons. Elle est éclairée d'une lumière dorée, meublée de canapés en cuir, d'écrans plasma géants et d'une table basse. Grâce à une immense baie, on peut voir le terrain de baseball bien éclairé. Je sens presque l'odeur des cacahouètes et de la bière. Nous sommes sur le toit du stade, dans une cage de verre.

Nous prenons nos boissons et nous asseyons dans un des canapés placés contre la vitre. Nous sommes direct à fond dans le match.

– Putain, Rizzo, cours ! vocifère Malcolm. Et merde !

Il incline la tête en arrière et pousse un grognement. Puis il prend une gorgée de pinot noir et se concentre de nouveau sur le match.

Je sirote mon cocktail et retiens un gloussement. Le match est serré et nous sommes dans un état d'excitation totale. Je devrais me concentrer mais je préfère observer Mal regarder le match. J'aime quand il est assis, calme, et que soudain, il pousse un cri terrible et lève le poing… J'ai l'impression que mon cerveau part faire un tour quand il m'enlace et laisse sa main glisser sur mon bras.

Il a l'air heureux en ce moment, buvant du vin, un bras autour de moi, assis dans sa cage de verre, surplombant le stade, comme si c'était *son* stade. Pendant que moi, je savoure mon premier match. Gina prétend que si je n'y suis encore jamais allée, c'est parce qu'il n'y avait pas d'homme dans ma vie : pas de père, de frère, de petit ami. Elle a peut-être raison. Saint est surexcitée, j'adore sentir cette tension dans l'air…

– C'est dans la poche, je le sens, putain ! s'écrie-t-il, avant de reprendre son air concentré.

Je rétorque, amusée :

– Si tu le dis.

Il me regarde quelques secondes, ferme les yeux, et mâchoires tendues, se penche vers moi :

– Je te le dis. On va les battre à plates coutures !

À cet instant, des amis au-dessous de notre box se mettent à crier son nom et nous sortons pour atteindre les sièges à l'extérieur.

– Saint ! Putain de veinard ! crie l'un d'eux.

Puis, me lançant un regard appuyé, il lui demande si sa bande et lui peuvent monter.

– Non, répond-il avec un doigt d'honneur.

Là-dessus, il me prend par le bras, et nous nous asseyons à l'extérieur pour continuer à suivre le match. Pendant les pauses, nous regardons l'écran géant installé dans le stade, où défilent des couples qui s'embrassent dès qu'ils se voient à l'écran. Soudain, un homme aux cheveux de jais jaillit sur l'écran. Je sursaute… et reconnais la fille. Alors la caméra bouge un peu… et je me vois juste à côté de lui… Immédiatement, je sens ses doigts s'enfouir dans mes cheveux et il prend ma bouche.

J'entends les exclamations qui montent des tribunes mais, oubliant l'écran, je me concentre sur les lèvres de Mal qui caressent les miennes… Ses yeux brillent quand il m'attire de nouveau à lui, juste pour lui, cette fois. Ces beaux yeux si brûlants, remplis d'un plaisir purement masculin. Il paraît très calme et en paix avec lui-même quand la caméra se met en quête d'autres victimes.

Trois tours de batte plus tard, je suis toujours émue par notre baiser, mais Mal s'est remis depuis longtemps et est de nouveau dans le jeu. C'est la neuvième manche, le match est presque terminé, un dernier lancer, et les Cubs peuvent perdre contre les Cardinals ou l'emporter. C'est Sweeney qui est à la batte, tous les espoirs sont encore permis pour nos Cubbies.

– C'est le moment de vérité, déclare Malcolm.

Puis il me désigne les trois joueurs qui, batte à la main, forment un arc parfait devant nous. Mes lèvres tremblent, j'essaie de retenir un sourire. J'avais oublié à quel point il a l'esprit de compétition. Je sens mon cœur se serrer légèrement en voyant son air passionné. Et soudain, j'ai envie de le taquiner.

– Je parie que tu étais un expert quand tu étais plus jeune.

Sur ces mots, je hausse un sourcil. Je veux tout savoir de lui. J'aimerais tant comprendre comment il est devenu l'homme le plus convoité de Chicago ; cela ne me surprendrait pas que tout ait commencé à l'école primaire. D'ailleurs, il faisait déjà les gros titres à sa naissance, et ça n'a jamais cessé depuis.

– « Étais » ? Je le suis toujours.

Se tournant vers moi, il frôle mes tempes avec son nez.

– Je joue toujours.

Et il me donne un petit baiser à l'endroit où il m'a touchée.

– J'aurais dû m'en douter. Tu es un joueur-né. L'arbitre devrait être avec nous, pour arbitrer *ton* jeu.

Mais contrairement à ce que j'imaginais, ma remarque ne le fait pas rire, au contraire, ses yeux s'assombrissent. Visiblement, il n'a pas aimé que je le traite de « joueur », et je sens une énergie différente autour de lui.

Il regarde les lignes dans la paume de ma main puis fait glisser son pouce à la base de mes doigts, où naissent instantanément de petits frissons. Ma respiration s'accélère… On dirait qu'il vient de découvrir quelque chose, un jouet avec lequel il n'avait jamais imaginé s'amuser un jour. Il me lance un regard tellement intense, brûlant, que je baisse les paupières vers nos mains, l'estomac noué.

Il porte ensuite ma main à sa bouche et embrasse mes doigts. Quand il la repose, je peine à retrouver mon souffle. Il me sourit, je lui souris, puis il caresse légèrement le dos de ma main.

– Personne ne m'excite comme toi, murmure-t-il.

Et il me donne un bref et doux baiser sur la bouche avant de se retourner brusquement vers le stade. La balle siffle dans l'air et vient heurter la batte pour repartir au milieu du stade… Malcolm est fou. Les spectateurs hurlent. Si un deuxième joueur des Cubs touche la balle, ils l'emportent… La foule est debout. Malcolm se lève. Je me lève.

Un rugissement monte des tribunes et je me retrouve soudain projetée contre son torse, puis soulevée dans les airs, le souffle coupé.

– Malcolm ! m'écrie-je.

Il m'embrasse, me serre, me fait tournoyer, un immense sourire sur son visage. Et quand il me repose, ses yeux changent : alors qu'ils reflétaient une joie pure, ils se font tout à coup plus sombres, intenses. Cette fois, quand il m'attire à lui, c'est pour m'enlacer de façon bien différente.

– J'adore te faire sourire, me dit-il.

– Moi aussi j'aime tes sourires.

Et nous restons blottis l'un contre l'autre tout en regardant le stade… On a tout l'air d'un couple, me dis-je, comme Wynn et son petit ami. Nos corps serrés l'un contre l'autre me semblent si naturels ; il me berce légèrement tandis que le stade se vide. Puis il me caresse le dos et enfouit sa tête dans mon cou. Je me sens tellement bien. Belle, chaude, douce… Ma respiration s'accélère légèrement et quand je pense que le moment ne pourrait être plus parfait, il continue de me serrer et ne me lâche pas, même en m'entraînant vers la sortie…

Il fait frais dehors, les branches des arbres s'agitent et ploient sous le vent de Chicago. La *Windy City*, ville des vents, tient son surnom tant des courants d'air qui la balaient que des belles promesses non tenues des politiciens, aux siècles passés. En l'occurrence, c'est surtout le premier sens que retiennent les habitants.

Alors que nous attendons que Claude ramène la voiture, des gens s'approchent pour saluer Malcolm. Un homme avec une fille à chaque bras lui sourit et s'exclame :

– Saint !

– Hillz, répond-il sans enthousiasme.

Et, avant qu'ils n'arrivent à notre hauteur, il me saisit par la main pour m'entraîner vers la voiture. Une fois sur la banquette arrière, je lui demande :

– Pourquoi tu ne voulais pas que je fasse leur connaissance ?

– Tu es trop bien pour eux, me chuchote-t-il contre l'oreille.

Mon estomac se contracte. Ces maudits papillons ne dorment-ils jamais ? C'est comme si quelqu'un vous chatouillait le ventre et que vous vous reteniez de rire, sans raison... Sauf que là, j'ai l'impression qu'il va m'embrasser comme jamais. Le cuir est froid sous mes cuisses, la vitre est remontée entre Claude et nous, et quand il démarre, Saint prend mon visage entre ses mains et embrasse le bout de mon nez.

– Merci d'être venue avec moi.

– Merci de m'avoir invitée et...

Avant que je finisse, il plaque ses lèvres contre les miennes.

Instantanément, nos mouvements s'accordent, nos corps se rencontrent, en parfaite symbiose. Je sens ses doigts courir sur mon corps, mais mon esprit est loin, il danse à côté de Jupiter, compte les anneaux de Saturne. C'est comme un shoot. Je plane... Je monte sur lui et enfouis mes mains dans ses cheveux. Il plaque ses lèvres brûlantes et humides dans mon cou, aspire ma peau, l'embrasse.

Je me sens comme une ado qui bécote son amoureux à l'arrière d'une voiture. Je n'arrive plus à respirer mais je le laisse faire ce qu'il veut de moi. Il joue à présent avec l'élastique de mon short, trace des petits cercles sur ma peau, me caresse doucement. Je l'embrasse encore, me frotte contre lui. Il gémit et plaque une main sur mon cul, accompagnant mes mouvements contre son érection…

De l'autre, il déboutonne mon short. Mon cœur cogne si fort que je n'entends que ses battements. Je sens son sourire contre ma bouche.

– Tu veux que j'arrête ?

Il me mordille le cou, sa langue y trace de petits cercles paresseux.

– Jamais. Embrasse-moi !

Il promène ses lèvres sur ma peau, jusqu'à atteindre ma bouche.

– J'ai rêvé de ça toute la journée, dit-il.

Il me lèche les lèvres, m'embrasse fougueusement, plus affamé que jamais. De ses doigts, il frôle dangereusement ma culotte, mais remonte vers mon nombril, tandis que sa bouche butine délicieusement la mienne. Puis il plonge la tête dans mon cou, le lèche, le mordille, le titille…

– Je meurs d'envie de faire ça depuis que je suis allé sonner chez toi.

Ma respiration est saccadée, je sens que la moindre de ses caresses peut déclencher un feu en moi, et suis soulagée quand son téléphone sonne. Je demande :

– C'est le travail ?

– Les garçons veulent qu'on aille fêter la victoire avec eux. T a envie de voir ton amie Gina.

Et il hausse un sourcil, attendant ma réponse. Je me mords la lèvre.

– Il a intérêt à bien se tenir avec Gina. Mais OK, je vais lui proposer.

Et je sors mon portable pour lui envoyer un texto. Saint respire fort, ses cheveux sont ébouriffés. Il est tellement sexy comme ça.

– Tu n'aimes vraiment pas T et Carmichael, n'est-ce pas ?

– Je n'ai pas dit ça.

– Tes amies me détestent aussi.

– Tu te trompes. Elles t'ont mal jugé et ne savent plus quoi penser de toi.

Il prend un air songeur, puis s'étire et dit :

– D'accord. Parlons-en, alors.

Je cligne des yeux.

– Si cela peut t'apaiser, poursuit-il, j'ai déjà parlé de toi à mes amis.

– C'est-à-dire ?

– J'ai prévenu ces deux nazes que tu me plaisais, que tu me plaisais beaucoup, même, et que je voulais qu'ils respectent mes choix.

– J'ignorais que j'étais un choix.

– J'ai choisi d'être sérieux avec toi, et je voulais qu'ils sachent que je ne supporterai pas le moindre commentaire déplacé de leur part. S'ils te font chier, c'est comme s'ils s'en prenaient à moi.

Cette conversation est… Je ne sais pas. Je le regarde.

– Saint, tu sais bien que tu es LE grand play-boy de la ville.

– Ça, c'est ce que voit le reste du monde. Et toi, c'est ainsi que tu me vois ?

Il fronce les sourcils et poursuit :

– Tahoe a organisé mille et une fêtes pour moi, je m'y suis toujours bien éclaté, j'avoue, et ce que les gens ont retenu, c'est que j'étais ivre et entouré de filles.

Je me tends.

– Tahoe ne pense qu'à baiser, dis-je, et il s'imagine que toi aussi, il n'y a que ça qui t'intéresse.

– Mais toi, tu sais bien que non, n'est-ce pas ?

Il me regarde intensément.

– Il y avait des dizaines de femmes prêtes à coucher avec moi. J'aurais pu toutes les avoir si j'avais voulu, autant de fois que j'en avais envie, sans rien en échange.

Je respire douloureusement, et soudain, j'ai envie de vomir à l'idée qu'il ait pu en caresser une autre.

– Mais j'en ai embrassé une seule ici…

Et l'air peiné, il désigne le coin de ma bouche.

– Et mon désir pour elle ne m'a pas quitté depuis.

Ma gorge me brûle comme si j'avais avalé de l'arsenic. Je n'ai pas le droit d'être jalouse, mais comment repousser ce sentiment qui m'étouffe littéralement à l'idée de toutes ces femmes à ses pieds, prêtes à tout ?

– J'imagine que tes admiratrices font tout pour te séduire.

– Tu as raison, approuve-t-il d'une voix douce.

Puis il passe le pouce sur mes lèvres, et reculant contre le dossier, me lance un regard empreint de respect.

– Mais aucune ne me parle avec tes mots. Toutes recherchent l'argent ou la gloire, aucune ne m'a demandé de sauver le monde. Aucune n'a eu besoin de ma présence. Elles me regardent avec envie, mais jamais comme si j'étais l'endroit où se lève et se couche leur soleil. Or, là, en face de moi, je vois une fille qui ne savait pas ce qui l'attendait avec moi. Une fille que je ne peux pas oublier. Et toi, que vois-tu quand tu me regardes ?

– Toi. Et je n'ai pas de mots pour te décrire.

– Mes amis voient un homme complètement épris d'une fille.

Il se penche pour saisir mon visage entre ses mains et plonge ses yeux dans les miens.

– Ils essaient de me distraire mais ne sont pas dupes de nos conneries. Ils me connaissent depuis que j'ai dix ans… Et je pensais que tu me connaissais aussi bien qu'eux.

Son expression s'assombrit…

– Mais je me suis trompé. Tu ne me connaissais pas du tout. Tu pensais que je méritais ta trahison ? Tu as vu en moi l'homme que toutes les autres voient, alors que tu es la seule avec qui j'étais vraiment moi-même.

Je baisse la tête, accablée de remords.

– J'avais tellement peur d'y croire. Je craignais que tu te lasses de moi… que tu partes en quête de chair fraîche. Un truc à quatre, encore… Et maintenant j'ai peur que rien ne ramène tes yeux sur moi.

Il se met à rire doucement.

– Mais ils ne t'ont jamais quittée, Rachel.

Et son regard se fait plus langoureux quand il poursuit :

– Je suis accro à toi, et mes amis le savent.

– Les miennes aussi, dis-je dans un murmure.

Puis je relève la tête et enchaîne :

– Saint, je ne déteste pas tes potes, je les aime bien, seulement je ne veux pas qu'ils déconnent avec mes amies.

– Tu veux dire Tahoe et Gina…

– Exactement !

J'essaie de me libérer de son étreinte, mais il me saisit les poignets et m'attire sur ses genoux.

– Cela ne nous regarde pas.

– Tahoe est un queutard. Il sillonne le monde en avion, entouré d'hôtesses nues, avec champagne à gogo.

– Vraiment ?

– Mais oui, tout le monde le sait ! Et ces hôtesses lui font des pipes à gogo, et sûrement à plusieurs. Comment Gina peut-elle rivaliser ?

– Effectivement. Une contre toutes, ce n'est pas équitable.

Puis il se met à rire, manifestement amusé.

– Tu vois ? C'est impossible. C'est une fille bien, elle n'a aucune chance avec un type comme lui.

– Et si c'était l'inverse ? Peut-être que ce sont des types comme nous qui n'avons pas la moindre chance avec des filles belles et intelligentes, qui veulent plus que s'envoyer en l'air dans une luxueuse chambre d'hôtel…

Et il hausse les sourcils, diabolique. Je renchéris :

– Vous avez toutes les chances, oui ! Il vous suffit de nous donner un baiser au coin des lèvres.

Il se penche en avant et frôle ma bouche de la sienne ; chaque parcelle de mon corps frémit sous ce léger baiser… Assaillie par un flot d'émotions, je ferme les yeux et dis dans un souffle :

– S'il fait du mal à Gina, je le démonte.

Quand j'ouvre les paupières, Saint me regarde, avant de déclarer d'une voix basse et déterminée :

– Je le ferai pour toi, Rachel.

Chapitre 21

CÉLÉBRONS !

Nous sommes chez Mal, sur la terrasse, et nous fêtons la victoire des Cubs dans des discussions enflammées et des flots de vin. Gina, Wynn et moi sommes assises au bord de la piscine bleu lagon tandis que Saint et ses potes se tiennent près du bar, et débriefent sur le match. Bientôt, Tahoe se met à critiquer son gestionnaire de fonds d'investissement, un sombre idiot à cause duquel, selon lui, ses revenus ont été réduits de moitié.

– Sérieusement ? s'écrie Gina du bord de la piscine. Pour ne serait-ce que la moitié de tes revenus, je pourrais faire le chiffre d'affaires mensuel du département luxe de mon magasin en une seule journée.

Elle marque une pause avant d'ajouter d'un ton râleur :

– De toute façon, tu ne réfléchis pas, on dirait que tu es encore à la maternelle.

– Hé ! Je suis diplômé de Princeton ! se récrie-t-il.

– Dans ce cas, tu ne devrais pas avoir de mal à trouver un job si tes réserves de pétrole s'épuisent.

– Tu seras une vieille dame fripée le jour où ça arrivera, lui assure Tahoe.

– Sérieusement, les hommes…, marmonne Gina.

Et elle se retourne vers nous.

– On est des princesses quand ils ont envie de baiser, et une fois qu'ils sont rassasiés et que leur anatomie demande grâce, alors on n'existe plus.

Elle secoue la tête.

– Les femmes ont besoin d'une raison pour coucher, les hommes juste d'un trou, ajoute-t-elle.

– Entre tes jambes, renchérit Wynn.

J'éclate de rire et Gina enchaîne, toujours furax :

– Je t'assure qu'un type comme Tahoe ne peut être multitâche qu'avec une paire de seins, et encore.

– Et si tu vérifiais, ma chérie ? suggère Wynn.

Soudain, je surprends le regard de Malcolm braqué sur moi, alors que ses amis continuent à discuter, et une douleur lancinante me traverse… Saint ne s'arrête jamais, toujours en mouvement, toujours plus loin. Où compte-t-il nous emmener ? Où nous voit-il aller ?

– Espèce de chien affamé ! s'exclame brusquement Tahoe. Arrête de loucher sur ton petit steak sexy comme si tu n'étais pas rassasié !

Impassible, Saint lève son verre :

– À mes amis qui ont tant de classe !

Son sourire atteint ses yeux. Tahoe m'adresse un regard mi-admiratif, mi-agacé.

– Je te jure, tu es son poison préféré.

– On peut dire la même chose, renchérit Gina. Tu es sa drogue favorite, dit-elle en pointant Malcolm du doigt.

Et pendant que nos amis se marrent, une vague de chaleur m'envahit ; Saint demeure imperturbable, il ne sourit ni ne rit, se contentant de me transpercer de ses iris verts qui illuminent son visage si parfait. Voyant que nous communiquons en silence, Callan s'éclaircit la voix.

– Ta nouvelle laisse te plaît, Saint ? demande-t-il.

Tahoe éclate de rire.

– Vos gueules ! gronde Malcolm.

Et nul doute que, dans une salle de conférences, cette voix doit en faire trembler plus d'un, mais Tahoe et Callan ne sont guère impressionnés.

– Qu'y a-t-il de si drôle ? intervient Gina, comme si elle n'avait rien entendu.

Alors Tahoe se rapproche d'elle et, avec son accent traînant du Sud qui, j'avoue, est vraiment sexy, lui dit :

– Nous sommes en deuil, notre frère s'est fait avoir par la chose la plus puissante de la terre.

– C'est-à-dire ? réplique Gina d'un ton intrigué, en se penchant vers lui, clairement en train de flirter.

Tahoe lui murmure quelque chose à l'oreille… Et j'entends tout à coup le bruit d'une claque ; je n'ai pas besoin de me retourner pour savoir que Gina a frappé le bras de Tahoe. Les garçons éclatent de rire, sauf Malcolm, qui se contente d'un sourire en coin.

– Désolée, Mesdames, s'excuse Tahoe, vous avez demandé !

– Bien sûr, avec les hommes, on sait bien qu'il ne s'agit que de sexe, rétorque Gina.

Ce réalisme acerbe qui la caractérise, et que certains appellent sarcasme, plombe presque l'ambiance.

– Pourquoi dis-tu ça ? demande Tahoe, l'air sérieux, maintenant.

– Les hommes ne savent pas aimer comme les femmes. C'est différent pour eux.

– Objection ! dit Tahoe avant de poursuivre fièrement : J'aime ma mère.

Gina rigole.

– Rien à voir, nous aimons tous nos mères, d'ailleurs celle de Rachel serait ravie de rencontrer Saint.

Ce dernier me regarde, intrigué. Puis Callan propose de faire un tour sur le yacht le lendemain ; aussitôt, Gina et Wynn commencent à débattre des prévisions météorologiques et de l'utilité de prévoir un maillot de bain. Lentement, Saint se rapproche de moi et s'assied sur le rebord de la piscine. Puis il étend son bras derrière moi et me regarde, prudent :

– Ta mère veut me rencontrer ?

Je me mords la joue.

– Qui n'a pas envie de faire ta connaissance ?

Il fronce les sourcils, peu dupe de ma tentative d'esquive.

– OK, elle adorerait te voir. Elle me l'a demandé.

– Dans ce cas, j'irai.

– C'est du sérieux, ça ! intervint Tahoe en s'asseyant derrière nous. En revanche, ne lui présente pas ton père, Saint. Sauf si tu veux qu'elle te quitte.

Comme à son habitude, Malcolm reste calme, alors que la seule mention de Noel Saint m'agace.

– Pourquoi ? s'enquiert Gina.

– Disons que son père n'est pas un cadeau du ciel, déclare Tahoe.

– Il ne tolère même pas qu'on passe lui dire bonjour, renchérit Callan.

Je souris mollement à Malcolm qui me rend mon sourire et ramène habilement Tahoe à son sujet de prédilection : son portefeuille.

– Donc, Tahoe…

Et tout le monde suit le mouvement. Je sais que le père de Saint est un crétin et que je ne suis pas la seule à le penser. Il est brutal, grossier et présomptueux. D'après ce que disent les médias, il essaie de montrer qu'il est plus grand et plus fort que son fils. Et même si Saint refuse de lui accorder la moindre pensée, il est clair qu'il ne veut pas que je me retrouve dans la même pièce que lui. L'idée que Noel Saint puisse mettre un pied à *Edge*, un endroit que j'aime et pour lequel j'ai beaucoup sacrifié, me rend furax.

Mais je n'ai pas le temps de méditer longtemps là-dessus car Otis fait irruption dans l'appartement. Saint va lui parler, puis revient vers ses amis et lance :

– Livingston ?

Plongée dans une conversation avec les filles, je tourne la tête et le vois rouler en boule un morceau de tissu.

– J'ai quelque chose pour toi, ajoute-t-il.

Et il l'envoie dans ma direction, visant mes genoux.

– C'est quoi ?

Curieuse, je déplie le « projectile » : c'est un tee-shirt des Cubs, taille S. Signé par tous les joueurs de l'équipe de ce soir ! Oh. Mon. Dieu.

– Non… t'as pas fait ça ? !

Je l'enroule à mon tour et le lui renvoie, par réflexe. Il rattrape facilement le tee-shirt, puis le regarde en fronçant les sourcils.

– Eh si !

Une lueur amusée au fond des yeux, il s'avance vers moi et me le glisse d'autorité dans la main.

– C'est le tien.

Et quand il se penche pour me donner un baiser sur la joue, je m'écrie, complètement folle de joie :

– Je vais l'encadrer !

Mes amis se battent tellement pour mon tee-shirt que je suis obligée d'aller le cacher dans le dressing de Saint ; accroché à un cintre, il occupe à présent une place d'honneur au beau milieu de ses costumes de créateurs. Quand je reviens au salon, les filles sont sur le départ, mais les amis de Mal n'ont pas l'air de vouloir mettre fin à la soirée. Il est vrai qu'il n'est que… deux heures du matin ! Je ne sais pas quoi faire… Partir ? Rester ? C'est tellement nouveau pour moi. Pour… nous.

– Saint ?

Je l'attire à l'écart.

– Je crois que je devrais rentrer avec Gina.

Il jette un bref coup d'œil aux filles puis me sourit.

– Et moi, je crois que tu devrais rester.

– Je…

Ne me dites pas que je suis encore en train de rougir… ?!

– Mais je n'ai pas de vêtements de rechange et ne me parle pas du tee-shirt, il doit être encadré.

– Dans ce cas, Claude ou Otis peuvent raccompagner tes amies et Gina te fera un sac avec quelques vêtements que le chauffeur pourra nous ramener.

Il attend ma réponse, et je devine à son air déterminé qu'il tient vraiment à passer la nuit avec moi.

– C'est d'accord, tranche Gina. Je serai ravie de rentrer en Rolls, dit-elle en me faisant une grimace.

Mal garde les yeux rivés sur moi, comme s'il cherchait à lire dans mes pensées. Il a l'air si impatient, adorable et… irrésistible. Tout cela ne va-t-il pas trop vite ? On a bien dit qu'on repartait de zéro, pourtant… Non, enfin, si, bref, je ne sais plus…

– Rachel…

Il se rapproche de moi et je sens qu'il comprend mes hésitations. Alors il me chuchote contre l'oreille :

– Tu n'as pas plus envie de partir que moi de te laisser t'en aller.

– Écoute, tes amis sont encore là et…

– Et moi, je ne rêve que de me mettre au lit avec toi.

Ai-je le choix ? Tout cela m'effraie, mais il me donne envie d'aller toujours plus loin avec lui, en dépit de mes peurs. Je cède.

– D'accord.

Et je lui souris.

– OK ?

La joie détend ses traits, puis il m'embrasse sur la bouche. Un baiser si chaud, si parfait… Je murmure contre ses lèvres :

– Je serai dans ton lit quand tu m'y rejoindras.

Il me mordille l'oreille.

– Tu n'y seras pas seule longtemps.

Une fois dans sa chambre, je vérifie mon cadeau – oui, il est toujours à sa place – puis m'écroule sur le lit, et je prends quelques minutes pour réfléchir à ce qui s'est passé aujourd'hui. Je revois son sourire… J'ai l'impression de flotter sur un nuage… Je repense à lui, à nous, au match, à sa passion à fleur de peau, à nos centres d'intérêt qui prennent tant de place dans nos vies.

À propos… Il faut que je commence un nouvel article. En l'attendant, je sors mon téléphone pour y taper quelques idées que je m'envoie par mail. Je veux écrire sur ce qui nous obsède, comme nos équipes de baseball préférées. Les Cubs pourraient perdre un millier de fois que nous les aimerions encore. Finalement, je griffonne un tas d'idées tout en écoutant les hommes rire dans le salon, surtout Malcolm. C'est le sien qui retient particulièrement mon attention. Il est profond et résonne dans son torse, jamais trop fort, ni idiot. Malcolm, mon autre obsession... Sourire aux lèvres, j'envoie un texto à ma mère qui, en général, peint tard le soir, le week-end.

Tu as fini ?

Elle me répond aussitôt :

Je sors de l'atelier et je file au lit. Tout va bien ?

Plus que bien, Maman. Tu vas le rencontrer.

Je n'ai pas besoin de lui préciser de qui je parle, elle sait exactement qui a mis le grappin sur sa fille. Presque instantanément, elle écrit :

QUAND ? Vas-tu l'amener dîner ?

Ne t'inquiète pas pour ça, je peux acheter des choses chez le traiteur.

Mon téléphone sonne. Je décroche et ma mère me gronde sans attendre.

– Sûrement pas, Rachel ! Pas question que vous apportiez quoi que ce soit. Je vais vous préparer de délicieux petits plats. C'est ton premier petit ami !

– Maman, ce n'est pas vraiment... Enfin, j'espère.

Je pousse un soupir, secoue la tête et reprends :

– S'il te plaît, je préférerais que tu ne l'appelles pas encore mon petit ami, je ne veux pas que ça me porte la poisse. C'est juste le début… Bon, tu voudras bien faire ton super gâteau au chocolat ?

– Qu'est-ce qu'il aime ? Les plats exotiques, chics ?

Je me mets à rire, comme en écho aux hommes dans la pièce à côté.

– Non, il a des goûts normaux. La preuve, je lui plais…

Je me sens si fleur bleue pour un homme aussi sensuel que Mal. Je poursuis :

– Ne t'inquiète pas, fais ce que tu veux, ce sera parfait.

– Quand viendrez-vous ?

– À toi de nous le dire, renchéris-je.

– Eh bien… Dans une semaine ou deux, le temps que je trouve les bonnes recettes.

– Parfait. Je t'aime, Maman.

– Rachel…

Je m'arrête dans mon geste, car j'allais raccrocher, et elle ajoute alors d'un ton excité :

– Je suis vraiment impatiente de rencontrer cet homme dont j'ai tant entendu parler.

Mouais… Je n'ose pas imaginer ce qu'elle a pu entendre sur lui. Elle n'ignore sans doute pas qu'il a une réputation d'éternel play-boy !

– Ce n'est pas un saint, Maman, dis-je d'un ton tranquille, mais je l'aime beaucoup, vraiment beaucoup.

Je me mets au lit. Je les entends encore parler à côté. Sachant que Saint va me rejoindre sous peu, je n'ai pas envie de m'endormir… Et si je l'attendais en sous-vêtements, sous la couette ? Non, ça ferait vraiment dévergondée. Mais peut-être qu'il aimerait ça ? Je retire mes chaussures, puis me déshabille en prenant mon temps. Soudain, le ton monte, à côté…

– Putain, mec, mais on s'amuse bien, qu'est-ce que tu fous ?

– Saint, t'es sérieux, là ?

Il est en train de les mettre à la porte !

Mon excitation monte... Donc, ils sont sur le point de partir et moi, je panique ! Et si je me mettais carrément nue ? Le silence retombe dans le salon, et une bouffée d'adrénaline me traverse... Je dégrafe mon soutien-gorge, trébuche presque en enlevant ma culotte et m'écroule sur le lit.

Je remonte le drap jusqu'au cou et l'entends laisser un message dans une langue étrangère, au téléphone. Je passe ensuite la main dans mes cheveux et les étale sur l'oreiller, tandis que sa voix résonne toujours à côté. Il me paraît presque contrarié.

Je fais légèrement glisser le drap pour qu'il voie une épaule quand il rentrera, puis les deux. J'arrange un peu mieux mes cheveux, presque agacée que mon corps soit déjà si prêt pour lui ! Bon sang, je ne sais même plus me contrôler !

De nouveau, le silence... Enfin, j'entends des bruits de pas. Alors la porte s'ouvre et, dans le clair de lune, sa silhouette se dessine sur le seuil. L'air est soudain électrique, les propres battements de mon cœur résonnent presque dans la pièce. Il est aussi immobile qu'une statue, cheveux ébouriffés pour y avoir sans doute passé les doigts avec frustration. Nos regards se croisent, ne se quittent plus et mes hormones s'affolent...

Je m'assois dans le lit et rejette mes cheveux en arrière.

– Salut, dis-je.

À cet instant, il referme la porte.

– Mon Dieu, j'aime tellement t'avoir dans mon lit, je dois trouver un moyen de t'y garder.

– Il suffit que tu m'y rejoignes et j'y resterai.

Un lent sourire éclaire ses traits, et il a soudain l'air sincèrement content.

– Je suis là, dit-il.

Oh oui, il est là. L'énergie de la chambre semble se déplacer avec lui, comme s'il attirait tout corps plus faible que lui dans son champ magnétique.

– Comme si je pouvais ne pas te voir…

Il s'avance vers moi, ramassant mes dessous au passage. Je me sens rougir.

– Joli, murmure-t-il.

Il me mange des yeux. Des yeux qui restent attachés à moi quand il retire son polo d'une main. Il est délicieux. Si beau que je ne peux plus attendre… Toujours enveloppée dans le drap, je me glisse tel un félin jusqu'au pied du lit et me mets à palper son magnifique torse. Quand serai-je donc capable de le voir nu sans fondre complètement ? Mais l'heure n'est pas à la réflexion, les muscles durs de son corps sont si parfaits, et les parties les plus intimes du mien si sensibles… Aveuglée par le désir, je capture son téton et me mets à le sucer lentement… Évidemment, son goût m'excite encore plus.

Il enfouit alors sa main dans mes cheveux, l'utilise pour tirer ma tête vers l'arrière et saisir ma bouche dans un baiser possessif. Je vibre de bonheur quand enfin nous nous embrassons, unis, en symbiose. Lorsqu'il détache ses lèvres des miennes pour me regarder, sa respiration est saccadée… Il n'a pas lâché mes cheveux.

– Par où commencer, avec toi ? dit-il comme s'il se parlait à lui-même.

Il empoigne un peu plus fermement mes cheveux, puis il me donne un nouveau baiser à me couper le souffle.

– C'est un bon début, dis-je contre sa bouche. Je voulais rester afin de te remercier en bonne et due forme pour le tee-shirt et pour aujourd'hui.

– De toute façon, je ne t'aurais pas laissée repartir, renchérit-il d'une voix rauque, mais assurée.

D'un coup sec, il tire sur le drap pour me contempler. Ma gorge se noue quand il pose la main sur ma poitrine et la referme sur un de mes seins.

– Bien sûr, je ne t'aurais pas retenue contre ton gré, mais je t'aurais poursuivie et rattrapée, ajoute-t-il d'un ton malicieux.

– Je me serais peut-être laissée faire…

Il m'adresse un petit sourire indulgent, tout en me caressant les seins, comme s'il voulait me dire que je me trompe, si je crois pouvoir lui échapper. Lui résister. Il est conscient de l'effet qu'il a sur mon corps, ne vient-il pas de me trouver toute nue dans son lit, comme une de ses groupies ?

– Et si on allumait une lampe ? suggère-t-il.

– Pourquoi ?

De son regard brûlant, il balaie mon corps.

– Parce que je veux te voir.

– Mais la lumière de l'extérieur suffit !

– Je veux te contempler, Rachel, insiste-t-il.

Une douce lumière tamise soudain la pièce, je presse vivement le drap contre moi, et il s'avance vers moi… Il saisit le tissu, et toute ma volonté s'évanouit sous son regard caressant. Je décrispe les doigts, mais proteste mollement :

– Saint…

– Allez, Rachel, ne sois pas timide. Pas avec moi.

Alors je laisse le drap tomber sur mes hanches et il m'enveloppe de son regard plein de tendresse, je me sens fondre. Mon pouls s'accélère quand ses yeux glissent sur mes seins, puis plus bas… Lorsqu'il baisse le drap jusqu'à mes cuisses, tout mon corps se tend, dans la douloureuse attente de ses mains. Il ne m'a pas encore touchée que je suis déjà pantelante, prête à tout. Il jette le drap sur le côté.

– Qu'attends-tu de moi ? dis-je d'une voix tremblante.

D'une main assurée et lente, il caresse ma poitrine, puis pose une main sur ma hanche avant de lécher mon oreille.

– Tout, souffle-t-il.

Je pousse un soupir, tandis qu'il embrasse ma joue avant de plaquer sa bouche sur la mienne. Il n'a pas l'air de vouloir parler, ce soir. Je ne peux pas parler non plus, bien trop occupée que je suis à explorer son corps, ses cheveux, à écraser avec délice mes seins contre son torse plat et musclé. Sa langue brûlante se détache peu à peu de la mienne pour descendre lentement le long de ma gorge… Il pousse légèrement le R de mon collier et dépose un baiser à sa place, tout en caressant mon ventre.

Instinctivement, je serre les jambes, soudain gênée à l'idée qu'il embrassera mon sexe, un peu plus tard. Il plaque une main sur une de mes cuisses afin qu'elles ne se referment pas complètement. Son souffle recouvre mon sein avant que sa bouche ne lui succède… Sa main remonte à l'intérieur de ma cuisse.

– Saint…

Il redresse alors la tête pour prendre ma bouche à nouveau et me fait basculer sur le dos ; il me recouvre de son corps, sans cesser de tourmenter ma bouche avec la sienne. Je noue aussitôt les mains autour de son cou, caresse son dos et ondule gentiment sous lui, dans une demande silencieuse, qu'il me donne ce que je veux, lui, entièrement.

Il palpe mon corps de ses doigts fébriles, mon cou, mes seins, mon ventre, comme s'il ne savait pas par où commencer. Il me savoure et en même temps, il est affamé. Il me lèche, me mordille, me caresse, tendu, à fleur de peau… Suis-je à la hauteur de son désir ?

Je sursaute… Il vient d'introduire sa langue dans mon nombril et, d'une main égarée, écarte mes cuisses… Et je me force à regarder le plafond, essayant de me calmer tandis que le plaisir monte en moi…

De son pouce, il excite mes plis humides, puis, avec deux doigts, il caresse mes lèvres… J'enfonce mes mains dans ses cheveux, je tire pour l'éloigner de mes seins, et je l'embrasse à pleine bouche. Il me rend docilement mon baiser mais n'a pas oublié son objectif et, détachant bientôt ses lèvres des miennes, pose ses yeux sur mon sexe mouillé avant d'y glisser ses doigts à nouveau. Mes seins se lèvent et s'abaissent de plus en plus vite. Une odeur de sexe remplit la chambre…

Un de mes seins disparaît dans sa bouche, et ses cheveux brillent dans la lumière, celle-ci dessinant des ombres sur les muscles de son dos. Il porte encore son jean, mais moi je suis complètement nue, tellement excitée par ses caresses… et vulnérable sous son regard quand, de ses mains, il m'ouvre de nouveau les cuisses et descend vers mon sexe…

– Malcolm, dis-je dans un murmure, rouge de désir.

Il penche la tête et aspire mon clitoris. Je me cambre, gémis. Il se met à me lécher… Je remue mes hanches sous sa langue, sentant ses doigts sur mon sexe, prêts à s'y engouffrer, mais visiblement cela l'amuse de me torturer, de me regarder souffrir de désir… Ne m'avait-il pas prévenue qu'il me voulait à sa merci ? Je devrais me protéger, seulement le désir qui me traverse est si puissant que tous mes murs tombent, il ne reste que mon besoin de lui. Je murmure son nom et écarte un peu plus les cuisses… Il chuchote le mien et j'entends l'admiration dans sa voix, avant de me lécher de plus belle…

– Saint, je vais…

Il ne s'arrête pas, jusqu'à ce que je jouisse. Je tremble encore quand il se déshabille enfin, je suis trop faible pour tenter de me couvrir. Pour tenter de contrôler ce que je ressens. À quoi bon ? Il sait parfaitement que toutes mes défenses vont céder et il est bien décidé à en balayer les décombres.

J'ignorais qu'on pouvait éprouver un désir si violent pour un homme, me dis-je en le regardant enfiler un préservatif… Le soulagement m'envahit quand il s'allonge sur moi.

Un gémissement m'échappe lorsqu'il noue mes mains autour de son cou ; j'enroule spontanément les cuisses autour de ses hanches, laissant retomber la tête en arrière… Prête pour lui, impatiente, éperdue de désir. Il m'embrasse les seins, agrippe mes fesses et soulève mes hanches quand il me pénètre d'un seul mouvement… Nos corps se contractent de plaisir en s'unissant. J'aime le sentir m'envahir, me prendre… Puis nous commençons à onduler au même rythme, doucement. Le seul bruit est celui de nos respirations.

Je regarde, dans un brouillard extatique, le visage de Saint baigné dans la lumière doré, et son regard brûlant, tendre et violent à la fois, me fait chavirer… Mon cœur se met à cogner très fort à l'idée que, dans mes yeux, il voit peut-être le refrain qui bat une mesure implacable dans mon cœur : *je t'aime, je t'aime, je t'aime…* Sans détourner la tête, je lui caresse les épaules, le dos, les reins. Puis nous nous embrassons, et nous continuons à bouger nos corps unis, à nous savourer longuement, tendrement… La fièvre ne cesse de monter, il accélère, nous poussant tous les deux jusqu'à l'orgasme.

Quand il revient de la salle de bains, nous restons étendus silencieux sur le lit, en sueur, et toute ma timidité s'est envolée. Je suis à la fois à vif, et apaisée, mais incapable du moindre mouvement…

Saint tourne la tête et m'embrasse. Je sais que mes lèvres sont écarlates et j'aime ça. Tout comme j'aime son lit, nos corps emmêlés, l'idée de m'endormir près de lui. Soudain, son souffle se fait plus régulier, et je constate qu'il a sombré dans le sommeil. Malgré moi, je lui donne un baiser furtif sur la bouche. Je sais qu'il a souvent des insomnies. Je me demande combien de nuits il est resté les yeux ouverts dans le noir, dans ce lit. Assez en tout cas pour être endormi à présent, comme si ma présence l'apaisait. Je pose de nouveau un léger baiser au coin de sa bouche.

– Bonne nuit, Mal, dis-je dans un murmure.

Et je me love contre lui. Je n'aurais jamais cru aimer un homme aussi fort.

Chapitre 22

QUELQUE CHOSE DE NEUF

Helen a adoré mon article sur « Ces choses qui nous obsèdent », inspiré par le match des Cubs, et moi, je suis ravie de pouvoir de nouveau écrire. J'ai bon espoir que ces nouveaux sujets m'ouvrent de nouvelles perspectives professionnelles. Je suis allée à *Lokus* cette semaine, et j'ai déjà démarché tous les journaux que Saint a mentionnés. Mais mon téléphone demeure silencieux.

Parfois, la nuit, quand Saint se lève pour travailler, ou même quand il me tient dans ses bras, je m'inquiète pour mon avenir. Sur les options qui s'ouvrent à moi, ou plutôt leur absence... Valentine m'assure que ça peut parfois prendre du temps. Qu'il se peut que je doive travailler en free-lance, mais cette perspective me terrifie, et notamment le fait de ne plus bénéficier d'une assurance santé pour ma mère et moi. Helen n'a pas reparlé de Noel Saint, mais cette éventualité de rachat peut-elle vraiment tomber à plat ?

Je sais que ma boss ne veut pas que je parte et fais l'impossible pour ne pas donner l'impression que *Edge* est sur le point d'être racheté, mais à en juger sa porte perpétuellement fermée, et la quantité de réunions avec ses supérieurs, je sais que cette acquisition va bel et bien se concrétiser. Il existe, entre Noel et Malcolm, une guerre de longue date, sans quoi pourquoi son père, dont les affaires sont essentiellement liées à l'immobilier, serait-il brusquement intéressé par le journalisme, au moment où son fils sort avec moi ? Je sais aussi combien Saint peut être impitoyable en affaires. Il ne le laissera pas gagner, surtout si l'enjeu, c'est moi.

La semaine passe à une vitesse folle entre mon travail et l'impatience de le voir vendredi. Il m'avait prévenue qu'il travaillerait tard, mais qu'il voulait quand même me voir. Je suis déjà dans mon lit quand il m'écrit :

Je monte.

Je vais lui ouvrir sur la pointe des pieds, juste vêtue d'un minishort en dentelle, et il me soulève immédiatement dans ses bras. Je grimpe contre son grand corps et lui mords le cou. Nous sommes affamés l'un de l'autre quand il m'emmène dans ma chambre. Il glisse tout de suite la main dans ma culotte et tire dessus comme un fou ; le tissu cède et je murmure son prénom, choquée. Un petit cri de même nature m'échappe lorsqu'il me jette littéralement sur le lit et retire ses vêtements à toute vitesse. Puis il s'allonge sur moi, et j'enfonce les ongles dans ses épaules tout en enroulant mes jambes au bas de ses reins.

– Pénètre-moi, dis-je d'un ton suppliant.

Mais il préfère, naturellement, me torturer avec ses lentes caresses. Ce n'est pas un homme très obéissant…

– Non. Je te veux comme ça, sauvage et folle de désir.

Ces paroles chuchotées décuplent mon désir.

– Viens, Mal, je veux te sentir en moi.

Lorsqu'il met enfin un préservatif et me pénètre violemment, je suis une masse brûlante de délicieuses contractions. D'une main, il maintient l'arrière de ma tête et m'embrasse.

– J'aime comme ton sexe serre le mien, Rachel, dit-il d'une voix hachée. Cette façon que tu as de me retenir en toi, même si tu sais que je vais revenir, encore plus fort, encore plus profondément…

Le lendemain matin, au réveil, la place est vide à côté de moi, mais j'aperçois tout de suite une carte noire brillante près de mon téléphone, sur la table de chevet. Accompagnée d'un petit mot : « Achète-toi une nouvelle culotte. » Je roule sur le côté et vois celle de la veille qui gît, déchirée, sur le tapis. Je souris à en avoir mal à la mâchoire. J'ai également reçu un texto :

Choisis aussi un maillot de bain, et viens me rejoindre sur The Toy.

The Toy. J'ai bossé comme une malade toute la semaine, pour pondre des articles comme « Ce que la façon dont il vous embrasse dit sur lui » ou « Comment séduire l'homme de vos rêves », conformément à ce que Helen attend de moi. Je suis épuisée, et j'ai de si bons souvenirs sur ce yacht.

Des souvenirs de Mal et moi, avec rien d'autre autour de nous que l'eau. J'adore aller sur son bateau car les médias disparaissent. Les moments que j'y ai passés en tête-à-tête avec lui sont les plus beaux de ma vie.

Saint et moi avons prévu de nous y rejoindre en fin de journée, et pour l'heure, je suis avec Gina au rayon maillots de bain de son magasin. Je suis en train d'essayer un mini-bikini noir qui me moule adorablement les seins et les fesses. Je me sens belle, le tissu est confortable et la coupe donne l'impression que mes jambes sont longues et fines.

Il est un peu cher… Je ne sais pas si je laisserai cet homme me payer ce genre d'extravagances. En même temps, qu'il m'offre ce maillot me fait me sentir extrêmement sexy. D'ailleurs, selon Gina, un mec a besoin de montrer qu'il peut acheter de belles choses à une femme, donc pourquoi se priver ?

– Ils ont l'impression d'être plus virils, m'affirme-t-elle.

Comme si Mal ne l'était pas assez… Après m'être scrutée sous tous les angles, je prends un selfie dans le miroir. Je lui envoie ou pas ? Est-ce que j'ai l'air vraiment canon ? Et merde, je l'ai envoyé ! Je tape ensuite :

Celui-là ?

La réponse fuse, concise et efficace :

OUI

Et les papillons sont de retour…

Très bien. J'arrive dès que je comprends comment marche cette carte.

Ne t'inquiète pas, elle fonctionne comme les autres. Où es-tu ? Je passe te chercher dans 20 min.

Je lui réponds que je suis sur le lieu de travail de Gina, puis montre à mon amie le maillot de bain que j'ai choisi. Elle regarde par l'entrebâillement du rideau.

– Wouah ! Il est super sexy. Pourquoi tu hésites ? Quand je pense que ce crétin de Paul ne m'a jamais rien acheté ! Je ne comprends vraiment pas tes réticences.

– Parce que c'est un cadeau de sa part. J'ai envie que ce soit parfait.

Je suis tellement excitée que ça en est ridicule. Je n'avais jamais laissé un homme faire ça pour moi. Je n'avais même jamais compris à quel point il est facile de dire oui, quand cela vient d'un homme comme lui… de l'homme avec qui je veux être. Surtout, quand le cadeau lui fait tout autant plaisir, voire plus.

– T'es sûre que tu n'en veux qu'un seul ? demande Gina. Ces cartes noires Centurion coûtent vraiment très cher, il vaut mieux les rentabiliser en s'en servant.

– Gina !

La caissière encaisse mon achat et l'enveloppe dans du papier de soie.

– Je n'ai besoin que d'un maillot.

Nous passons ensuite devant le rayon chaussures. Gina soulève une paire et frissonne en lisant le prix. Elle les repose bien vite tandis qu'à mon tour j'inspecte une paire de Louboutin aux fameuses semelles rouges.

– Tu as des nouvelles de son connard de père ? demande-t-elle au moment où j'écarquille les yeux devant le prix exorbitant.

Je les remets promptement à leur place.

– Non.

– Et tes entretiens ?

– Rien non plus.

– Tu ne veux vraiment pas accepter l'offre de Saint ?

– Je ne pourrais pas être son employée, l'idée m'est insupportable.

Chasse gardée… Pourquoi cette idée m'obsède-t-elle à ce point ? Cher cerveau, ne pourrions-nous pas oublier tout ça ? Les mots se sont depuis longtemps effacés de ma main, mais c'est comme s'ils étaient tatoués en moi.

Gina me conduit ensuite vers le rayon Chanel, où j'achète du fard à paupières et de l'eyeliner. Quand nous sortons du magasin, les gens de l'autre côté de la rue ont tous la tête tournée dans la même direction… Je suis leur regard… et m'immobilise brusquement !

Une Bentley grise vient de s'arrêter au bord du trottoir et je sens tout mon corps vibrer quand Malcolm en sort et avance vers moi. Même en polo et jeans, il est le péché incarné. Otis marche quelques mètres derrière lui ; Malcolm lui fait signe de prendre mon sac et pose les yeux sur moi.

– Elle est prête pour votre petite virée, Saint, elle a trouvé le bikini idéal, l'informe Gina. Malheureusement, elle n'a pas voulu prendre autre chose.

Gina éclate de rire et s'éloigne de nous car elle a rendez-vous avec Wynn pour un brunch. Je me retourne et me retrouve face à ses yeux verts et diaboliques.

– Tu n'as pas acheté ce que je t'avais dit ?

Je fronce les sourcils, confuse, quand je le vois se diriger vers le magasin. J'imagine que Saint ne se rend pas souvent dans ce genre de magasin, et même si les vendeuses savent pertinemment qui il est, elles sont toutes surprises et commencent à chuchoter entre elles. La nouvelle de sa présence se répand comme une nuée de poudre. Il m'entraîne à l'étage Femmes, et plus exactement… au rayon lingerie…

Je n'ai jamais été aussi gênée de ma vie quand je le vois chercher parmi les portants, sa silhouette musclée, une présence totalement incongrue, et pourtant sexy, au milieu de la lingerie fine. Il me murmure à l'oreille.

– Laisse-moi t'offrir quelque chose.

– Malcolm, j'ai déjà acheté un maillot de bain, je ne veux rien d'autre. Tu n'as pas idée à quel point ça me gêne.

Mais il est occupé à regarder des dessous sous toutes leurs coutures.

– Et moi, ça me fait plaisir…

Il est épuisant ! Et il ne perd pas de temps, car il a déjà repéré un string en dentelle rouge qu'il balance au bout d'un doigt.

– Qu'en dis-tu ?

Je secoue la tête, écarlate.

– Tu préfères ça ?

Je vois bien qu'il s'amuse comme un fou et adore me voir rougir. Je me mords la joue et décide finalement de rentrer dans son jeu.

– Trop commun.

Il hausse un sourcil.

– Dans ce cas…

Et il en sélectionne un nouveau, avec un nœud qui doit venir se loger en haut des fesses, au milieu. Je m'en saisis. Il est en dentelle et le nœud en soie.

– Tu veux que j'aie l'air d'un cadeau, ou quoi ? dis-je d'un ton taquin en désignant le nœud.

Il m'adresse un sourire en coin.

– Si je peux t'ouvrir, oui !

La température de mon corps monte en flèche ; je m'éloigne un peu et me dirige vers les soutiens-gorge, en quête du haut assorti. Puis je parcours le rayon, un peu excitée, un rien effrontée, prends des bas noirs avec porte-jarretelles, un bustier en soie bleue… C'est alors que Malcolm revient vers moi avec plusieurs strings : un bleu foncé, un blanc, un violet et un minuscule corset… Aïe…

– Je veux *absolument* te voir là-dedans.

– Tu veux que j'étouffe ou quoi ?

Il le repose… pour me présenter un string avec des perles !

– Et ça ? demande-t-il, enjôleur.

– Ce doit être hyper inconfortable ! Je préfère porter des perles autour du cou, et des choses plus douces… en bas.

Il me saisit par les hanches et m'attire vers lui.

– Essaie-le pour moi.

– On n'essaie pas les sous-vêtements !

– Dans ce cas, achetons-le ! Essaie autre chose. Une chemise de nuit, par exemple. Un peu transparente, sous laquelle je te verrai rougir.

Je parcours le rayon des yeux.

– Ils n'en ont pas…

À cet instant, il sort une chemise de nuit vaporeuse de derrière son dos, l'œil pétillant.

– Malcolm…

Et finalement, je me prends au jeu et me mets à

chercher des culottes de grand-mère pour le provoquer, le genre qui monte jusqu'aux seins et coupe les cuisses.

– Ça m'a l'air très confortable.

– N'importe quoi !

– Et ça, tu en penses quoi ? Tu veux bien me l'acheter ?

Et je sors un soutien-gorge immonde, le pire que j'aie pu trouver.

– Pourquoi pas ? Ça ferait un beau feu de joie, non ?

D'un air diabolique, il s'empare brusquement de la grande culotte, de l'affreux soutien-gorge et du minuscule déshabillé et m'entraîne dans la cabine d'essayage. Putain ! Les vendeuses peuvent tout à fait nous voir ! Il ouvre un rideau en velours violet, puis le referme derrière nous.

– Mal ! On va te voir !

– Ils savent déjà que je suis là.

Les lumières des cabines sont peu flatteuses, comme toujours, et pourtant, Mal est toujours d'une beauté scandaleuse. Il est adossé au mur, mains dans les poches, je le vois rire silencieusement, l'enfoiré.

– Tu peux au moins fermer les yeux ?

Il secoue la tête.

– Non !

Voyant que je reste debout, totalement tétanisée par ma timidité, il s'assied et me fait signe d'approcher.

– Viens là.

Hypnotisée par son regard, je m'avance vers lui et retiens ma respiration quand il pose les mains sur mes hanches et me place entre ses jambes, sa tête au niveau de mes seins. Il commence à défaire ma blouse, puis mon jean…

Mon cœur s'affole devant ce moment de pure sensualité… Je regarde fixement un point derrière lui, pour me calmer. Il fait lentement glisser mon jean qui tombe comme une flaque à mes pieds. Je l'enjambe tel un automate, enlève mes chaussures ; l'air de rien, il laisse ses mains se promener sur mes cuisses pour les remonter jusqu'à mes hanches. Je ne porte plus que mon haut et ma culotte bleu ciel et quand il lève vers moi son regard vert, je comprends qu'il pourrait me demander n'importe quoi, je le laisserais faire. Avec joie.

Il me rend tellement téméraire, insouciante, et ça m'effraie. Mon souffle s'accélère quand il passe ses pouces sous l'élastique de ma culotte et la fait glisser elle aussi. Ses yeux restent attachés aux miens jusqu'à ce qu'elle atteigne le sol… Il me tend alors la nuisette, et j'ai l'impression que je vais défaillir quand il m'aide à enfiler les manches vaporeuses. Je noue la nuisette sur le devant. Il me rend folle. Il dépose un baiser sur mon nombril et me fait tourner sur moi-même afin que je me voie dans le miroir.

La nuisette m'enveloppe comme un nuage de soie et enserre ma taille, s'évasant autour mes hanches, les frôlant à peine. Exposant mes fesses nues. Je vois bien qu'il apprécie la vue, il ne regarde que mon dos, avec un sourire carnassier. Il relève la tête et plante ses yeux dans les miens, dans le miroir, des yeux sombres, virils, intenses. Il est toujours assis derrière moi, les mains sur mes hanches. Je crois que je vais perdre la tête… Et Mal le sait très bien. Après s'être levé très lentement, il plaque les mains sur mon cul.

– On la prend, murmure-t-il contre mon oreille.

Je frissonne. Nous ne nous lâchons pas des yeux tandis qu'il défait alors le nœud et écarte les pans de tissu. À présent, je tremble de la tête aux pieds et je cherche la première chose qui me tombe sous la main pour me recouvrir… En un rien de temps, je remets mon slip. Il me tend la grande culotte.

– Vas-y, excite-moi, dit-il.

Et il se rassoit. Je hausse un sourcil.

– Ça, je dois l'essayer par-dessus un jean.

Je renfile donc celui-ci, puis la monstrueuse culotte, et j'éclate de rire. Il m'attire sur ses genoux.

– On dirait une jupe, sur toi.

– Une jupe vraiment moche, alors !

Il secoue la tête en souriant.

– J'en prends une douzaine ? dis-je.

– Tu es bandante dans n'importe quoi, Rachel.

Il me regarde avec tendresse, caressant mon dos de haut en bas, alors même que j'ai l'air ridicule.

– D'ailleurs, plus tu en prendras, plus j'aurai de couches à retirer, et plus ce sera excitant !

Nous éclatons de rire, j'enlève la culotte, la nuisette, et je me sens rougir intérieurement. Est-il aveugle ou quoi ? J'étais vraiment ridicule dans cette tenue. Je revois pourtant son regard intense, comme si j'étais la perfection incarnée pour lui… Mine de rien, cette petite scène m'a vraiment excitée, me dis-je tandis que je me rhabille. Faire du shopping est un acte si intime. Je le rejoins à la caisse pendant qu'il est en train de régler.

– Absolument, n'hésitez pas à nous prévenir en cas de problème.

– Merci, murmure-t-il d'un air absent, me regardant comme si j'étais la plus belle femme du monde.

Il jette le sac par-dessus son épaule et nous sortons.

– Saint, ne dépense pas ton argent pour moi. Tu es déjà l'homme de mes rêves.

Je me mets à rire et rougis quand je vois la lueur de convoitise dans ses yeux.

Une fois à l'extérieur, je lui lance un long regard en coin.

– Est-ce qu'il t'arrive souvent de prêter ta carte Centurion à tes petites amies ?

– Non, je leur donne la gold.

– Malcolm !

Je lui donne un coup de poing dans le bras. Il m'attrape gentiment par la nuque et nous descendons la rue, quand un homme s'approche soudain de nous à toute allure.

– Saint, un commentaire sur l'acquisition de *Edge* par votre père ?

Malcolm se place entre l'intrus et moi, et nous continuons à avancer vers la voiture, sans répondre.

– Je t'admire, lui dis-je d'un ton sincère. La facilité avec laquelle tu les ignores est remarquable.

Puis j'enlève l'élastique qui retient mes cheveux et les laisse retomber des deux côtés de mon visage pour me protéger. Il me regarde, surpris, et je lui prends ses lunettes d'aviateur pour me cacher le visage, je ne supporte pas les regards des gens autour de nous.

Il m'adresse un petit sourire et plisse les yeux.

– Tu veux aussi une fausse moustache ?

– Non, ça ira, dis-je en faisant la grimace.

Il m'ouvre la portière sans attendre qu'Otis intervienne et nous nous engouffrons dans la Bentley. Une fois à l'intérieur, il me reprend ses lunettes.

– Désolée, lui dis-je, mais il va me falloir un peu de temps pour m'habituer.

– N'y fais pas attention. Ne leur accorde pas la moindre pensée. C'est ma tactique.

– Mouais…

Subitement, j'ai la bouche toute sèche.

– Il ne s'agit pas tant de cela que des mensonges que racontent les médias, de notre impuissance face à eux.

Nous échangeons un regard brûlant, et je laisse mes yeux courir sur l'homme incroyable qui est assis en face moi… N'osant pas lui avouer que je l'aime, je dis ce qui s'en rapproche le plus :

– Il est difficile de voir le monde entier convoiter l'homme qu'on désire, alors qu'on souhaite justement qu'il ne désire personne d'autre que vous.

Sa réponse me va droit au cœur.

– Il ne désire personne d'autre.

Chapitre 23
LE *TOY*

Quand je sors de la cabine en bikini, Malcolm est appuyé contre la rambarde, en train d'échanger quelques paroles avec d'autres personnes, croisées sur le lac. Il porte un caleçon de bain et un polo sous lequel on voit jouer ses muscles quand il se penche en avant. J'entends les mecs lui proposer de venir faire du Jet-Ski avec eux, se vantant de leurs prouesses et lui promettant une belle raclée. Ils savent provoquer son esprit de compétition.

– Tu as peur de ne pas être à la hauteur, mec ?

Saint émet un rire rauque et répond :

– Non, je suis avec une amie aujourd'hui.

– Une ou des amies ?

Mais Saint ne répond pas et ils repartent sur leur Jet-Ski. Nu-pieds, je me tiens quelques mètres derrière lui, ne sachant que dire. Il ne m'a pas entendue, et j'ai l'impression de l'espionner. Sa carrure est encore plus impressionnante de dos. Il sort son téléphone et commence vraisemblablement à jouer avec ses dollars.

– Tu connais tout le monde, sur ce lac ?

Au son de ma voix, il se retourne et son sourire s'efface peu à peu… La brise souffle sur le Michigan et mes tétons pointent aussitôt. Je me frictionne les bras. Il s'assied alors sur une chaise tout près de lui.

– Viens ici.

Il me désigne le siège à côté du sien. J'obtempère et le vois essayer de calmer sa respiration. Je lui adresse un petit sourire timide.

– Merci encore pour le maillot de bain. C'est celui que tu m'as acheté.

Il ne regarde pas mon corps, mais mon visage, comme s'il me voyait pour la première fois.

– Je t'en prie.

Puis il pose les coudes sur ses genoux et sa voix tombe d'un décibel quand il ajoute :

– Tu me donnes l'eau à la bouche.

Je scrute ses yeux verts, son sourire séducteur, et encore une fois, je reste sans voix. Seul un rire nerveux m'échappe. Mais il se contente de m'observer, toute son attention concentrée sur moi. Les eaux viennent clapoter contre le bateau, soulevées par le vent de Chicago.

Me rappelant notre rencontre avec le paparazzi, je lui demande :

– Crois-tu que l'intérêt de ton père pour *Edge* est d'ordre purement commercial ?

– Il a l'esprit de compétition, et force est d'avouer qu'en cela, je lui ressemble.

Il pince les lèvres et regarde le lac.

– Et il combat contre…

– Moi ! tranche-t-il.

– Il te vise ?

– Oui, en t'utilisant.

Il reporte ses yeux sur moi.

– Il voit en toi ma faiblesse et il a raison. Il attend de voir si je vais relever le défi. Cela fait des années qu'il veut me montrer qu'il a toujours du pouvoir sur moi.

Un silence s'ensuit, lourd. Puis il reprend :

– Après la mort de ma mère, je me suis libéré de son emprise. J'ai déménagé, laissé tomber l'affaire familiale. J'étais assez âgé pour récupérer mes parts, que j'ai vendues à son pire ennemi, le forçant à coopérer avec le dernier homme qu'il aurait choisi.

Il ricane, les yeux durs à présent.

– Je me suis vengé pour toutes les fois où il a trompé ma mère.

Le souffle court, j'attends qu'il m'en livre davantage, et il enchaîne assez vite, comme s'il parlait d'une autre personne que de son père. Mon propre père est mort, le sien est vivant mais, d'une certaine façon, on dirait que nous avons tous les deux grandi sans figure paternelle.

– Avec cet argent, j'ai bâti un empire. Il pensait, j'imagine, que j'allais le dépenser en fréquentant les prostituées et en jouant à Las Vegas. Mais il se trouve que je n'ai pas besoin de payer les femmes pour qu'elles couchent avec moi, et Vegas, franchement, ce n'est pas ma tasse de thé.

Un petit sourire fier éclaire son visage.

– Personne ne m'a autant sous-estimé que mon père.

– Et l'entreprise familiale ?

– Elle s'est affaiblie, il a perdu le contrôle du conseil d'administration et a dû racheter ses propres actions pour redevenir majoritaire au sein de son groupe.

Entre-temps, il a acquis une mauvaise réputation, car il ne pouvait plus payer ses fournisseurs. Il lui était également insupportable de perdre de l'influence alors que son fils, qu'il avait toujours considéré comme un faible, en gagnait et devenait plus fort que lui.

Il m'adresse un bref sourire, plein de regret.

– Moi, j'en ai fini avec lui, mais lui cherche toujours à me rattraper. Depuis des années, je tiens à distance ses espions, qui sont toujours à mes trousses.

Il me fait un clin d'œil et ajoute :

– Je suis trop rapide pour lui. Seulement, son dernier coup, je ne l'ai pas vu venir…

Bras toujours frileusement croisés, je dis :

– Je suis désolée, Malcolm.

– Sans toi, *Edge* n'a aucun intérêt pour lui. Il me teste pour mesurer le mien.

– Mais officiellement, nous ne sommes pas ensemble… D'ailleurs, il a forcément lu mon article… Après ce qui s'est passé, pourquoi croit-il que tu t'intéresses encore à moi ?

– Parce que c'est le cas !

Il me jette un regard dur et brûlant.

– C'est le cas, répète-t-il.

Et il se met à rire, tandis que je le fixe d'un air stupide.

– Rachel, c'est tellement évident. Pour tout le monde, sauf pour toi.

Là-dessus, il passe la main dans ses cheveux, avant de détourner la tête. Je suis sous le choc.

– Cathy et les filles échangent des regards entendus quand je programme un rendez-vous avec toi, Otis a toujours un petit sourire en coin quand je lui demande d'aller te chercher, et quant à Roth et Carmichael, ils ont toujours pensé qu'on se retrouverait. Même les gens qui ne me connaissent pas spéculent sur nous deux. C'est donc évident, réaffirme-t-il.

– Qu'est-ce qui est évident ?

Il me lance un regard, un sourire lent monte sur son visage avant d'effleurer ma joue avec ses doigts fermés.

– Que tu me plais.

Du pouce, il me touche le menton, et les papillons dansent dans mon ventre…

– J'te jure, les regards que tu me lances, Rachel, murmure-t-il, le souffle court.

– Quels regards ? dis-je en riant, troublée.

Ces conversations tranquilles m'ont tellement manqué. Cette façon qu'il a de me regarder droit dans les yeux, amusé. Et son humour, toujours spontané et si chaleureux, tellement surprenant en comparaison de l'homme d'affaires qu'il est habituellement.

– Celui-ci, dit-il, en caressant le coin de mes yeux.

Puis, de son pouce, il dessine un sourire sur ma bouche, l'air tendre et joyeux.

– Ou celui-là. Ou encore celui qui me dit que tu me veux *là*.

À cet instant, il recouvre mon sexe de sa main et approche son visage de mon oreille.

– Ce regard qui me dit que tu as peur et besoin d'être sauvée. Et celui que tu as quand tu es heureuse, comme si je t'avais offert le monde, alors que je t'ai simplement acheté de la lingerie.

– Et je parie que c'est d'ailleurs celui que tu préfères ? Celui qui flatte le plus ton ego, non ?

Il se contente de sourire.

– Tu connais l'histoire de Psyché et Cupidon ?

Je me mets à caresser ses pectoraux, d'un air absent. Il hausse un sourcil amusé, prêt à m'écouter.

– La beauté de Psyché forçait les hommes à la convoiter, ce qui déclencha la colère de Vénus, laquelle demanda à Cupidon de la venger. Mais en voyant Psyché, Cupidon se blessa accidentellement avec sa propre flèche et tomba amoureux d'elle ; il mit tout en œuvre pour l'épouser. Alors que Cupidon lui interdisait de le regarder, elle se mit à croire qu'elle était destinée à épouser un monstre. Elle était inquiète et ne pouvait faire confiance à un homme qu'elle n'avait jamais vu. Un jour, influencée par ses sœurs, elle le regarda avec l'intention de le tuer. Et il était si beau… son Cupidon…

Je rougis.

– Hélas, quand elle se rendit compte qu'il n'était pas le monstre qu'elle pensait, elle le perdit. Cupidon lui dit que l'amour ne pouvait se fonder sur la méfiance et il la quitta.

Je sens mes joues s'enflammer de plus belle.

– Continue, me dit Saint, attentif et un rien nerveux.

– Psyché n'eut d'autre choix que de revenir au service de Vénus, qui lui fit alors subir d'affreuses épreuves. Mais Cupidon décida d'intervenir, la sauva finalement d'un profond sommeil et fit d'elle sa femme.

À ces mots, Saint éclate de rire.

– Ma chérie, je ne peux pas être Cupidon dans cette histoire.

Et ce disant, il se lève vers moi avec un sourire malicieux ; mais je sais que si, il est bel et bien Cupidon pour moi, magnifique, intrigant, mais demandant la loyauté, tout comme ce dernier quand il tombe soudainement amoureux de Psyché. Seulement, Saint refuse d'être Cupidon. Son regard me met en garde. Pourquoi cherche-t-il toujours à me torturer et pourquoi est-ce au fond si délicieux? J'ai dû lui paraître bien stupide, à croire qu'il m'aimait. *Tu n'es qu'une pauvre idiote, Rachel !*

Je décide d'improviser:

– En fait, toi, tu es Hadès, qui a volé Perséphone et l'a emportée au royaume des morts, où il a abusé d'elle sexuellement avant qu'ils ne tombent amoureux l'un de l'autre. Tu sais ce qui m'étonne dans la mythologie?

– Non, quoi?

Ses yeux brillent.

– Que Zeus, le dieu «bon» le plus puissant, trompait constamment sa femme, alors que le «mauvais» dieu, Hadès, était obsédé par Perséphone et bien plus amoureux d'elle que Zeus de sa femme. En dépit de tous ses péchés, Hadès était bien plus dévoué. Je crois que… qu'il y a toujours quelque chose de beau qui surgit de l'obscurité et de la douleur.

– Vraiment? demande-t-il d'un ton tranquille.

Je hoche la tête d'un air sérieux.

– Donc, non, tu n'es pas Cupidon dans cette histoire, j'imagine.

D'un ton malicieux, j'ajoute:

– Tu es à la fois Zeus et Hadès. Un saint ici…

Et je pose la main sur son cœur…

– Et un pécheur là…, dis-je en caressant son érection.

Il rit doucement et m'attire sur sa chaise; nous restons assis là, profitant en silence de la caresse du soleil. À part quelques Jet-Skis et des bateaux qui nous croisent de façon occasionnelle, tout est calme autour de nous. Je pense à son père et au comportement serein et admirable de Malcolm pendant toute leur histoire.

– Tu ne feras rien d'imprudent à cause de ton père, n'est-ce pas ?

Il se met à rire.

– La prudence n'est pas ce qui me préoccupe.

Puis il se tourne vers moi.

– Mais tu as ma parole qu'il ne te fera aucun mal. Je le détruirai s'il s'approche de toi.

– Je serai partie avant.

Il prend mon visage entre ses mains et change de sujet :

– Comment vas-tu me présenter à ta mère ?

Je lui souris.

– Elle sait déjà que tu n'es pas un saint, dis-je d'un ton taquin.

Il se contente de me regarder tranquillement alors que le silence s'étend entre nous. J'avoue :

– Et cela l'inquiète.

– Pourquoi ?

– Elle pense que tu es trop matérialiste.

– Et c'est un défaut ?

– Trop riche aussi.

– Vraiment ?

– Elle craint que tu ne sois qu'un play-boy qui cherche juste à s'amuser avec moi.

Il fronce les sourcils.

– J'ai l'habitude qu'on me sous-estime.

– Elle t'apprécie ! C'est juste qu'elle est victime des rumeurs qui courent sur toi. Tout au début, avant l'article, elle voulait vraiment que ça marche entre nous, mais après, je ne pouvais lui cacher ma tristesse...

À cet instant, il incline ma tête en arrière et son expression s'assombrit.

– Et tu en es la seule responsable, pas moi.

Je baisse les yeux.

– Je sais... Tu es certain que tu veux la rencontrer ?

– Absolument.

Il se met à jouer avec une mèche de mes cheveux et me glisse à l'oreille de sa voix de baryton :

– Je ne suis pas un saint, Rachel, mais toi...

Et il s'interrompt, cherchant ses mots...

– Je ne suis pas non plus une sainte.

Je me mets à rire et poursuis :

– Je suis une pécheresse.

Lui donnant une petite tape sur l'épaule, j'ajoute :

– Et c'est toi, le Mal qui m'y incite.

Il me saisit le poignet, et mon rire s'évanouit au moment où il m'attire à lui. Le feu qui brûle dans ses yeux me tord le ventre... J'ai tellement envie de lui, il est mon talon d'Achille, les plus grands plaisirs de ma vie sont désormais liés à ses sourires. Et maintenant, l'idée qu'il me désire me fait trembler tout entière.

Après tant d'années de pragmatisme, mon côté romantique est en train de reprendre le dessus. Chaque soir, au cours du mois précédent, j'ai revécu tous les moments passés avec lui, ce qu'il m'a dit, ses regards... Il est inaccessible, et pourtant, il incarne tous mes fantasmes, tous mes rêves, dans un corps chaud et vivant, où palpite un cœur bienveillant. Il semble parfaitement détendu, à présent, et ses lèvres portent l'ombre d'un sourire quand il me demande :

– Tu as faim ?

De toi, oui, me dis-je, mais je secoue la tête. D'un bond, il se lève et nous sert un verre de vin, puis mange une cerise et tire la langue pour me montrer le nœud qu'il a fait avec la queue.

– Tu as déjà fait ça ? me demande-t-il d'une voix suave en revenant s'asseoir à côté de moi.

– Il faut croire que je ne suis pas aussi douée avec ma langue que toi.

Je sens son rire entre mes reins, entre mes cuisses… Quelques instants plus tard, nous mangeons tous les deux des cerises, debout près de la table. Je jette le noyau et tente de faire un nœud dans ma bouche. Au bout d'une minute, j'abandonne.

– Impossible, dis-je en riant.

– Personne n'y parvient la première fois, m'assure-t-il d'une voix rauque.

Et il réitère sa performance, tournant sa langue lentement dans sa bouche, provoquant toutes sortes de pensées sexuelles… Et lorsque je croise son regard, il sourit, et une vague d'excitation me renverse. Avant que je prenne une autre cerise, il me saisit le poignet et passe le pouce sur mes lèvres. Je frémis involontairement.

Je suis complètement enchantée par la tendresse et la prévenance dont il fait preuve en m'attirant contre lui, tout en se mettant à me caresser les cheveux. La sensation est si douce, si enivrante que je ne peux plus bouger. Il sait à quel point je suis bouleversée par lui. Mais il l'est tout autant que moi, son corps est tendu et en vibre… Soudain, il semble reprendre son sang-froid et baisse les yeux vers moi :

– Tu veux que je t'apprenne à faire un nœud ? Ou bien tu préfères plonger dans l'eau ?

Je jette un coup d'œil vers les cerises et quand il relève le coin de ses lèvres, mon estomac se contracte délicieusement… Il s'empare donc d'une cerise et la balance devant moi par la queue. Je m'assoie sur une chaise près de la table et sens la chaleur de son corps alors qu'il se rapproche de plus en plus de moi. Tenant toujours la cerise par la queue, il la place devant ma bouche et je la prends entre mes dents. Quand je mords dedans, la queue se détache, et le jus coule dans ma gorge… Je n'ai jamais été aussi consciente du regard attentif de Malcolm sur moi que quand j'enlève le noyau de ma bouche et le mets dans une petite assiette, sur la table. Il s'assied près de moi, jusqu'à frôler mon épaule, me regarde et, je jure que le soleil est plus beau sur son visage que dans le ciel. J'entrouvre mes lèvres quand il me tend la queue, je la mets dans ma bouche et essaie de faire un nœud. Il penche la tête plus près de moi pour que j'entende sa voix par-dessus le vent.

– Enroule-la autour de ta langue, dit-il d'une voix sensuelle. Oui, comme ça…

Sans prévenir, il m'embrasse et sa langue se mêle à la mienne pour faire le nœud dans ma bouche. Quand nous nous écartons l'un de l'autre, mes yeux restent rivés aux siens et c'est de sa bouche que sort la queue de cerise nouée. Il sourit tendrement puis me caresse la joue.

– Il n'y a pas que la queue de cerise que tu sais si bien enrouler, lui dis-je.

Il me fixe, attendant la suite.

– Moi aussi.

Son sourire s'évanouit. Le mien aussi. Tout mon corps est sur le qui-vive quand il incline la tête... Il murmure contre mes lèvres :

– Tu veux une autre queue de cerise ? Ou ma langue dans ta bouche ?

Je ferme les yeux, penche un peu la tête de côté. Il me donne un baiser au coin des lèvres... Il respire lentement, profondément, luttant de toute évidence pour garder le contrôle... Mais je veux qu'il s'abandonne. Je veux qu'il m'embrasse, me baise, m'aime. Pourtant il se contente pour l'instant de caresser ma joue du bout des doigts, avant de déposer un baiser au centre de ma bouche, où je sens encore le goût de cerise.

– Viens, dit-il.

Et il s'assied sur une chaise avant de m'attirer d'un geste fluide sur ses genoux, mes jambes de part et d'autre de ses hanches. Être dans ses bras me comble un peu plus chaque fois. Il m'enlace et je me sens toute petite. Saint me contemple comme si j'étais la femme la plus délicieuse du monde et je profite du sentiment de sécurité que je ressens en ce moment – je serais capable de tuer pour ressentir ça jusqu'à la fin de ma vie.

– Mets tes mains autour de mon cou, me souffle-t-il contre l'oreille.

J'obtempère, tremblante ; même si nous sommes à la fin de l'été, il fait encore doux... Tout à coup, il prend mes mains et les glisse dans ses cheveux... Je les empoigne fiévreusement tandis qu'il noue ses doigts dans mon cou et capture ma bouche entrouverte ; nos langues se trouvent tout de suite, avides l'une de l'autre. Il me caresse le dos, puis plaque une main sur mes fesses, caressant ma hanche de son pouce...

Et quand sa langue enroule la mienne bien mieux encore que la queue de cerise, j'oublie tout…

J'oublie mon nom, mon avenir incertain et mon désir de retrouver une vie calme, comme avant… Car ici, c'est la langue de Saint que je veux, et que mon monde tournoie et tournoie grâce à lui, et lui seul. Il glisse ses mains le long de mes cuisses, derrière mes genoux, et remonte mes jambes contre ses hanches… Je cale mes jambes pour le chevaucher; sa main court sur mes reins, puis ses doigts sous l'élastique de mon bikini. Il prend mes fesses et me presse contre lui, sans cesser de m'embrasser; sa langue frôle la mienne, joue, s'enroule, me goûte, et sa bouche me caresse, me dévore, me prend, encore et encore.

La chaleur de nos corps pourrait faire fondre un glacier. Il empoigne ma queue-de-cheval… Ma bouche est en feu quand il écarte la sienne pour déverser une pluie de baisers sur mes épaules, mon cou, mon visage… De mes mains, j'explore son corps, mais il me maintient la tête, pour être le seul à pouvoir poser sa bouche où il veut. Il me rend folle, je halète, et quand il se redresse, je vois le désir dévastateur. Je me sens à vif, vulnérable, face à son regard intense, mais d'un vert si clair. J'ai tellement peur qu'il lise en moi, qu'il voie qu'il est ma seule faiblesse. Alors je ferme les paupières et lui offre mes lèvres.

Sa bouche fond sur la mienne, plus mouillée, plus chaude, lente mais ferme. Je le goûte éperdument, désespérément, et je passe les mains sous son polo, mourant d'envie de toucher sa peau nue… D'un geste habile, il l'enlève et son torse chaud tout contre ma peau me fait trembler. Il glisse alors les doigts sous les triangles de mon haut, pinçant les pointes de mes seins si tendues et douloureuses qu'un courant électrique me traverse, tandis qu'il continue de palper ma poitrine. Je me cambre et mille sensations parcourent mon corps quand je me rapproche de son oreille. J'avoue doucement :

– J'aime ce que tu me fais.

– Tu me rends fou, répond-il sur le même ton avant de m'embrasser à nouveau, caressant mes lèvres avec ses dents.

Il trace une ligne de baisers de mon cou à ma poitrine.

– Je vais embrasser tes pointes si roses, si jolies, me chuchote-t-il la respiration entrecoupée, je vais les embrasser toute la nuit.

Il prend mes tétons entre ses doigts et les tire, les caresse, jusqu'à ce que le désir m'enivre totalement. Il prend mes seins en coupe, les suce à travers mon haut, et je gémis de plus en plus fort.

– Saint…

– Malcolm !

– J'ai le droit, maintenant ? dis-je pour le provoquer.

– Tu as droit à bien plus que ça.

Il détache mes cheveux et les regarde tomber en cascade sur mes épaules, une lueur de convoitise brillant dans les profondeurs de ses yeux verts…

– Qu'ai-je fait pour mériter un tel privilège ?

Un sourire éclaire son regard.

– Malcolm, Rachel ! Dis-le.

Je fronce les sourcils.

– C'est un prénom ravissant. Comment arrives-tu à le rendre si cochon, si décadent ? Malcolm…

Il se met à rire et à grogner en même temps, puis me vole un baiser au coin des lèvres comme pour me montrer qu'il apprécie. Nous entendons le bruit d'un bateau qui approche, j'essaie de m'écarter de lui, mais il ne réagit pas. Il s'agit d'un hors-bord dans lequel se trouvent huit personnes qui écoutent de la musique à plein volume. Je remarque alors que les femmes ont toutes leur portable à la main et prennent des photos du yacht. En fait, non… C'est Saint et moi qu'on mitraille ! Je soupire.

– Génial ! Elles s'en donnent à cœur joie, dis-je.

– SAINT ! C'EST PAS VRAI ! MALCOLM SAINT ! On peut monter à bord ? crie l'une d'elles. C'est Tasha. TASHA ! Mes amies et moi t'avons croisé une fois dans la boîte de Decan, l'Orion.

Autant parler à un sourd ! Pendant que je les observe, Malcolm fixe mes lèvres rouges et gonflées.

–Viens là, me dit Malcolm en me tendant la main.

– Qu'est-ce que…

– SAINT !!! crie l'une d'elles, avant de souffler à l'une de ses amies qui est en équilibre sur le rebord du bateau : Prends des photos, putain !

De nouveau, elle lance à notre attention :

– ON PEUT PASSER UN MOMENT AVEC VOUS ?

J'entends tout à coup un splash et me retourne, yeux écarquillés.

– Je rêve ou elle vient de se jeter à l'eau ?

– Mon équipage va se charger d'elle, décrète Mal.

Puis il me prend par la main et m'entraîne dans la cabine. J'éclate de rire et nous surveillons alors la scène extérieure depuis les fenêtres.

– J'hallucine, dis-je. Bordel, elles sont trois à nager vers le yacht !

–Viens là, chuchote-t-il en m'attirant à lui.

Je ferme les paupières quand il m'embrasse.

– Malcolm… Il faut s'assurer que l'équipage…

Et, me dégageant de son étreinte, je m'apprête à remonter l'escalier.

– Mes hommes contrôlent la situation, m'assure-t-il.

Sa voix agit comme la caresse d'une plume entre mes jambes. Je sens ses yeux rivés sur mes fesses et quand je me retourne, son regard est sur mon corps. Partout sur mon corps.

– Mal…

Il se dresse de toute sa hauteur devant moi et j'entends encore des bruits d'éclaboussement à l'extérieur.

Indifférent à la situation, Malcolm me caresse le bras, redescend le long de mes côtes et glisse les doigts sous l'élastique de mon maillot. Ma respiration s'accélère…

– Malcolm…

Il dépose un baiser sur mes lèvres. Mon Dieu. Sa langue entre et sort frénétiquement de ma bouche et le monde disparaît. Je me pends à son cou tandis qu'il me presse contre son torse.

– Pourquoi ? s'écrie une voix plaintive à l'extérieur. Je le connais… on a fait la fête ensemble une fois !

– Allez, mec, on veut juste traîner un peu, profiter du bateau, renchérit leur ami.

– La vache ! Elles sont super insistantes, dis-je alors.

Et j'essaie de me dégager de son étreinte, mais il me retient par les hanches.

– Elles peuvent insister autant qu'elles le veulent, elles ne monteront pas, me chuchote-t-il à l'oreille.

Et avant que je ne puisse lui échapper pour observer le spectacle à l'extérieur, il me porte vers le lit.

– C'étaient toutes tes amies ?

Il me fait basculer sur le lit, tire sur le cordon de son caleçon de bain et, désignant mon maillot de bain, m'ordonne :

– Enlève-le.

J'obtempère et ouvre les cuisses pour l'y accueillir… Il prend mon visage dans la paume de sa main et je tourne légèrement la tête, savourant le contact.

– Des plans cul, faciles et simples, dit-il. Rien à voir avec toi.

Puis son attention se dirige plus bas, vers mes seins, dont il caresse les minces contours. Les derniers rayons du soleil se déversent par la fenêtre et il peut voir le moindre centimètre carré de mon corps. Je rougis, mais pour rien au monde je ne lui demanderais d'arrêter… Au contraire. J'enfouis mes doigts dans ses cheveux et je sens soudain son souffle chaud sur mon sein qu'il embrasse. Et quand il se met à en titiller la pointe, je serre les cuisses tant le plaisir est intense.

J'entends le hors-bord qui s'éloigne, et au même instant, on frappe à la porte.

– La situation est réglée, M. Saint.

– Merci, répond-il d'une voix lourde de désir.

Puis il me sourit. Il place alors mes poignets des deux côtés de mon visage et me lèche le cou. Il les rapproche ensuite au-dessus de ma tête pour les maintenir d'une seule main, tandis que l'autre s'égare sur mon corps… Je me cambre, désespérée.

– Malcolm…

– Oui, Rachel, comme ça…

– Malcolm Saint, tu es le diable en personne.

– Et tu as peur qu'on te voie avec moi.

– Pas du tout.

– Parce que je suis sorti avec de nombreuses femmes ?

Il me scrute d'un air provocateur.

– Parce que je prends ce que je veux ?

Je lèche mes lèvres.

– Et là, qu'est-ce que tu veux ?

Sans répondre, il se lève, ouvre un tiroir d'où il sort un préservatif et me le tend.

– Mets-le-moi.

Je m'agenouille et le caresse doucement tout en fronçant les sourcils :

– Tu es un vrai dictateur, au lit. C'est pour ça que tu ne seras jamais mon patron…

Il se penche et m'embrasse. J'ai déjà le souffle court quand il se rallonge sur moi, un sourire aux lèvres, enchevêtrant mes doigts aux siens.

– Tu aimes ça, non ?

– Non…

– Menteuse.

Entre deux baisers, il contemple mon corps tendu comme un arc qui ondule sous lui tandis qu'il me prend… Je halète, le supplie, soutiens son regard pour le graver dans ma mémoire alors qu'il entre en moi, à la fois ardent et tendre.

Malcolm. Encore une fois il me demande de l'appeler par son prénom. Il me regarde avec une tendresse presque violente, comme s'il avait attendu ce moment toute sa vie. Il caresse mon visage, continuant de tenir mes poignets de son autre main, puis se met à aller et venir en moi. La façon dont il me soumet est tellement excitante, et c'est ce que je veux, qu'il me possède entièrement. Je pousse un petit gémissement quand, de son pouce, il me caresse les lèvres... Je sens l'orgasme monter quand il pousse en moi avec force, s'enfonçant jusqu'à la garde... Il ralentit quand il sent ma jouissance. Même gémissante et tremblante, je continue à pousser mes hanches vers les siennes, l'incitant à prendre tout ce qu'il veut de moi.

– C'est ça, dit-il en m'embrassant avec la même tendresse violente que je vois dans ses yeux.

Tendresse qui se reflète aussi dans ses yeux fiévreux.

– Donne-moi tout... C'est ça... Jouis pour moi...

Je me mords la lèvre, trace des cercles avec mes hanches, utilisant ses mouvements pour prolonger mon orgasme.

– Jouis avec moi... Malcolm... jouis, dis-je d'une voix saccadée.

Un grognement lui échappe, tout comme son contrôle quand ses coups de reins se font plus puissants... Brusquement, il me retourne, je me retrouve à quatre pattes, et il me pénètre de nouveau.

– Je suis là, chuchote-t-il, m'empoignant par les cheveux pour s'enfouir encore plus profondément en moi, en grognant mon prénom.

Je redescends encore de mon précédent orgasme quand je sens le plaisir monter en flèche à nouveau. Il me donne des coups de reins forts, délicieux, de plus en plus rapides. Je sens sa bouche partout sur mon corps. Mouillée, chaude, déchaînée. Son étreinte de plus en plus forte. Son corps si désespérément avide du mien. Non. Lui, si désespérément avide de moi.

Il m'embrasse derrière l'oreille, se raidit en moi, et je jouis. Je jouis et me tords sous son corps, qui me serre comme un étau, sa bouche contre mon oreille, celle qui, il me l'a dit, lui rappelle une autre partie de mon anatomie…

Quelques minutes plus tard, nous nous écroulons, haletants, au bout de nous-mêmes, et je l'entends… rire ? ! Je lève la tête, confuse… Les paupières lourdes, il me dit d'une voix rauque :

– Ma petite diablesse.

Et il me regarde, amusé, comme s'il adorait ça.

Nous passons également le jour suivant sur *The Toy*. Nous mangeons, en nous prélassant au soleil après quelques verres de vin, et nous plongeons dans l'eau fraîche. Je vais pouvoir annoncer aux filles que, sans y mettre le doigt, je suis capable de faire un nœud avec une queue de cerise.

Chapitre 24

APRÈS LES CERISES

Le dimanche, je me réveille dans mon lit, très tard dans la nuit, ou plus exactement très tôt le lundi matin. Dans les vapes, je vais dans le salon, désert. Je me dirige alors vers la chambre de Gina.

– Rappelle-moi de ne jamais boire sur un bateau, lui dis-je.

Et appuyée contre le chambranle de la porte, je me tiens lourdement la tête entre les mains. Du fond de son lit, elle pousse un grognement.

– C'est Saint qui m'a ramenée ?

Elle remue légèrement.

– Tu étais complètement HS, me dit-elle d'une voix étouffée. Il t'a portée jusqu'ici.

– Pourquoi n'a-t-il pas dormi là ?

– Il est resté un petit moment, puis il est parti. Même un mort se serait réveillé avant toi.

– Quand est-il parti ?

– Il y a une heure.

– Désolée de t'avoir réveillée, je crois que je suis encore un peu ivre.

Je m'adosse contre la porte et pousse un soupir.

– Gina, si tu savais comme c'était génial. On a parlé, nagé, mangé des cerises, dîné. Je n'ai bu que deux verres de vin, deux ! Et le reste, je ne m'en souviens pas.

– C'est le vent et les oscillations du bateau, moi aussi, ça m'est toujours fatal.

Je pousse un petit gémissement et regrette profondément d'avoir bu.

– Ferme la porte derrière toi, marmonne-t-elle quand je sors.

De retour dans ma chambre, j'allume ma lampe et écris :

Merci de m'avoir ramenée à la maison.

Mais au lieu de lui envoyer le texto, je l'appelle. Au son de sa voix, quelque chose de plus puissant que l'alcool se met à couler dans mes veines. Je chuchote alors :

– Merci de m'avoir ramenée à la maison. J'ai adoré passer du temps avec toi.

– Moi aussi.

Je regarde l'heure : il est trois heures du matin. J'ai la voix pâteuse à cause de l'alcool et du manque de sommeil.

– J'aurais aimé passer la fin de la nuit avec toi.

– Il était plus prudent que je te ramène. Je n'ai pas les mots pour décrire les choses que je veux te faire.

– Tout ce que tu veux, Saint, dès l'instant où tu me promets de recommencer.

– Ça, c'est une promesse que je pourrai tenir sans problème, murmure-t-il.

–Si tu étais resté, je t'aurais laissé me dévorer. En partie, du moins... Pour qu'ensuite je puisse entendre, redevenue sobre, le récit de ce que tu m'aurais fait.

– Donc, je peux tout dévorer, sauf tes oreilles ? demande-t-il d'un ton amusé, la bouche contre le téléphone.

– Oui, dis-je, joyeuse.

– Hélas, reprend-il d'un ton tragique, je ne suis pas certain de pouvoir résister à l'ultime tentation de tes oreilles.

Cette conversation intime m'excite tellement que je cède et, dans un souffle :

– Dans ce cas, prends mes deux oreilles.

– Tu es certaine ? Je posséderai tous tes sens.

– Certaine.

– Je veux que tu t'abandonnes à moi complètement, que tu ne saches même plus qui tu es...

– D'accord, Saint.

– C'est vrai ? dit-il, amusé.

– Oui, je suis partante.

– Tu passeras le week-end avec moi après notre dîner chez ta mère ?

– J'adorerais ! Tous mes sens seront en éveil, à la merci de tes plans machiavéliques.

– Je cacherai le vin.

– Malcolm ! dis-je en riant avant de m'enquérir, inquiète : J'ai dit des choses bizarres ?

– Pas plus que d'habitude.

– Salaud ! Qu'est-ce que j'ai dit ?

Il émet un petit rire.

– Rien que je ne voudrais entendre à nouveau, Rachel.

Quand nous raccrochons, je regarde le plafond. Lui ai-je dit que je l'aimais ? Bourrée ?

J'ai beau me creuser les méninges, je ne me souviens de rien… En tout cas, même si je lui ai fait cet aveu, il a envie de l'entendre encore… Il se peut aussi que j'aie raconté des cochonneries que je n'aurais jamais, *jamais,* dites sans avoir bu, et qu'il adorerait entendre à nouveau. Je soupire, tapote mon oreiller et éteins la lampe, excitée par la simple pensée d'une queue de cerise nouée.

Chapitre 25

UN SAINT DANS LA MAISON

Ce soir, Saint va rencontrer ma mère et je ne sais pas qui est la plus excitée, elle ou moi.

Avant d'arriver chez elle, je fais une escale à la pharmacie pour renouveler son ordonnance, puis à l'épicerie bio d'où je ressors avec trois gros sacs. Une fois que les placards et le réfrigérateur sont remplis, je l'aide à préparer le dîner. Je m'assure ensuite que la maison est propre, et nous dressons joliment la table avec nos plus beaux couverts, sans oublier un beau bouquet en guise de décoration, au milieu. Ma mère, dans son tablier, s'affaire derrière les fourneaux. Notre excitation est palpable.

Depuis mon adolescence, ma mère m'a toujours vue me consacrer à mes études, sans jamais rêvasser aux garçons. Du coup, je n'ai jamais ramené un homme à la maison, or je suis certaine qu'elle espère depuis longtemps que je rencontre quelqu'un.

Eh bien, ça y est ! Et ma mère veut le rencontrer, et ce qui est le plus surprenant, que dis-je, le plus choquant, c'est qu'il en a envie aussi. Poussant un soupir de soulagement, je jette un dernier coup d'œil à la maison. Elle est impeccable et très chaleureuse ; un peu gênée, je me rends soudain compte que les murs sont tapissés de mes accomplissements : les articles que j'ai écrits au cours de mes études sont encadrés, mon premier papier pour *Edge*, des lettres de lecteurs qui m'ont touchée et que j'avais mises de côté.

– J'ai lu des choses sur lui ce matin, dit ma mère après un dernier coup d'œil satisfait à sa maison. Il a l'air vraiment très influent et très beau.

– C'est le cas. Il est aussi intelligent et ambitieux.

Je lui tapote la main et embrasse sa joue.

– Va-t-il vraiment venir ? me demande-t-elle.

– Non, Maman, je voulais juste qu'on se donne toute cette peine pour le plaisir.

Elle me sourit, un sourire maternel, et cette fois, c'est elle qui me tapote la main.

– C'est très bien qu'il vienne ici, Rachel, m'assure-t-elle.

L'estomac noué, je souris et hoche la tête. Je suis un peu nerveuse.

– Rappelle-toi que tu m'as promis que tu ne l'assaillirais pas de questions, maman ?

– Bien sûr, dit-elle en rentrant dans la cuisine.

Pourvu qu'ils s'entendent bien !

Écartant le rideau de la fenêtre, je vois alors sa Pagani Huayra se garer devant notre maison, et j'entends même les pneus grincer. Mal ! Il n'était pas obligé d'arriver à fond la caisse ! Un sourire aux lèvres, je me précipite vers la porte et secoue la tête d'un air médusé quand il sort de la voiture, portant un pull en cachemire noir et un jean foncé, une bouteille de vin à la main. Les battements de mon cœur s'accélèrent au fur et à mesure qu'il se rapproche de moi. Il a l'air irrésistible. Dangereux. Délicieux.

– Salut, dis-je en sortant.

Je dépose un baiser sur sa joue.

– Ça, c'est pour te remercier d'être venu.

Il m'attire contre lui.

– Moi aussi j'ai un baiser pour toi, mais je ne peux pas te le donner en public.

Il me lance un regard diabolique en me voyant rougir.

Il me suit à l'intérieur et à le voir dans la maison de mon enfance, il paraît encore plus grand, plus sombre et plus impressionnant que jamais. Ma mère l'accueille avec un grand sourire.

– Malcolm, je te présente ma mère…

– Kelly, coupe-t-elle.

Et elle fait mine d'avancer vers lui pour le prendre dans ses bras, puis se ravise. Saint est trop imposant pour ça. Il lui étreint gentiment l'épaule et lui tend la bouteille de vin. Je vois bien que ma mère s'efforce de se ressaisir, troublée par son sourire séduisant. La voix profonde de Malcolm ne l'aide pas quand il répond :

– C'est un plaisir d'être chez vous, Kelly. Avec votre fille.

Se confondant en remerciements, ma mère va mettre la bouteille au frais. Il frôle ma joue et il ne m'en faut pas plus pour me troubler.

–Vous êtes le premier homme que Rachel ramène à la maison, l'informe ma mère.

– Et c'est la première fois qu'une femme me présente sa mère, renchérit-il.

Il me fait un clin d'œil et ma mère et moi nous contentons de sourire. Nous sommes aux anges quand il ouvre la bouteille de vin avec la dextérité d'un homme qui en a ouvert des dizaines. Nous passons à table et je dois avouer que la conversation est très agréable. Merci mon Dieu !

– J'ai toujours pensé que Rachel aurait eu plus de copains si elle n'avait pas eu son amie imaginaire, Monica, dit ma mère.

– Matilda, maman !

Ma pauvre mère est si perturbée qu'elle en perd son latin.

– Oui, Matilda. Elle la rendait responsable de tout, car elle n'aimait pas perdre, voyez-vous, renchérit-elle. Rachel est une perfectionniste, elle est souvent en colère contre elle-même, donc c'est Matilda qu'elle blâmait quand les choses ne se déroulaient pas comme elle le voulait.

Je lève les yeux au ciel.

– Ce serait plus facile si Matilda était là aujourd'hui ! dis-je alors.

– Je ne serais pas venu pour elle, juste pour toi, précise Saint avant de se tourner vers ma mère : Rachel m'a dit que vous peignez ?

– Tout à fait. J'adore la couleur, répond-elle en lui tendant la salade d'épinards aux fraises. Rachel peignait elle aussi quand elle était plus jeune.

Elle montre un petit cadre, avec ma main en impression.

– C'est une de ses œuvres.

– Je n'ai rien peint, juste posé ma main couverte de peinture dessus. Saint a un très grand tableau de cette série, tu sais.

– Ah bon ? répond-elle, l'air surprise. Ils sont vendus au profit de Halte à la violence, mais celui-là lui a été offert pour la remercier de son soutien.

Et tandis que nous savourons le plat principal, ma mère explique à Saint mon engagement envers cette association, rien qu'il ne sache pas déjà en réalité, à part le fait que je m'implique dans l'association depuis plus de dix ans. Mais il l'écoute quand même avec la plus grande attention.

Viennent ensuite les histoires que je racontais à ma mère quand j'étais enfant ; comment Halte à la violence nous a aidées, elle et moi, à nous en sortir ; mes rêves d'une carrière qui me permettrait d'écrire tous les jours et d'en vivre ; mon désir que ses rêves à elle deviennent aussi réalité et qu'elle puisse se consacrer à ce qu'elle aime vraiment, la peinture…

– La vie de ma fille est remplie des histoires des autres, précise-t-elle.

– Même de la mienne, murmure-t-il en me regardant, l'œil brillant.

Il semble d'un calme olympien et a presque un air d'illuminé, d'ailleurs. Comme si les propos de ma mère l'avaient aidé à mieux me comprendre. Il paraît même plus détendu qu'à son arrivée, il croise ses mains derrière sa tête, rit aux histoires de ma mère sur « l'enfance de Rachel ». Il a l'air… chez lui, avec ma mère et moi.

Je me sens soudain très vulnérable de le voir là, comme s'il y avait toujours été. Je pense à sa mère alors qu'il parle avec la mienne, réagissant à ses anecdotes avec des «Ah bon, elle a vraiment fait ça? », d'un ton amusé. Et ma mère qui n'en finit pas de s'étendre sur son sujet préféré, en l'occurrence, moi! C'est toute mon enfance qui est étalée devant lui. Bien sûr, il en sait déjà beaucoup sur moi, ce que j'aime, redoute, désire. Que j'espère toujours faire le meilleur, mais qu'il m'arrive parfois de faire des erreurs. Il connaît aussi mon odeur, mon goût...

Mais le fait que ma mère raconte toutes ces histoires à l'homme de mes rêves me donne vraiment la sensation d'une mise à nu totale. Comme si je n'avais plus de secrets pour lui, alors qu'il est toujours une boîte mystérieuse pour moi, que je n'arriverai probablement jamais à ouvrir complètement. Gina a raison: j'ai sans doute érigé quelques murs pour me protéger, mais là je sens qu'ils sont sur le point de s'écrouler.

– Rachel avait très peu d'amis quand elle était plus jeune, dit encore ma mère en apportant mon dessert favori, un fondant au chocolat recouvert de crème fouettée. Elle était réservée, et cette solitude m'inquiétait. Les seuls enfants qui savaient qu'elle était orpheline de père étaient ceux que nous rencontrions dans le cadre de Halte à la violence, c'est-à-dire des enfants comme elle, qui savaient ce que signifiait la perte d'un être cher. Elle avait tellement peur qu'on ne la comprenne pas.

J'essaie de rire, mais sans grande conviction. Sous la table, Saint serre tendrement ma main. Ouf, il ne me juge pas! Je me souviens de son «Tu me plais vraiment» et lui lance un regard en biais. Il le sent et tourne la tête: nos regards se croisent et j'ai l'impression qu'il m'embrasse avec les yeux. Soudainement, cette soirée prend une importance énorme, comme s'il me donnait quelque chose qu'il n'a jamais donné à personne d'autre. Maintenant, ma mère lui raconte que, pendant mon adolescence, je passais mes week-ends à lire.

– Elle n'aimait pas faire la fête ?

Il pose cette question à ma mère pour me taquiner, c'est évident à en juger par le petit sourire qu'il m'adresse. Un sourire de tombeur.

– Non, même si elle adorait s'amuser, lui assure ma mère. Elle est rentrée de son bal de promo avant minuit. Même son cavalier, un garçon charmant conseillé par ses amies, n'avait pas réussi à retenir son attention. Je crois qu'aucun des jeunes hommes n'était à la hauteur des histoires qu'elle s'imaginait. Elle avait besoin de quelqu'un qui les dépasse et fasse de la réalité un monde meilleur.

Le regard de Saint se fait tellement intense que j'en ressens la caresse.

– Donc, elle n'avait pas de petit ami ? dit-il.

Je suis la seule à entendre la fierté dans sa voix.

– Non, confirme ma mère.

Seulement toi, lui dis-je avec les yeux quand il me sourit. Et l'émotion que reflète alors son visage est encore plus mémorable que toutes nos parties de jambes en l'air.

– Mal, il va falloir à présent que tu me présentes une personne qui me racontera autant d'histoires gênantes sur toi pour que l'on soit à égalité, dis-je.

De nouveau, il me serre la main sous la table.

– Google devrait faire l'affaire, chuchote-t-il pour que je sois la seule à l'entendre.

Et ma mère enchaîne sur les histoires que j'écrivais pour combler l'absence de mon père, et Saint me décoche un regard compatissant, comme s'il me disait «Je te comprends».

– Je suis désolé que vous ayez perdu votre mari, et Rachel un père, finit-il par murmurer.

Je vois bien qu'il a dû fournir un effort pour détacher ses yeux des miens. La froideur habituelle de Malcolm Saint y est absente. Il est si humain ce soir, telle une tempête apaisée assise à notre table, même s'il demeure anormalement beau et puissant. Ma mère lui répond alors en rougissant un peu, visiblement déroutée elle aussi par l'intensité de son regard.

– Je sais que vous avez perdu votre mère, et j'en suis navrée.

– Moi aussi, dit-il d'un ton tranquille.

– Notre maison est désormais la vôtre. Vous pouvez y venir quand vous voulez.

Lorsque ma mère le reconduit à la porte et qu'il me demande si je rentre avec lui, je hoche la tête en rougissant. Inutile de cacher j'ai envie d'être avec lui ce soir. Avant de prendre congé de ma mère, Malcolm lui dit d'un ton posé :

– Je ne suis pas doué pour faire des promesses, mais je tiens à vous dire que je n'ai jamais eu de relation sérieuse avec une femme avant de rencontrer votre fille. Et maintenant que je sais que je suis le premier homme qu'elle ramène à la maison, j'ai bien l'intention d'être le dernier.

Je rougis jusqu'à la racine des cheveux. Ai-je bien entendu ?

– Nul besoin de promesses, rendez-la heureuse, ça me suffira, répond ma mère en toute sincérité, avant de reprendre : Attendez, je vais vous donner le reste du gâteau, c'est le préféré de Rachel.

Quelques minutes plus tard, le gâteau enveloppé dans du papier alu, je la serre dans mes bras et la remercie. Son sourire me dit qu'elle adore Malcolm et j'ai envie de crier mon amour pour ma mère et ma reconnaissance.

Une fois que nous sommes arrivés devant la voiture, Saint m'ouvre la porte et, quand je monte à l'intérieur, il se penche pour attacher ma ceinture ; lorsque ses doigts m'effleurent, je sens mon sexe se contracter douloureusement. Comment cet homme peut-il transformer un dîner familial en préliminaires amoureux ?

Il sent mon désir, car sans dire un mot, il glisse la main sur mon cou et m'embrasse.

Le baiser est long et clairement destiné à mouiller ma culotte. Sa langue emplit ma bouche, s'enroule autour de la mienne avec fougue. Et quand il commence à sucer doucement ma langue, je m'agrippe à ses épaules…

– C'était pour quoi, ce baiser ?

– Pour moi, dit-il avec un sourire.

Et de son pouce, il effleure le coin de ma bouche.

Une poignée de secondes plus tard, il pose ses mains sur le volant et son regard brûlant et satisfait sur moi. Il conduit moins vite que d'habitude, sans doute pour ménager le gâteau posé à mes pieds, et voilà que tout à coup, je me mets à penser à voix haute :

– Je me demande ce que mon père aurait pensé de toi. Aurait-il admiré ou détesté ton statut social ?

Il lève un sourcil.

– Étant donné que mon propre père ne peut pas me supporter, je ne m'attends pas à ce que quelqu'un d'autre y arrive.

– Les hommes faibles ne supportent pas les hommes puissants, car ils leur rappellent qu'ils ont échoué.

Il hausse son deuxième sourcil et me regarde, admiratif. D'une main, il caresse ma joue.

– Mon père n'est pas faible, il est juste entêté et égoïste.

Là-dessus, il passe une autre vitesse.

– Je suis certaine que mon père m'aurait mise en garde contre toi, pourtant…

Je tourne la tête vers lui, le regarde conduire et soupire.

– Je pense qu'il t'aurait admiré.

– Ma mère t'aurait adorée, ma chérie, renchérit-il.

Il me soulève tendrement le menton et ajoute :

– Qui ne t'aimerait pas ?

– Toi, dis-je spontanément avant de plaquer ma main sur ma bouche. Oh mon Dieu, ne dis rien !

Il me lance un regard amusé et ouvre la bouche pour parler. Mais je m'écrie :

– NON, NE DIS RIEN ! ÇA NE COMPTE PAS !

Il rigole.

– Rach…

– NON, JE T'EN PRIE, NE DIS RIEN DU TOUT ! Je suis tellement désolée, ça m'a échappé, ce n'est pas juste pour toi.

Alors je me mets à rire nerveusement. Sans prévenir, il gare la voiture sur un bout de trottoir, me prend dans ses bras et m'embrasse. Un vrai baiser qui me fait frémir tout entière et m'empêche de respirer…

Je le supplie de nouveau :
– Ne dis rien.
– Mais je ne dis rien, dit-il d'un ton innocent.
– Continue.

Je me rends compte que je tremble. *S'il te plaît, dis quelque chose, Saint.* Peut-être qu'il n'a rien à dire. Qu'il ne ressent pas la même chose que moi. Et merde ! Je ne peux même plus le regarder et tourne la tête vers la vitre pendant qu'il redémarre. Mon estomac se contracte quand il m'étreint la main, et rien que pour ce petit geste, je l'aime davantage encore. Quelle qu'aurait été sa réponse, il me tient encore la main. Il est toujours avec moi. Devant mon silence, il ralentit et m'embrasse à nouveau, une main sur le volant, une autre dans ma nuque…

Une fois qu'il s'écarte de moi, je demande, confuse :
– C'était quoi, ça ?
– C'était moi, cédant à mes envies.

Et il m'embrasse à nouveau.
– Il va falloir t'y habituer.

J'attends que nous atteignions un feu rouge, et je me jette sur lui.
– Idem, lui dis-je.

Et je l'embrasse avec fougue. Il sourit et il repart en accélérant.

Nous prenons l'ascenseur qui mène à son appartement. Où il dort, mange, vit. Me fait furieusement l'amour. Mon cœur tambourine si fort dans ma poitrine que je n'entends pas l'ascenseur tinter, je vois seulement les portes s'ouvrir. Nous étions convenus de passer le week-end comme si c'était la chose la plus naturelle du monde. Et ça commence à l'être pour moi.

Me revoilà chez lui, pour une nouvelle nuit dans ses bras, j'ai l'impression que notre relation évolue réellement, vers quelque chose de plus fort, de plus profond. Je pose le fondant sur le comptoir de la cuisine et il passe derrière moi, un bras autour de mes hanches. Mon estomac se contracte... Gentiment, il me fait pivoter, et nos souffles se mêlent... Jamais je ne m'habituerai à l'électricité qui me parcourt quand il pose ses lèvres sur les miennes. Mon pouls s'affole, mon esprit chavire, et tout mon monde se réduit à sa bouche qui fait l'amour à la mienne. Soudain, son téléphone vibre...

Il mordille mes lèvres avant de prendre l'appel.

– Bonsoir, Santori, je suis occupé, dit-il d'une voix basse mais claire. Du nouveau, ah bon ?

Et il se met à arpenter la pièce en se passant la main dans les cheveux. Je me demande qui peut bien être ce Santori, en retirant l'alu du gâteau, je cherche une cuillère puis prends une bouchée... Mmm, ce fondant au chocolat est divin... Je suis en train de lécher ma cuillère avec application quand je me rends compte que Saint m'observe. Je lui adresse un grand sourire et, séductrice, reprends une bouchée afin qu'il comprenne ce qu'il manque.

Je soutiens son regard dont l'intensité enflamme les parties les plus intimes de mon corps. Je repose la cuillère... Pourquoi ma main tremble-t-elle ? Consciente de ses yeux posés sur moi, je me lèche les lèvres et sa voix descend d'un décibel.

– Non, je ne peux pas... faire ça maintenant. Donne-moi la nuit pour réfléchir à la question.

Et sur ces mots, il repose son téléphone. Mes genoux s'entrechoquent quand il se rapproche de moi, l'œil brillant.

– Je préfère finalement m'occuper de toi que de mon business, dit-il.

Bordel... La détermination dans sa voix... Une phrase de cet homme et je suis aussi excitée que si nous nous étions caressés pendant des heures. Je demande d'une voix suave :

–Veux-tu un peu de gâteau ?

Il incline la tête, puis la secoue très lentement, sans me quitter des yeux. Malcolm sait jouer avec le contact visuel. Ce soir, il est le prédateur et je suis sa proie préférée. Il me caresse la nuque, tout en attirant mon visage à lui, et murmure :

– Ce sont tes lèvres que je veux, rien d'autre...

Et il se met à les lécher du bout de sa langue. Je pousse un petit gémissement... Son odeur me rend folle, son goût, qui se mêle à celui du chocolat. Si ce n'est pas la forme de torture la plus délicieuse, je ne sais pas ce que c'est.

Je frémis et entrouvre mes lèvres, cédant à ses assauts. Sa langue se mêle à la mienne, et les flammes du désir jaillissent entre mes cuisses. Il contrôle le baiser, suce ma lèvre inférieure jusqu'à m'arracher un gémissement. J'ai l'impression de lui appartenir.

– Mal...

– Enfin si, je veux aussi ceux-là...

Mes seins sont sensibles, si sensibles au contact de ses doigts, presque douloureux, dans l'attente de ses caresses. Mon Dieu... il porte le sourire le plus sexy que j'aie jamais vu. D'une main experte, il m'enlève mon haut, puis baisse l'un des bonnets de mon soutien-gorge jusqu'à ce qu'un de mes seins en jaillisse. Il le regarde avec gourmandise avant de libérer le deuxième.

– Oh oui, je veux ces deux beautés.

Il baisse la tête et en prend un dans sa bouche en suçant si fort que mon téton durcit douloureusement, et je sens mon sexe se gorger de désir. J'ai envie qu'il me pénètre, là, tout de suite, mais il s'en prend à mon deuxième sein, enroulant sa langue autour de mon téton, l'aspirant… Je me cambre, plante mes ongles dans son pull en cachemire.

– Mal, continue… Ne t'arrête pas ! gémis-je.

– Je n'en ai pas l'intention.

Et il mordille de plus belle la pointe de mes seins, les lèche goulûment…

– Touche-moi, m'ordonne-t-il.

Et d'autorité, il pose ma main sur le renflement de son jean, son érection dure et palpitante sous mes doigts. Ma bouche s'assèche et je le caresse à travers le tissu. Un grognement lui échappe.

– Regarde-toi, Rachel, dit-il, les yeux rivés sur mes seins.

C'est alors qu'il plonge les doigts dans le gâteau et enduit mes mamelons de chocolat et de crème fouettée.

– Saint ! m'écrie-je en sursautant, complètement excitée.

Il plonge la langue dans le creux de mon oreille, puis demande :

– Tu veux que je te mange ?

L'air craque d'électricité. Je hoche la tête.

– Je commence par où ?

Par où tu veux, dévore-moi tout entière, à l'extérieur, à l'intérieur, partout ! D'une main fébrile, je me barbouille les lèvres de chocolat.

– Ici, lui dis-je.

Il sourit.

– Ici ?

Et il lèche doucement mes lèvres. Un gémissement m'échappe… Il revient à la charge, presse son corps contre le mien avec plus d'ardeur. Paupières alourdies, il caresse mes seins enduits de chocolat.

– Et ici, Rachel ?

– Oh oui, Malcolm !

Je ne peux en dire davantage et m'agrippe à ses épaules, tandis qu'il suce mes seins, l'un après l'autre. Je penche la tête en arrière en gémissant doucement.

– Délicieux, ne bouge pas… dit-il en enroulant un bras autour de ma taille pour me maintenir debout.

Je souffle :

– Jamais.

Il reprend ma bouche et le goût de la crème fouettée, du chocolat et de nos salives se mêle… Le désir rend nos peaux brûlantes, l'air chaud et dense. Je suçote sa lèvre inférieure, mon besoin de lui me consumant entièrement. Je ne me suis jamais sentie aussi sexy, aussi libre et effrontée… et c'est grâce à lui. Il est le seul à me faire ressentir ça.

Je l'embrasse éperdument pour qu'il comprenne ce que cette soirée signifie pour moi. Bien plus que je ne l'aurais cru. Le chocolat a disparu à présent, il ne reste que nos bouches, et j'entends la puissance de son désir dans sa voix quand il murmure :

– Ne bouge pas.

Quelques secondes plus tard, je sens ma jupe glisser à mes pieds et ma culotte la rejoindre sur le sol.

Me tenant fermement d'un bras autour de ma taille, il se jette sur mes seins, suçant mes tétons, éliminant toute trace de chocolat. Je me tords de désir, anticipant ses prochains mouvements…

– Ne bouge pas ! murmure-t-il contre ma peau.

Et il reprend un peu de fondant avec ses doigts. En dépit de la tempête qui fait rage, je parviens à demeurer immobile.

– Gentille fille, dit-il.

Bien qu'il semble parfaitement maîtriser la situation, le désir tend son visage quand il enduit mon clitoris de chocolat… Il a l'air tellement excité, mais surtout, prêt à me dévorer… Il se penche alors pour lécher mon nombril… Puis c'est son souffle brûlant que je sens plus bas, encore plus bas. Ces lèvres sur mon pubis. Puis sa langue sur mon clitoris, qu'il se met à lécher paresseusement, comme pour savourer le mélange de mon goût et du chocolat. Puis il le mordille, l'aspire tout en traçant des cercles autour avec sa langue…

Mes genoux me lâchent, mais ses bras me retiennent… Il embrasse mon ventre en remontant vers ma bouche et passe son pouce sur ma joue.

– C'est bon, Rachel ? demande-t-il en remontant le long de mon corps.

Je hoche la tête, et quand je croise son regard brûlant de passion, il semble décider où me toucher ensuite. Une douce agonie. Il glisse la main entre mes cuisses.

– C'est là que tu me veux ? Réponds…

Je me mords la joue et essaie de ne pas gémir quand il se met à me caresser le sexe. Je suis si mouillée que j'entends le bruit de ses frottements contre ma chair. Il se penche et lèche ma bouche. Je gémis :

– Malcolm…

Il pince mon téton, tendu et mouillé lui aussi. Alors qu'il s'empare du deuxième, je plonge deux doigts dans le chocolat et trace un chemin de la ligne de sa mâchoire jusqu'au coin de sa bouche. Avant qu'il n'ait le temps de réagir, je m'empare de sa bouche et, de nouveau, nous nous dévorons littéralement. Nos corps réagissent si violemment face à notre désir que je me demande si nous allons survivre.

Il plaque les mains sur mon cul, me soulève, et j'enroule les jambes autour de ses hanches tandis qu'il me conduit vers le canapé. Il m'embrasse en grognant, sur le point de perdre le contrôle, terriblement sexy, un baiser dévastateur, presque animal, les mouvements de sa langue envoyant des petites décharges de plaisir tout droit entre mes cuisses. Je renverse ma tête en arrière, lui offrant mon cou qu'il couvre de baisers.

– Besoin de toi… en moi… maintenant…

– Tu veux que je te pénètre, Rachel ?

Il se redresse, ôte son pull…

– Oui.

– Violemment ? Profondément ?

À présent, il déboutonne son jean, qui suit bientôt le même chemin que son pull. Je hurle :

– Saint !

Cet homme, ce magnifique homme, yeux plissés, muscles bandés, déroule un préservatif le long de son érection et vient presser le poids de son imposante silhouette sur mon corps brûlant. Cet homme me renverse.

Il me murmure des mots séducteurs à l'oreille, enfouit sa langue dedans, avant de la faire glisser dans mon cou, qu'il mordille un peu… J'ai beau griffer ses épaules, me débattre sous lui, presser mon bassin au sien, il n'est pas pressé. Je tremble quand il place mes jambes autour de sa taille, là où il me veut... Il saisit mes hanches, glisse en moi, se retire aussitôt avant, d'un coup de reins puissant, de me pénétrer complètement. Son nom franchit mes lèvres comme un remerciement... Un autre coup de reins. Nous gémissons. Encore un autre. De plus en plus vite. Je lui griffe les reins. Il est en moi, mais je le désire encore douloureusement... Un de mes seins disparaît dans sa bouche, il le suce fort, m'arrachant un cri, puis se met à aller et venir violemment en moi, nous flottons dans la sueur, la moiteur sexuelle de l'atmosphère, nos gémissements et nos respirations douloureuses remplissent nos oreilles.

Tout l'oxygène de mes poumons me quitte quand il s'immobilise et plonge ses yeux dans les miens. Son magnifique visage contracté sous le plaisir, mâchoire tendue, son regard est aussi possessif que tendre. Dents serrées, il grogne contre mon oreille :

– Rachel...

C'est comme si mon sexe se refermait sur le sien, l'attirait dans mes profondeurs pour ne plus jamais le laisser partir. Ses fesses se contractent, je sens tous ses muscles se bander sous mes doigts avides alors qu'il accélère, ne laissant d'autre place que lui, lui, lui. Je sens l'orgasme monter en lui, quand il gémit :

– Je viens...

C'est la première fois que je le vois perdre le contrôle à ce point et je jouis si fort que je sens les soubresauts de son sexe en moi, nos bouches se cherchent encore, se trouvent, il enserre mon visage entre ses mains, ralentissant le rythme, jusqu'à ce que son front repose sur le mien.

– Mon Dieu ! dis-je au bout d'un moment.

Il se met à rire doucement, et dans un geste fluide, me fait glisser sur lui. Je noue les bras autour de son cou : si nous n'étions pas sur le canapé, je m'endormirais, après ces transports insensés dans les bras d'un homme qui incarne LA virilité.

– Tu es doué, dis-je en enfouissant le nez dans son cou. Et je déteste toutes les femmes sur lesquelles tu t'es exercé.

– Je ne faisais que m'amuser, à cette époque.

– Et tu ne t'amuses pas avec moi ?

Une lueur s'allume dans ses yeux.

– Tu cherches des compliments, Rachel ?

Ma gorge se noue et je me rends compte que, ce que je cherche, c'est son amour, son affection.

– Oui, avec une loupe, dis-je en riant.

Il se met à rire lui aussi, et son sourire est si tendre qu'un flot brûlant d'émotions me submerge.

– Je respecte, admire et adore tout ce que tu es, Rachel.

J'incline légèrement la tête, intimidée et presque gênée par mon corps nu. Je m'apprête à saisir un plaid, mais il glisse sa main sur mes courbes, m'embrasse le nombril, puis entre les seins, me caresse les cuisses et réveille toutes les parties endolories de mon corps, par son regard admiratif.

Il prend ma bouche, avant de s'asseoir, m'entraînant dans son mouvement, et je me retrouve à califourchon sur ses genoux.

– J'aime te regarder, j'aime ton odeur, j'aime te sentir. Maintenant, sois gentille, ajoute-t-il en me donnant une tape sur les fesses, va te couvrir pour que je puisse travailler.

– Je peux prendre un bain ?

Il me montre le chemin et j'en profite pour admirer son corps dans toute sa splendeur, pendant qu'il me conduit vers la salle de bains. On a tant baisé que j'ai presque du mal à tenir sur mes jambes.

Une fois sous la douche, je repense à cette soirée. J'aurais peut-être dû lui dire que je l'aimais, ou bien le laisser me le dire dans la voiture, au lieu de lui interdire de parler après ma gaffe monumentale. Il est tout de même venu chez ma mère et j'aurais dû le laisser me rassurer, même s'il n'aurait pas forcément prononcé les mots fatidiques. *Dis-lui, toi, que tu l'aimes, dis-lui, dis-lui !* Mais s'il ne veut pas l'entendre ? Il ne m'a même pas encore demandé d'être sa petite amie ! Le fera-t-il un jour ?

Je pose la main sur le marbre de la douche, et bien que plusieurs pièces nous séparent, j'ai l'impression de le toucher. Je sens son torse sous mes doigts, ses cheveux doux, et l'énergie qui émane de lui, comme un courant de lumière qui court dans mes veines. Il est connu pour son audace, il fait la une des journaux, on célèbre sa puissance, il est celui qui établit les nouveaux standards, mais en ce moment précis, rien n'est plus important pour moi que le fait qu'il soit venu dîner chez ma mère et qu'il l'ait séduite, tout comme moi avant elle.

Chapitre 26
INTIMITÉ

Je me réveille au beau milieu de la nuit, désorientée. Je ne suis pas dans ma chambre, je sens une présence près de moi… Je lève les yeux et rencontre immédiatement ceux de Saint. Je rougis.

– Salut, dis-je.

Il me sourit, tandis que je remonte les draps jusqu'à mon cou et m'assieds ; il commence à me caresser doucement le dos.

– Salut…

Quand il s'assied près de moi, je pose la tête contre son épaule. C'était à lui que j'envoyais des textos à une heure du matin quand je ne pouvais pas dormir, maintenant, il est mon doudou sans lequel je ne peux trouver le sommeil. Mais un doudou vivant, et je croyais remplir la même fonction pour lui. Dans ce cas, pourquoi est-il réveillé ? Je lui demande dans un murmure :

– Tu n'arrives pas à dormir ?

Il secoue la tête, les cheveux adorablement ébouriffés, et passe une main dans les miens.

– Je préfère te regarder.

Je regarde autour de moi.

– Quelle heure est-il ?

Je m'apprête à me saisir de mon portable mais sa voix m'immobilise.

– Je vais te le demander maintenant.

– Quoi ?

– J'ai fait la connaissance de ta mère et je voulais t'entendre dire que j'étais ton mec.

Je cligne des yeux, surprise. Je suis parfaitement réveillée, à présent, et un frisson me parcourt tout entière…

De son pouce, il caresse ma bouche et je me rends compte qu'elle est entrouverte et combien je respire vite…

– Je vais te le demander maintenant. Je suis prêt depuis bien plus longtemps que toi, Rachel, mais il est possible que personne ne soit prêt pour moi…

Il me sourit, mais son regard est déterminé. Je demande dans un souffle :

– Demande-moi.

– Pas de demi-mesure. Je peux être quelqu'un de difficile…

– Rien ne peut être plus difficile pour moi que ne pas être avec toi.

– Je suis ambitieux, continue-t-il calmement. Et exigeant, aussi bien avec mon personnel que ma petite amie, mais je lui rendrai dix fois ce qu'elle m'aura donné.

– Mal, demande-moi, dis-je dans un souffle.

– Veux-tu l'être ?

– Oui, je le veux…

– Être ma petite amie, Rachel, précise-t-il alors. Officiellement et exclusivement.

Je reste muette. En une seule seconde, Malcolm m'a officiellement retiré le pouvoir de parler. Y a-t-il quelque chose que je ne lui donnerais pas volontairement ?

– Je veux être l'homme qui obsède tes pensées, Rachel. Celui que tu attends. Le seul que tu regardes, à qui tu souris, à qui tu réserves tes mots si particuliers.

Je hoche la tête dans le noir, puis je murmure :

– Oui. Je suis ta petite amie depuis longtemps, tu sais, même si je n'en avais pas le titre.

Il frotte son nez contre ma joue.

– Est-ce qu'une partie de ton âme m'appartient ?

Ça, c'est dans mon article ! Encore une fois, je suis incapable de parler alors que je devrais lui hurler ma réponse. Il m'attire contre lui.

– Dis-le. J'ai adoré ton article, j'étais en colère contre toi, Rachel, mais je te connais, je sais que tes mots m'étaient destinés. Tu me mettais au défi de revenir vers toi. Je le relève aujourd'hui. Tu voulais savoir si je te rattraperais ? La réponse est oui. Je suis là.

Il marque une pause puis reprend :

– Est-ce qu'une partie de ton âme m'appartient ?

Je hoche la tête et suis presque certaine qu'il me voit rougir dans le noir.

– Oui, dis-je.

Et ce simple mot lui suffit. Il penche la tête pour me voler un baiser, tout en murmurant :

– Chasse gardée.

Chapitre 27

CHASSE GARDÉE ABSOLUE

Je suis au septième ciel, non, au huitième. En fait, il n'existe pas de chiffre pour mon ciel. Lorsqu'on se retrouve le mercredi suivant pour prendre un verre, avec Gina et Wynn, la première me dit :

– Tu as encore des amies, tu sais, Rachel. Tu ne peux pas passer tout ton temps avec ton nouveau petit ami et nous négliger en toute impunité.

– Ok ! C'est ma tournée, dis-je.

Nous nous remettons à boire et à parler, et elles essaient – évidemment – de me soutirer des informations. Mais je ne dis rien, car il n'y a pas de mots pour exprimer ce que nous vivons. Pas de chiffre pour le ciel, pas de mots, juste lui et moi, sa chasse gardée.

Le soir – s'il travaille tard, ou que j'ai un article à remettre en urgence –, nous parlons deux heures au téléphone. Parfois, c'est juste un échange de sms, comme hier.

Je pense à toi :(Y a-t-il un remède ?

Viens à la maison.

Il est une heure du matin.

Déverrouille ta porte.

C'est ma première relation officielle et les filles veulent des détails. Je passe donc ma soirée du lundi avec elles. Le mardi, Saint s'envole à New York pour la journée, pendant que je passe un nouvel entretien avec le *Tribune*. J'étais absolument terrifiée et il faut croire que ma peur était justifiée puisque j'en sors très déçue.

Ce même jour, après le travail, je me rends compte que j'ai perdu mon ras-de-cou avec le petit R. Je retourne complètement l'appartement, paniquée ; je vide même l'aspirateur. C'est ma mère qui me l'a offert pour mon quinzième anniversaire, et c'est le seul bijou en or que je possède.

– Putain, je ne pourrai jamais avouer à ma mère que j'ai perdu mon R, dis-je à Gina.

Il n'est pas non plus au bureau, ni dans aucun de mes sacs. Le lendemain, je reçois un colis au travail. C'est une petite boîte, accompagnée d'une carte.

« L'équipage a trouvé ça sur *The Toy*. Il semblait bien seul.

M. »

J'ouvre la boîte et en sors mon collier ; en dessous, j'en découvre un identique avec un M. Je l'appelle sur son portable, et quand il répond enfin, mon cœur s'emballe.

– Mon collier a un acolyte, dis-je, en tentant de dissimuler l'excitation dans ma voix.

– Exact, répond-il en riant.

– Ce M, c'est pour quoi ?

Et je sens un sourire me monter aux lèvres alors que je m'efforce de prendre un ton ingénu en lissant les contours du M. Je propose :

– M comme millionnaire ? M comme mufle ? M comme mille conquêtes ?

Il rit.

– Ma petite, reprend-il avec une déception feinte, M comme Malcolm.

– Mais oui ! Malcolm ! Ouf, je suis soulagée que l'on ait clarifié la situation.

– Parfait, dit-il d'un ton rieur, avant d'ajouter, terriblement sérieux : M pour mienne, aussi.

Je retiens une petite exclamation, en espérant qu'il n'ait pas entendu ma respiration s'accélerer, il est assez arrogant comme ça. J'essaye de prendre un ton détaché en disant :

– OK, je vais essayer de ne pas le perdre sur le yacht de mon petit ami, alors.

– Tu peux le perdre autant de fois que tu veux, il sera vite remplacé.

Bien que son ton soit menaçant, j'entends le sourire dans sa voix. Voyant que Sandy, au bureau d'à coté, est proche de l'extase, je baisse la voix et pivote sur ma chaise pour lui tourner le dos.

– Merci… Malcolm.

Un silence confortable s'installe entre nous, pas de ceux qu'on se sent obligé de combler. De nouveau, je caresse mon M et ferme les yeux quand il reprend la parole.

– Je pense à toi, Rachel.

J'admets alors d'une voix douce :

– Moi aussi.

Je ne comprends pas très bien pourquoi ce mec me fait autant d'effet, physiquement et émotionnellement… Un simple regard, mot ou geste de sa part et je chavire. Est-ce parce que je n'ai jamais vécu une relation aussi forte avec un homme, même quand j'étais adolescente ?

Je n'imaginais pas qu'une telle intimité entre deux personnes puisse être possible, encore moins séparées par plusieurs kilomètres, rien qu'au son de la voix de l'autre qui se déverse dans votre oreille. Je l'imagine assis derrière son bureau, visage légèrement incliné, un grand sourire aux lèvres… Tout émoustillée, je rapproche le téléphone de mon oreille, pour que nous discutions encore un peu. Il me parle de New York et je lui avoue que je suis vraiment folle de joie de retrouver mon collier. J'ai aussi remarqué que le R était parfaitement poli, il a dû demander au bijoutier qui a fabriqué le M de le remettre à neuf. Aussi neuf que notre relation.

Après avoir raccroché, je vais aux toilettes et les sors de leur boîte. Je rejette mes cheveux en arrière, mets d'abord le M, puis le R, et les deux lettres reposent parfaitement l'une à côté de l'autre au centre de mon cou. Je secoue la tête, pour que mes cheveux retrouvent leur pli initial, et je regarde la fille dans le miroir. Elle a l'air confiante, légèrement rouge, un rien essoufflée, mais très heureuse. L'or de son double ras-de-cou étincelant souligne le gris de ses yeux, lequel évoque l'argent, et jamais elle n'aurait imaginé qu'un R et un M aillent si bien ensemble.

Le jeudi, j'ai un entretien avec *Wired* et j'arrive un peu en retard à *Edge*. Comme je l'avais prédit, ma relation avec Malcolm est apparemment un sujet délicat. L'entrevue ne se passe pas très bien. Comme toujours, il y a quelqu'un dans l'entreprise qui connaît Saint, est ami avec lui, ou bien le déteste, et on ne veut pas de sa tristement célèbre petite amie. Ils préfèrent que les potins viennent de l'extérieur, et non qu'ils soient assis dans la salle de rédaction.

Le week-end que nous passons ensemble est parfait. Le vendredi, Gina m'annonce qu'elle dormira chez Wynn le samedi soir – Gina se prend désormais pour une maquilleuse artistique (merci à tous les échantillons qu'elle collectionne au travail) et Wynn s'est proposée pour lui servir de cobaye pendant tout le week-end, son petit ami, Emmett, rendant visite à sa famille. J'invite donc Mal à la maison pour nous faire hurler de plaisir, moi et mon lit.

Je me réveille dans ses bras deux matins d'affilée, la deuxième fois, le corps endolori. Nous dormons peu mais cela m'est parfaitement égal, car mon lit et moi n'avons jamais connu un tel bonheur.

– Pitié, c'est déjà le matin ? maugrée-je en refusant de bouger.

Il disparaît dans la salle de bains, et je remonte les draps jusqu'au menton, en me demandant si mon lavabo est propre. Je pense au bel appartement de Mal – parfaitement bien rangé – et je suis un peu inquiète de ce qu'il va penser de mon bordel organisé.

Puis je réalise que si ma salle de bains est en désordre et sale, il l'a déjà vue la veille. À cette pensée, je me détends et l'entends ouvrir la douche. Contrairement à moi, c'est un lève-tôt ; en plus, il arrive généralement avant ses employés à M4. Comme je ne suis pas encore en retard, je reste un peu au lit et repense à notre nuit ; il ressort bientôt de la salle de bains, une serviette nouée autour de la taille. Je le regarde enfiler sa chemise et la boutonner habilement.

– Tu pars au travail ? dis-je d'un ton abattu.

– Tu veux venir avec moi ?

Et il lève un sourcil, une lueur diabolique dans le regard.

– J'ai l'impression que tu as envie de venir. Encore, insiste-t-il.

– Malcolm...

Il est incroyable.

– Je suis complètement exténuée, et regarde-toi. Tu es prêt à terrasser un dragon ! Pourquoi voudrais-tu que je vienne à M4 avec toi ? Pour travailler ? Imagine ce que tes investisseurs penseraient si tu employais ta petite amie.

– Ils me vénèrent, je pense que tu es une déesse et ils ont confiance en mon jugement.

– Non, enfin, je veux dire, oui, je suis tout cela, mais je ne vais pas travailler pour toi.

Il me jette un regard amusé.

– Qui est arrogante, maintenant...

– Moi, arrogante ? Malcolm Kyle Preston Logan Saint... Tu t'entends parler ? « Mes investisseurs me vénèrent »...

– Non, Rachel, dit-il en serrant sa ceinture, je suis bien trop occupé à t'admirer pour m'écouter parler.

Et sur ces mots, il s'assoit sur le lit et penche la tête pour embrasser l'emplacement des lettres autour de mon cou. À ce contact brûlant sur ma peau, j'agrippe ses épaules.

– J'aime vraiment, vraiment, vraiment beaucoup les choses que tu me fais, Malcolm.

– Pas autant que moi j'aime te les faire, répond-il d'une voix enrouée.

Il me donne un baiser sur le menton puis sur la bouche et noue sa cravate.

– Je ne veux pas te mettre la pression pour M4. C'est la dernière fois que j'en parle. Prends tout le temps que tu veux pour me répondre. Épluche toutes les petites annonces si tu en as envie, mais sache que tu as un job à Interface.

Eu égard à mes difficultés actuelles de décrocher un poste après mes entretiens, notamment parce que je suis sa petite amie, cette promesse me rassure.

– Je t'en suis réellement reconnaissante, Saint. Mais les médias m'ont déjà fait ma fête, et je ne serai jamais respectée si mon petit ami m'embauche.

– Je ne comprends pas ton raisonnement, tu es douée, et je n'embauche que les meilleurs. Viens travailler à Interface avec moi.

Et sur ces mots, il enfile sa veste et me regarde ; visiblement, il attend une réponse. Il ne renonce décidément jamais.

– Ce serait avec grand plaisir, mais c'est impossible, je tiens à séparer vie privée et vie professionnelle.

Il demeure silencieux quelques instants avant de déclarer :

– Dans ce cas, laisse-moi passer quelques coups de fil.

– Mal !

Et j'éclate de rire, le cœur battant à toute vitesse.

Je reprends mon sérieux et ajoute :

– Merci, mais je veux être certaine qu'on m'embauche pour les bonnes raisons.

– Ce sera le cas.

– Avec ton piston ?

– Ce que tu es entêtée, Rachel Livingston !

– Tu es pire que moi, Malcolm Saint.

Et quand il clôt la conversation sur un hochement de tête, je crois l'aimer encore un peu plus que la seconde précédente. Cet homme est habitué à obtenir tout ce qu'il veut, par conséquent ma résistance ne doit pas être facile à gérer pour lui. Et j'apprécie qu'il respecte mon besoin d'indépendance, même s'il revient constamment à la charge.

– Sur ce, monsieur Saint, dis-je en passant le doigt sur sa cravate, va décrocher la lune.

Puis je pose un baiser déterminé sur sa joue.

Après ce week-end-là, je suis officiellement la présidente des « Saint-oliques anonymes » durant mes heures de travail. À la fin de la semaine, Helen me demande de l'accompagner dans le bureau des Clark, la famille qui possède *Edge* depuis sa création.

Après avoir pris l'ascenseur, nous foulons un immense tapis et arrivons dans une pièce aussi calme qu'une église, le contraire de la salle de rédaction juste en dessous.

Dans son costume bleu clair et sa chemise noire, M. Clark siège au bout de la table de conférence. À sa droite, Mme Clark, les cheveux bruns rassemblés en un chignon, forme un élégant contraste avec sa robe jaune. Ils nous invitent à prendre place et, tendue, je m'assois à côté de Helen.

– Rachel, nous vous sommes très reconnaissants pour votre loyauté à *Edge*, déclare M. Clark. Votre contribution nous a été très précieuse et continue de l'être.

– Merci beaucoup.

– Comme vous le savez, un acquéreur très intéressé souhaite racheter *Edge*, et de notre côté, nous désirons vendre pour des raisons personnelles. Cependant, cet acheteur a clairement indiqué que son intérêt pour notre journal dépend exclusivement de votre présence ici. Il s'est engagé à n'effectuer aucun remaniement de personnel, à condition que vous restiez.

– Je suis désolée mais, pour des raisons personnelles également, je compte partir.

– Je vois, dit M. Clark en se frottant le menton.

Il échange un regard inquiet avec sa femme. Et tout à coup, une sorte de bombe à retardement se met en place dans ma tête. *Tic, tac, tic, tac…* Inquiète, je demande :

– Voulez-vous dire que certains de mes collègues seront licenciés si je ne reste pas ?

J'agrippe l'accoudoir de mon siège. *Tic, tac, tic, tac…*

– Eh bien… Oui. En fait, tout le monde serait licencié, reprend Mme Clark d'un ton peiné.

Je me raidis sur mon siège.

– Nous avons tenté de sécuriser certains emplois mais l'acheteur insiste. Aussi, Rachel, je vous en prie, poursuit-elle, réfléchissez bien avant de quitter *Edge*. Le nouvel acquéreur ne manquerait pas de vous promouvoir et tous vos collègues resteraient en poste.

Boom! La bombe a explosé. *Putain!* Je m'exclame, ahurie:

– Madame Clark, je ne peux pas rester à *Edge*, mes raisons sont très sérieuses et je vous prie sincèrement de faire votre possible pour que mes collègues ne soient pas licenciés. Certains ont déjà connu la précarité et sont restés loyaux à votre magazine, ont fait en sorte qu'il survive. Chacun a besoin de son salaire.

Xavier Clark incline alors la tête.

– Cela ne dépend pas de moi, ce sont les exigences de l'acheteur. Encore une fois, Mademoiselle Livingston, je vous demande de bien réfléchir à votre décision.

Il marque une pause, puis il me regarde droit dans les yeux.

– Je vous offre, à titre personnel, un an de salaire comme bonus. Comprenez-nous, plaide-t-il d'un air fatigué, cet achat, c'est notre seule chance de rentabiliser toute une vie de travail, ce sera un nouveau départ pour *Edge*, et votre avenir, tout comme celui de vos collègues, sera assuré. Pensez-y.

– Monsieur et Madame Clark, ceci est absolument…

Je suis tellement scandalisée que je perds mes mots, mais il n'y en a qu'un qui décrive cette situation, aussi je reprends:

– C'est tout simplement du chantage !

M. Clark se raidit:

– Non, Rachel, c'est le monde des affaires. Et j'espère que vous serez à la hauteur.

Il fait un signe de tête à Helen et nous nous levons en même temps que lui.

– L'acquéreur veut une réponse lundi. Essayez de nous aider à sortir gagnant-gagnant de cette proposition, dit-il à Helen, en convainquant mademoiselle Livingston que c'est dans l'intérêt de tout le monde qu'elle reste à bord.

Une fois que nous nous sommes éloignées de la salle, Helen me dit :

– Je suis désolée, Rachel.

Et pour la première fois, je sais qu'elle est sincère.

– C'est ce que je redoutais, ajoute-t-elle.

Je serre les poings, à la fois outrée, impuissante, et folle de rage. J'ai envie de hurler, mais je me contente de dire, en contrôlant ma voix :

– J'ai fait une promesse que je ne peux pas briser.

– Rachel, ne sois pas si naïve. Les gens brisent des promesses tous les jours.

Nous sortons de l'ascenseur. J'ai l'estomac noué par l'inquiétude et la frustration. La salle de rédaction résonne des bruits habituels, le cliquetis des claviers, les bavardages, la sonnerie incessante des téléphones, chacun de mes collègues est à son poste, et je me demande combien d'entre eux seront encore là quand Noel Saint foulera le sol de *Edge*. Personne ne sait ici que leur sort est suspendu à un fil… que je tiens entre mes mains.

Instinctivement, je sors mon portable et regarde le lien qui me retient à la vie. Mal. Le dernier texto que j'ai reçu vient de lui et je veux lui raconter ce qui m'arrive. Lui assurer que je tiendrai ma promesse puisque c'est son père qui reprend le magazine, que je veux de nouveau avoir tout sa confiance, mais que l'avenir de mes amis est aussi en jeu. Seulement, si je lui confie mon dilemme, comment réagira-t-il ?

Ce soir, nous sommes censés assister à une collecte de fonds et passer ensuite le week-end ensemble. Je pourrais alors le mettre au courant mais ce chantage n'est-il pas un piège tendu par Noel Saint pour provoquer Malcolm ?

Je repose mon téléphone et regarde autour de moi… *Edge* m'a donné ma chance, au début. M'a permis de faire entendre ma voix, de toucher les gens, d'écrire un article qui aurait dû me briser le cœur mais m'a finalement conduite à l'amour. Mais tout bien considéré, pour la première fois de ma vie, je me rends compte que *Edge* et moi sommes arrivés au bout de notre chemin ensemble.

Je ne resterai pas ici, je ne veux pas être un jouet, je refuse qu'on me soumette. J'adore mes collègues et ce travail, mais je ne peux pas être responsable de tout. Les Clark vendent pour des raisons personnelles, et je dois, moi aussi, agir en fonction de mes meilleurs intérêts. Je ne briserai pas une fois de plus le cœur de mon petit ami. Je ne trahirai pas la vérité et la loyauté si chères à mon homme.

Dans l'après-midi, je me rends d'un pas décidé au bureau de Helen.

– Oui, Rachel ?

Je lui tends une feuille.

– Qu'est-ce que c'est ?

– Mon préavis de démission.

Chapitre 27

MAL SUR LE SEUIL

Je tape le texto suivant et l'envoie :

Salut, Mal, j'ai eu une journée difficile. Est-ce que ça t'ennuie si je ne t'accompagne pas à la collecte de fonds ?

Il m'appelle immédiatement.

– Salut. Tout va bien ?

Derrière sa voix, j'entends le cliquetis des fourchettes, je l'ai probablement dérangé au beau milieu d'un déjeuner d'affaires.

– Oui, tout va bien, mais je ne veux pas sortir ce soir. On se voit plus tard ou demain ?

– Je passerai après la collecte de fonds. Tu es certaine que tout va bien ?

C'est la deuxième fois qu'il pose la question : il a forcément deviné quelque chose.

– Je t'assure que oui. J'ai hâte de te voir.

– Attends-moi, j'arriverai tard.

– Je laisserai une clef sous le paillasson.

Je ne l'attends pas avant minuit. Pendant ce temps, vêtue de sa chemise blanche et de mes chaussettes violettes, je mange du pop-corn avec Gina. Je suis épuisée après lui avoir raconté ma journée et j'essaie maintenant de me changer les idées devant la télévision. Il est seulement vingt heures quand Saint toque à la porte. De toute évidence, il s'est rendu directement de ses bureaux à notre appartement. Il est encore dans son costume noir, respirant la testostérone, et son regard se porte immédiatement sur mon cou : il vérifie que je porte le R *et* le M.

Il a l'air plus grand, plus fort, et le voir me donne le vertige tant je tiens à lui. Tant je me sens en sécurité avec lui. Oui, pour la première fois de ma vie, je me sens en sécurité.

– Mal… Je…

Je baisse les yeux et rougis quand son regard brûlant balaie mon corps.

– Je ne suis pas habillée pour sortir, je reste à la maison.

– Moi aussi, dit-il en refermant la porte. Salut, Gina.

– Hum, hum, fait cette dernière d'un air sceptique. Est-ce que vous allez…

Elle s'interrompt et nous tend un bol de pop-corn en nous regardant tour à tour. Ni Malcolm ni moi ne nous servons. Elle reprend sur un ton plaintif :

– J'en conclus qu'il faut que je sorte ?

Oui, hurle tout mon corps, mais je ne peux pas la virer de chez nous pour nous laisser baiser comme des bêtes, ça ne se fait pas.

– Non, Gina, reste.

– Dans ce cas, je vais dans ma chambre. Salut, Saint.

Une fois qu'elle s'y est enfermée, je lance un regard amusé à Saint.

– Je t'avais dit d'aller au gala et de venir ensuite.

– Il se trouve que j'adore donner des ordres mais, malheureusement, je ne suis pas habitué à obéir.

Il enlève sa veste, défait sa cravate et déboutonne les deux premiers boutons de sa chemise avant de s'asseoir sur le canapé. Je ne sais pas si c'est lui qui m'attire à lui ou moi qui me presse contre lui, mais nous nous embrassons gentiment, avec la langue. Puis il s'écarte un peu de moi et me regarde attentivement.

– Qu'est-ce qui se passe ? demande-t-il à voix basse.

Je lui caresse le bras dont les muscles sont tendus sous sa chemise.

– J'ai donné ma démission à *Edge*. Je pars dans deux semaines.

J'ai l'impression d'entendre ma propre voix comme si elle sortait d'un tunnel. Je suis sans emploi. Je sais que Malcolm peut m'aider, il m'a offert son soutien, mais je veux m'en sortir seule, coûte que coûte. Surtout maintenant.

Ma relation avec Saint est déjà assez compliquée. Ses tendances naturelles de séducteur, ma propre inexpérience en la matière, les médias qui épient chacun de nos faits et gestes, et aussi, peut-être, ce qui se passe entre nous… Honnêtement, je suis plus effrayée à l'idée de travailler pour lui que de me retrouver sans emploi.

De ses yeux verts, il m'observe intensément.

– Donc, tu as donné ta démission. Un autre journal t'a rappelée ?

– Non, je te l'aurais dit.

– Tu as démissionné alors que tu n'as aucune perspective d'emploi ?!

Je hoche la tête.

Il étudie mon visage, l'air confus.

– Tu viens travailler pour moi ?

– Non, Mal… Comprends-moi, s'il te plaît.

Forcément, il ne saisit pas pourquoi j'ai tout à coup sauté dans le vide… Je cherche la meilleure façon de lui expliquer, mais il n'y en a pas.

– Aujourd'hui, M. Clark m'a offert un bonus pour que je reste, ce qui garantirait la sécurité de l'emploi de mes collègues.

– Il t'a menacée ? demande-t-il d'une voix sourde.

Alors qu'il me caresse la joue, je vois un éclair familier s'allumer dans ses yeux, celui qui le rend impitoyable et invincible. Et dire que je voulais passer une soirée tranquille…

– Non, non, pas du tout.

Je serre sa main d'un geste rassurant.

– Ils me sont reconnaissants pour ce que j'ai apporté à *Edge* et souhaitent que je reste… mais c'est aussi la condition que ton père a posée pour le rachat. Si je démissionne, il licencie mes collègues. Mais il n'était pas question que je le laisse faire. À travers moi, c'est toi qu'il attaque.

Je vois la colère s'emparer de son visage, puis il se lève et enfonce les mains dans ses poches. Il a l'air calme, mais l'énergie qui l'entoure soudain est si intimidante que je ne sais plus quoi dire. Un long silence s'installe.

– Mal, ce n'est pas un problème, je peux m'installer en free-lance…

Je désigne mon ordinateur et essaye de paraître optimiste.

– J'ai passé la journée à établir la liste des magazines et des journaux avec lesquels j'aimerais collaborer, dont les préoccupations ne sont ni les voitures ni la mode, mais qui s'intéressent aux gens, à nos forces et à nos faiblesses, nos victoires et nos pertes. Je vais écrire des articles pour le lecteur d'aujourd'hui.

Je lève les yeux vers lui.

– J'ai fait des recherches. En général, il faut un capital pour se lancer et compter parfois plusieurs années pour avoir des rentrées financières stables. Mais j'y arriverai peut-être.

Il va vers la fenêtre et contemple l'extérieur pendant un bon moment ; son dos ressemble littéralement à un roc.

– Tu peux faire tout ce que tu veux, me dit-il.

Je ne veux pas qu'il pense que je rejette son offre généreuse, cette perspective me fait paniquer. À moins que ce ne soit les agissements de son connard de père qui le préoccupent.

– Je pensais proposer des articles à ce blog, pour commencer. Qu'en penses-tu ?

Sur ces mots, je tourne mon ordinateur vers lui, mais il ne semble pas intéressé, car quand il se retourne, c'est pour plonger ses yeux dans les miens.

– Pourquoi penses-tu que *Edge* ne correspond plus aux attentes du lecteur ?

Je pousse un soupir, referme mon ordinateur et m'allonge sur le canapé pour le regarder en face. Bonne question.

– *Edge* reste trop généraliste, il devrait trouver un créneau que personne d'autre n'a encore exploré.

Helen s'est battue pour qu'on se spécialise, mais les propriétaires n'ont jamais voulu l'écouter. Il faudrait pourtant une politique éditoriale plus précise et claire, d'autant que mes collègues sont doués.

Il se frotte alors le menton, songeur ; il sourit, comme s'il était d'accord avec moi. Sourcils froncés, je lui demande :

– Quelles sont les intentions de ton père, à ton avis ?

– Fusionner *Edge* et ses autres sociétés, le démanteler et n'en garder que ce qu'il veut. Cependant, je ne crois pas un instant que le magazine en lui-même l'intéresse.

Il semble bien trop calme et sa froideur légendaire est de retour. Je l'entends presque penser, l'énergie qui se dégage de lui semble envoyer des étincelles autour de nous.

Je le connais assez pour savoir qu'il sait se contrôler, et, qu'en dépit de son tempérament explosif il agit avec méthode, ne laisse jamais ses émotions guider ses actions, mais l'inverse. Je compatis presque avec les personnes qui sont dans sa ligne de mire en ce moment.

Comme s'il lisait dans mes pensées, il redresse la tête et me regarde de l'autre côté du salon avant de déclarer d'un ton menaçant qui fait froid dans le dos :

– Si mon père veut *Edge*, ça va lui coûter cher. Même si tu n'y travailles plus, il ne fera pas machine arrière.

– Malcolm, cela n'a plus d'importance maintenant.

– Cela en a à mes yeux.

Il s'avance vers moi, attrape mon menton pour m'obliger à le regarder.

– Tu me fais confiance ?

Et de sa main libre, il cherche déjà sa veste ; je sens bien que quelque chose cloche, même mon corps crie «Attention, danger»! L'air renfrogné, il enfile sa veste, et j'ai l'impression que c'est une armure qu'il vient de revêtir. Je n'aime pas ça…

– Malcolm, dis-je alors qu'il se dirige vers la porte sans attendre ma réponse.

Il répète d'un ton intransigeant:

– As-tu confiance en moi, Rachel?

Hypnotisée par son regard déterminé, je hoche la tête. Il ouvre vivement la porte et ajoute:

– Dans ce cas, arrête tes recherches pour l'instant. Laissons les choses évoluer.

Mon Dieu, cet homme…

– Tu vas au gala?

– Non, voir mes avocats.

– Il est 20 h, Malcolm! Tes avocats ne te recevront pas à une heure pareille.

Il me lance un regard en biais et je lève les yeux au ciel.

– Bien sûr que si, tu es Malcolm Saint, dis-je.

Et j'éclate de rire pour garder contenance.

– Fais-moi confiance, lance-t-il encore une fois.

– Mais Malcolm, tu n'as pas entendu ce que je t'ai dit? J'ai démissionné !

Sans un mot, il referme la porte.

Chapitre 28

LA GUERRE EST DÉCLARÉE

Plus tard, dans la soirée, il m'envoie un texto :

Tu es dispo demain ?

Je suis une boule de stress et je me ronge les sangs depuis son départ. Je réponds avec la ferme intention qu'il m'explique ce qu'il se passe :

Ça dépend où on va et pour qui. Dis-moi ce qu'il se passe !

Évidemment, il se contente de répondre :

J'en conclus que tu n'es libre pour personne sauf pour moi.

Ce que tu peux être présomptueux !

Et j'éclate de rire en envoyant le texto.

Mets une tenue confortable.

Poussant un soupir ravi, je me résigne : il ne me dira rien ce soir. Mais quoi qu'il ait en tête, je lui fais confiance, il sait ce qu'il fait.

Le lendemain, il vient me chercher dans sa Bugatti n° 2, et quand il m'annonce que nous allons à un tournoi de polo, je me lance dans un interrogatoire. Mais il se contente de sourire et de répondre tranquillement :

– La semaine prochaine.

Devant son calme, mes angoisses s'apaisent, et je me laisse guider dans le parc. Il porte un pantalon d'équitation blanc très serré qui épouse son beau petit cul aussi parfaitement que celui d'un joueur de baseball, un polo bleu marine, qui moule également son torse de façon avantageuse, ainsi que des bottes de cheval, qui lui arrivent juste en dessous des genoux.

Callan et Saint vont participer au tournoi, et ce premier vient nous saluer avant que Saint ne m'amène à une petite table ronde qui offre une vue parfaite sur le terrain de course ; après quoi, il m'embrasse au coin de la bouche et se dirige vers les écuries.

Pendant des heures, je sirote de l'eau minérale et regarde le tournoi, les centaines de sabots qui foulent le sol font trembler les tribunes. Il me manque juste un chapeau pour être dans une scène de *Pretty Woman*.

Toute mon attention est tournée vers le jeu. Saint monte un étalon noir, charge, un maillet à la main, les muscles bandés, le front brillant de sueur. Son cheval porte des protections rouges sur les jambes et, entre les tremblements du sol et la façon dont Saint chevauche avec puissance, je ne vois rien d'autre qu'eux.

En revanche, j'entends les murmures des femmes attablées derrière moi.

– Qui est-ce ?

– C'est Malcolm Saint, patate !

– Chut ! Sa petite amie est juste là.

– Carmichael est sur le cheval blanc… Tu le vois ?

Un petit sourire me monte aux lèvres malgré moi. Callan et Mal reviennent à ma table une fois le match terminé, et mes voisines deviennent incroyablement silencieuses. Ils ont gagné 10 à 5 : j'embrasse Saint sur la joue et le félicite ainsi que Callan.

– Il devrait faire des tournois professionnels, ton homme, lance Carmichael en donnant une tape dans le dos de Saint.

Ils s'écroulent sur le siège, mais il poursuit à l'attention des filles derrière nous :

– Bonjour, mesdemoiselles.

Elles se mettent immédiatement à glousser. Je demande :

– Avoue, Saint. Ton cheval a quatre noms, comme toi ?

– Il ne répond qu'à un seul, me dit-il, amusé.

Il avale une gorgée d'eau, une main posée sur le dos de ma chaise, et poursuit :

– Il avait déjà fait ses preuves quand je l'ai acheté à une vente aux enchères. Il s'appelle Matrix.

– Et celui de Callan ?

– Je te jure, Saint, que si tu te moques encore de ma jument…

– Elle aussi avait déjà un nom, tranche-t-il.

Et il éclate de rire sous le regard assassin de Callan, en ajoutant :

– Fée Clochette.

Le dimanche, il envoie Claude acheter mes pop-corn préférés au caramel et je les dévore pendant que nous lisons tranquillement sur le canapé. De temps à autre, j'essaie de lui en mettre un dans la bouche et il fait mine de m'aspirer le doigt. Puis je me recroqueville contre lui, pour poursuivre ma lecture d'un roman d'Agatha Christie qui a retenu mon attention dans sa bibliothèque : *Destination inconnue*. Lui est plongé dans un livre de Michael Connelly. Je n'arrête pas de me lever pour changer de livre mais finis par m'asseoir avec une pile des histoires de Miss Marple. Je me penche sur son torse et lis la même page que lui.

– Pourquoi pense-t-il que la mort de son frère n'est pas un suicide ?

– Tu le liras quand tu auras finis ton roman.

– Je préfère le tien.

– Tu préfères surtout me distraire.

– C'est vrai aussi.

Nous rions, puis je change légèrement de position sur le canapé pour poser mes pieds sur ses cuisses. Il en prend un dans sa main gauche et continue à lire.

Après une demi-heure de lecture, il se penche vers moi pour regarder à son tour la page que je suis en train de lire.

– Tu en es où ? Ah, je vois… !

Je lui donne un petit coup avec mon livre.

– Tu n'as pas intérêt à me spoiler… C'était quoi ce « Ah » ? C'est lui, le coupable ?

Il se met à rire, me prend le livre des mains et le pose sur la table basse. Quelques secondes après, nous nous embrassons doucement. Je finis par m'allonger sur le canapé, lascive… Il s'allonge sur moi, dur et puissant… pour me faire l'amour au milieu des livres.

Plus tard dans la soirée, il commande notre dîner chez le traiteur, et nous continuons à lire en attendant la livraison. Je l'observe par-dessus mon livre tandis qu'il tourne les pages. Il a l'air si intellectuel, aujourd'hui.

Encore une fois, comme je l'ai fait durant tout le week-end, j'essaie de lui tirer les vers du nez pour savoir ce qu'il manigance. Mais comme d'habitude, il me répond « La semaine prochaine », sans même lever les yeux de son roman. Je soupire et n'insiste pas, en me recroquevillant contre lui. Automatiquement, il m'enlace. C'est effrayant à quel point j'aime être ici, avec lui. Avec de tels bras, nul besoin de pantoufles pour se sentir à la maison.

Épuisée mais incroyablement satisfaite, j'arrive au travail à l'heure le lundi matin. Au moment où je m'apprête à entrer dans l'ascenseur, un homme intimidant, au visage dur, et entouré d'une dizaine de personnes, en sort. Je sursaute quand nos regards se croisent. Noel Saint.

J'ai l'impression qu'il vient de sortir de mon écran d'ordinateur pour se matérialiser devant moi. Je suis comme paralysée par le choc. Il est si grand, ses cheveux si noirs… Il est presque aussi beau que Malcolm, mais il n'a rien d'un play-boy. Le jeu n'existe pas pour cet homme. Alors que Malcolm vibre d'énergie, Noel Saint évoque plutôt une bombe prête à exploser quand il pose les yeux sur moi – des yeux qui ne ressemblent absolument pas à ceux de Malcolm, d'ailleurs.

–Vous, dit-il du ton le plus méprisant qui soit.

Et il fonce droit sur moi. Par instinct de survie, je contourne le groupe qui l'accompagne.

– Tu viens ? me dit une de mes collègues en maintenant la porte ouverte.

Sans réfléchir, je me précipite à l'intérieur de l'ascenseur, sous le regard noir de Noel Saint. Un regard que je soutiens sans ciller, sentant la haine monter en moi ; je le jauge avec le même dégoût que je lis sur ses traits. Jamais je n'ai haï quelqu'un comme ça.

– Il ne gagnera pas, dit-il dans un ricanement, juste avant la fermeture des portes.

Un silence de mort s'installe dans l'ascenseur.

– Waouh ! commente ma collègue, l'air inquiet. C'était qui, ça ?

– Le père de mon petit ami, dis-je, déplorant de ne pas me rappeler le nom de cette jeune fille.

– Oh… Bon courage, marmonne-t-elle en me tapotant l'épaule, avec un air désolé.

Je pousse un soupir tremblant. Est-il venu voir les Clark ? Il ne semblait pas très content. A-t-il découvert que je ne céderai pas à son fichu chantage ? Il avait l'air vraiment en colère. Est-ce seulement parce que je démissionne ? Un énorme poids me pèse encore sur l'estomac quand j'arrive à mon étage ; je regarde autour de moi, redoutant presque que le ciel me tombe sur la tête… Mais je constate avec surprise que tout est normal. Presque trop. Trop de bruit. Trop de rires.

Je me dirige vers mon bureau.

– Rachel, Helen veut te voir immédiatement ! J'attends ton rapport après, m'ordonne Valentine avec un grand sourire au moment où je passe devant lui.

Je m'exécute, ravie de voir Valentine si joyeux. A-t-il trouvé un nouveau travail ? Helen me fait tout de suite signe d'entrer. Déterminée, je la préviens :

– Je n'ai pas changé d'avis, Helen…

–Vraiment ? Parce que tout le bureau est aux anges !

Son commentaire me plonge dans la plus grande confusion. Elle ajoute alors :

– Comme tu le sais, Noel Saint voulait racheter *Edge*…

Elle claque dans ses mains et ajoute d'un ton satisfait :

– Seulement, ton petit ami n'a pas semblé apprécier.

J'inspire péniblement.

– Je sais.

– Il y a une guerre de surenchères entre eux, précise-t-elle en hochant la tête, les yeux rivés sur moi. Noel Saint contre M4. Malcolm se bat contre son père… pour *Edge*.

Je jurerais que le monde vient d'arrêter de tourner.

– Tu m'as entendue, Rachel ?

JE VAIS AVOIR UNE CRISE CARDIAQUE !

– Il fait monter la mise, poursuit-elle.

Le cœur au bord des lèvres, je demande :

– Et qui l'emporte ?

– Je ne sais pas… mais je parie sur ton homme, me dit-elle en souriant. Tu te souviens de cette lettre d'amour que tu lui as écrite ?

Je suis dans un état de choc indescriptible et Helen, sur son petit nuage, me fait un clin d'œil.

– C'est peut-être sa réponse, ajoute-t-elle.

Moi : une femme de mots. Lui : un homme d'actions. Et merde ! Je ne peux pas, *ne peux pas* le laisser racheter *Edge*. Non pas parce qu'il sera mon boss, ce n'est plus la question, mais parce que je ne veux pas qu'il jette son argent par les fenêtres en acquérant une société en laquelle il ne croit pas. Je refuse qu'il se plante à cause de moi.

– *Edge* ne vaut pas ce qu'ils en offrent, dis-je à Helen. Et tu le sais parfaitement.

– Ce n'est pas *Edge* qui est en jeu ici, mais leur rivalité de longue date. Et toi. Le père ne rachètera le magazine que si tu y travailles, et ton petit ami ne compte pas te laisser tomber sous sa coupe.

– Mais je démissionne, Helen.

– Si Saint l'emporte, tu reviendras, renchérit-elle.

Quand je sors du bureau, plus personne ne travaille, tout le monde discute ; en me voyant, leur excitation est à son comble.

– Nous, on est Team Malcolm ! s'exclame Valentine.

– Team Malcolm ! renchérit Sandy.

Et tout le monde reprend le cri de guerre.

– Eh, les amis…

Et puis merde ! Je ris nerveusement et regagne mon bureau. J'envoie tout de suite un texto à Saint.

C'est la fête chez Edge. Tu m'expliques ?!
On en discute plus tard.
Quoi ? Malcolm Kyle Preston Logan Saint !!!
Plus tard.
Dis-moi juste que tu sais ce que tu fais.
Tu ne devrais même pas me le demander.

J'ai vraiment envie de lui répondre : *Si tu savais comme je t'aime. Tu es si imprévisible, tu me rends folle, et je t'aime.* Mais je préfère attendre pour lui dire de vive voix. Je soupire et m'assieds devant mon écran, affiche une photo de Noel Saint, puis lui fait un doigt d'honneur.

– Prends ça de la part de *Edge*, connard !

Il m'a promis de passer après le travail. Arrivée à la maison, je referme la porte derrière moi et balaie l'appartement du regard. Tout ce que j'aime, ou à peu près tout, se trouve entre ces murs. Je suis en sécurité, ici, non ? Les eaux sont agitées mais cela ne renversera pas mon bateau.

Prenant mon ordinateur, je vais dans ma chambre. Cet écran, c'est mon bébé, ce que j'emporterais en cas d'incendie. C'est à lui que je parle, et vice versa. C'est tout ce dont j'ai besoin pour travailler. Il peut me nourrir, nourrir ma mère, tant que j'en ai la volonté. Je peux tout à fait quitter *Edge*, car tant que je peux écrire, j'ai encore un avenir.

Mais Saint est prêt à se battre jusqu'au sang, et c'est à cause de *moi*. En l'attendant, je sonde le Web pour trouver tout ce que je peux sur cette guerre aux enchères. Sur les réseaux sociaux, c'est le calme plat. Mais certains articles postés la veille et même aujourd'hui attirent mon attention…

Les actions de M4 ont chuté de plus de 5 % dans les transactions hors Bourse…

Les actionnaires se sont mis à vendre après que Saint a décidé d'investir dans les puits de pétrole que possède Tahoe Roth, et ce n'est pas la seule mauvaise décision qu'il ait prise ces dernières heures…

Selon la rumeur, il s'est lancé dans une guerre aux enchères pour *Edge*, ce qui a d'autant plus affolé les actionnaires…

Des sources sûres confirment que le P.-D.G. de M4, Malcolm Saint, ne serait plus lui-même depuis qu'il sort avec la journaliste Rachel Livingston, qui a écrit dernièrement un article sur ce magnat adoré de tous dans un journal local…

Je clique sur les liens et des photos s'affichent. Sur l'une d'entre elles, on nous voit tous les deux en train de dîner. Sur une autre, il monte dans sa voiture. Une troisième le montre songeur parmi la foule. L'air détaché et solitaire.

Je pousse un juron. Peu, parmi tous ces articles, parlent de sa générosité. Pourquoi ? Pourquoi personne ne parle des inconvénients de son statut ? De ce que l'on peut ressentir quand son intimité est dévoilée à la face du monde, même si c'est par sa petite amie. Lorsque les médias vous renvoient des images déformées de vous-même.

Est-ce qu'il se voit tel que les médias le décrivent ?

Le Malcolm Saint public est à la fois insouciant et passionné, mais il ne sauve pas les entreprises de ses proches. Le Saint public n'achète pas de peinture pour soutenir une cause en laquelle je crois, pas plus qu'il ne campe dans un parc pour la même raison. Ce Saint-là ne m'offrirait pas un emploi indépendamment de notre relation, juste pour me protéger.

Le Saint public est une puissante légende, alors que mon petit ami est un homme aussi mystérieux qu'excitant, dont je veux panser toutes les blessures. Je repense à son père. À la frustration de Malcolm alors qu'il tentait de me convaincre de quitter *Edge* afin de rejoindre M4. Bien sûr, je le comprends, moi non plus je n'aurais pas envie que l'on fasse du mal à mon petit ami. Rien que de penser que M4 souffre à cause de moi et de mauvaises décisions politiques, j'ai envie de réconforter Saint, de vider mon compte épargne pour acheter des actions à M4, afin de lui prouver que je crois en lui.

Je veux l'entendre m'assurer qu'il ne jette pas son argent par les fenêtres pour une cause perdue, en vue de se venger de son père, de *me* venger, tout en sauvant mes collègues.

C'est un homme que l'on sollicite énormément, que l'on utilise. Je veux qu'il sache que mon seul souhait est de le soutenir au nom de notre amour : il n'a pas besoin de sauver le monde entier pour faire ses preuves à mes yeux. Il n'est pas nécessaire non plus qu'il continue à démontrer quoi que ce soit à son père. Il est Malcolm Kyle Preston Logan Saint, nom de Dieu, un homme d'affaires brillant, implacable, ambitieux, dix fois plus puissant que n'importe quel homme important de Chicago, capable de créer mille *Edge* à partir de rien, et son père peut bien aller brûler en enfer.

Quand Malcolm arrive, le soir même, je fonce lui ouvrir, profitant du fait que Gina est captivée par une émission télévisée, et l'entraîne rapidement dans ma chambre.

J'annonce sans attendre :

– Je l'ai croisé aujourd'hui. Noel.

Il me lance un regard inquiet et au moment où il ouvre la bouche, je pose un doigt sur ses lèvres. Je poursuis, certaine qu'il veut en savoir plus :

– Il sortait de l'ascenseur alors que j'y entrai. Il a dit que tu ne gagneras pas, et les portes se sont refermées. Et voilà ! De ce que j'ai vu de lui, il ne sait que cracher son venin. C'est tout ce qu'il a.

Sourcils toujours froncés, il me saisit le poignet et écarte ma main de sa bouche.

– Il est allé à *Edge*, dit-il d'une voix sourde, dangereuse.

J'enchevêtre mes doigts aux siens, tentant de le calmer.

– Il devait sans doute voir les Clark.

– C'est amusant, reprend-il avec une colère contrôlée, parce que les Clark me baisent les pieds en ce moment pour avoir fait monter les enchères.

– Ils ont besoin d'un deuxième acheteur pour que le prix monte, n'est-ce pas ?

Il retire sa veste et la pose sur une chaise avant de dénouer sa cravate.

– Même si tu ne restes pas, l'ego de mon père ne supportera pas que je gagne. Il te l'a clairement dit, non ?

Il relève le coin des lèvres, cruel. Il met alors sa cravate dans la poche de sa veste et s'immobilise, dans sa chemise blanche immaculée, les yeux rivés sur moi, comme pour s'assurer que je vais bien, mais je tremble quand je réponds :

– Tu as parié de l'argent sur *Edge*, Saint.

– Pas moi, M4.

– M4, c'est toi. Pourquoi as-tu fait ça ?

– Cette offre, je ne l'ai pas faite pour *Edge*, mais pour toi.

Mes tremblements augmentent à mesure que je prends conscience de ses mots, tout comme son expression tendre me bouleverse. Je baisse la tête.

– Je n'aime pas te voir faire tout ça pour moi.

– Ne dis pas ça. Tu n'as pas la moindre idée de ce que tu as fait pour moi.

Il me tient le visage d'une main tandis que l'autre enserre gentiment ma nuque, me transperçant de son regard brûlant et sincère ; un regard qui me montre sa loyauté et sa détermination.

– Sais-tu ce que tu as fait pour moi ? reprend-il d'une voix enrouée par l'émotion, en caressant mon menton. Tu es le seul paradis que je connaîtrai jamais, Rachel, et si tu étais l'enfer, j'y brûlerais sans hésiter pour rester à tes côtés.

Ses yeux sourient lorsqu'il ajoute :

– Je serais capable de tuer juste pour… cette oreille.

Et il se met à l'effleurer doucement, jusqu'à ce que je lui sourie. Il reprend une expression plus sérieuse et poursuit d'une voix sourde et dure comme l'acier :

– Mon père ne te touchera pas, Rachel, il ne jouera pas avec toi, il ne te menacera pas. Parce qu'il ne sera jamais assez proche de toi pour ça.

– Saint, je ne veux pas non plus qu'il s'en prenne à toi.

Comme si mon inquiétude n'avait pas lieu d'être, il enlève ses chaussures, s'assoit sur mon lit et m'ouvre les bras. Je m'y réfugie. Alors, de façon très naturelle, il demande :

– Est-ce que tu veux que je t'achète *Edge* ?

– Quoi ?

J'le crois pas ! J'ai mal entendu, non ? Non…

– Tu as dit un jour…

Je m'éclaircis la gorge.

– Tu as dit un jour que tu ne miserais pas ton argent sur *Edge* car tu n'y croyais pas.

– Mais je crois en toi, renchérit-il.

Il me regarde.

– Je ne fais pas monter les enchères pour moi. Soit je te redonne ton magazine, soit je détruis le démon qui a osé jouer avec toi.

Une lueur impitoyable allume son regard, et il baisse la voix pour poursuivre :

– Si tu le veux, je renchérirai jusqu'à ce qu'il n'ait plus rien et *Edge* sera à toi. Tu pourras en faire ce que tu veux.

Il m'observe quelques secondes en silence, guettant la moindre de mes réactions.

– Est-ce que tu veux *Edge* ?

Je lutte pour contrôler mes émotions, abasourdie par sa générosité infinie. J'admets :

– J'aime le magazine, mais ce que je veux vraiment… J'ai envie de travailler pour un journal avec du potentiel et qui ne me rappelle pas ce à quoi j'ai presque déjà renoncé. Un lieu où je me sentirai libre. Bien sûr, j'aimerais que mes amis aient un emploi, puissent mieux gagner leur vie. Peut-être que je veux quelque chose de plus, je suis…

Il ne dit rien, attendant patiemment que je finisse. Alors je conclus :

– Malcolm, retire-toi des enchères.

– Est-ce que tu veux *Edge*, oui ou non ? Réponds-moi.

Me saisissant par le menton, il incline mon visage.

– Non, m'entends-je répondre, consciente que c'est la douloureuse vérité.

Et dans la foulée, j'ajoute :

– Je viens de me rendre compte que j'ai besoin d'un nouveau départ. Edge fait partie de mon passé, maintenant… Cela dit, je n'ai pas envie que mes collègues perdent leur job, mais peut-être que nous devons tous trouver notre propre chemin…

– Ne t'inquiète pas, je m'assurerai qu'ils ne manquent pas de propositions.

– C'est vrai ?

J'écarquille les yeux et agrippe ses épaules.

– Dans ce cas, retire-toi.

– Pas encore, dit-il en croisant les mains derrière la tête. Je vais lui faire payer le prix fort.

– Jusqu'à combien comptes-tu monter ? Et si ton père renonce le premier ?

– Je peux te garantir qu'il ira jusqu'au bout, il rêve de cet affrontement depuis si longtemps. Il veut me montrer que ses poches sont plus remplies que les miennes, mais je peux t'assurer que lorsque j'en aurai fini avec lui, je serai toujours le plus riche, de loin.

Putain, ce sourire me tue ! Je me mets à rire, puis fronce les sourcils.

– Franchement, Malcolm, tu en veux trop. Cesse de renchérir dès maintenant.

– Quand tes deux semaines de préavis seront terminées, et qu'il ne pourra plus t'atteindre, m'assure-t-il calmement.

– Malcolm..., dis-je d'un ton menaçant.

Il éclate de rire et m'attire vers lui, ses yeux plongés dans les miens.

– Tu ne me fais pas confiance ? Saute, Rachel !

– Tu me rattraperas ?

– Tu sais bien que oui. Il s'agit juste de sauter le pas et d'y croire.

Et d'avoir foi en nous, lis-je dans son regard. Je hoche la tête, le souffle court devant tant de détermination.

– Entendu, mais arrête les enchères, s'il te plaît.

– Je vais le faire, Rachel.

– Promets-le-moi.

Il se met à rire tendrement devant mon inquiétude avant de redevenir très sérieux.

– Tu veux vraiment que je te le promette ?

Je me mords la langue, me rappelant qu'il ne promet jamais rien. Et c'est alors que, posant son front contre le mien, il ajoute :

– Je te le promets.

Il baise le coin de ma bouche.

– Dès que tu franchiras pour la dernière fois le seuil de *Edge*, viens me voir. Quoi que je sois en train de faire, viens me voir. Reviens-moi, Rachel. Toujours.

J'ai le vertige, mais je hoche la tête et me love contre lui : Malcolm planifie sa stratégie, et moi, j'apprends à lui faire confiance.

Chapitre 29
LE SAUT FINAL

Lors de ma dernière journée à *Edge*, je passe mon temps à pleurer. Tout le monde pleure, en fait, et Helen prend sur elle. Valentine apporte un gâteau et me dit :

– Je suis toujours Team Malcolm.

– Arrête, Val, je ne reste pas… *Edge* et moi, c'est fini. Tu ne voudrais pas recommencer de zéro, toi aussi ?

Et sur ces mots, je regarde Sandy, qui est elle aussi venue se régaler dans mon bureau.

– Et toi ? Ça ne te tente pas ? Tous les trois, on pourrait monter une start-up du type *Bluekin*, plus avant-gardiste, plus audacieux. Ensemble, on pourrait faire un tabac.

Valentine balaie les locaux des yeux et dit :

– Chérie, je ne peux pas renoncer pendant des mois à mon salaire, pendant qu'on attend que notre plateforme en ligne démarre.

– Je sais, mais…

– Sandy parvient à peine à payer son loyer. Elle ne peut pas se permettre de se lancer en free-lance, en croisant les doigts pour que notre projet réussisse.

– On peut au moins y réfléchir, en discuter. Si finalement vous êtes partants… ou si Noel Saint vous licencie ou bien si vous constatez qu'il est impossible de travailler pour lui, alors réagissez, allez de l'avant, vers quelque chose de mieux, même si au départ, c'est flippant, car ça l'est, je le sais. Moi aussi j'ai peur, mais je sais aussi que je veux plus.

– Tu sais, je suis très étonné que toi, tu renonces à la sécurité de l'emploi, décrète Val d'un air admiratif.

– Je n'ai pas le choix. Je vais sauter le pas, et si ça décolle, j'aimerais que vous me rejoigniez à bord. Je me sens si coupable de vous faire perdre vos postes parce que je démissionne…

– Hé, ce n'est pas ta faute, c'est l'autre connard.

– Quand même…

– Rachel, oublie cette histoire et trace ta route. Construis-toi une nouvelle vie, et quand tu te retourneras…

Il ouvre grands les bras en direction de la salle de rédaction et ajoute :

– Tu comprendras que cela, c'était juste une partie de ta vie, une grande partie, mais juste une.

J'espérais vraiment que Valentine penserait à ma proposition, et qu'on monterait une plateforme ensemble. J'aurais tant aimé qu'ils ne soient pas tous aussi compréhensifs et gentils, et si difficiles à quitter. Et je regrette aussi que Helen n'ait pas été une patronne affreuse, ainsi j'aurais pu partir avec mon petit carton sans avoir les larmes aux yeux.

Donc je renifle, enlace longuement les uns et les autres, puis je sors des locaux de *Edge*. Définitivement. Je jette mon carton à la poubelle, ne conservant que le portrait de ma mère qui était sur mon bureau et un stylo qu'on m'avait donné à une conférence sur la motivation et sur lequel est inscrit : « GO FOR IT ». Ce qui résume assez bien ma vie aujourd'hui.

Sans un appel. Sans un texto. Sans le moindre avertissement... Je file à M4. Saint m'a demandé de venir le voir dès que je quitterais *Edge*, et en vérité, j'en ai besoin. Oui, j'ai besoin de le regarder, d'être inspirée par sa force et de l'entendre me dire que tout va bien se passer.

Je laisse l'ancienne Rachel à *Edge*. J'y laisse mes erreurs. Je laisse derrière moi la fille effrayée. Je saute le pas. Et je dois être certaine que Malcolm ne va pas continuer sa guerre aux enchères avec son père, qu'il ne va pas se retrouver avec *Edge* sur les bras. Il en a suffisamment fait pour moi.

Je me rends soudain compte que je suis prête à le laisser prendre soin de moi – m'aimer, me protéger, m'aider – car j'ai confiance en lui, mais je refuse une chose : qu'il se batte contre son père pour moi.

Les réceptionnistes sont surprises de me voir, même s'il est évident que les réseaux sociaux ont fait leur travail, et que tout le monde sait à présent que je suis la « petite amie » du big boss.

– Mademoiselle Livingston, quelle surprise ! me dit une des réceptionnistes. Je suis certaine que M. Saint sera ravi de vous voir. Vous permettez que j'appelle l'ascenseur pour vous ?

Respire, Rachel, me dis-je, une fois à l'intérieur. Catherine m'attend derrière les portes, un peu troublée par ma visite surprise.

– Il est en réunion avec un membre du conseil d'administration, si vous voulez bien patienter ici.

Je lui adresse un petit sourire, m'assois à l'endroit indiqué, puis me mets à caresser discrètement les initiales autour de mon cou pour me calmer. Finalement, les quatre assistantes qui téléphonent et tapent sur leur clavier forment une sorte de brouhaha apaisant. Je suis en train de tirer ma jupe sur mes genoux quand la porte de son bureau s'ouvre sur un groupe d'hommes d'affaires. Tous exsudent la confiance et le pouvoir.

– Bonne journée, monsieur Stevens, monsieur Thompson, lance Catherine aux deux hommes qui se dirigent vers l'ascenseur.

C'est alors que j'entends *sa* voix, qui vient de son bureau. Un timbre profond et familier, comme un ronronnement qui fait vibrer les moindres recoins de mon corps.

– Il aurait dû savoir, s'il voulait employer la manière forte, que la partie ne serait pas facile pour lui. Il aurait dû se rendre compte que j'allais réussir mon coup avant qu'il regrette de m'avoir lancé la balle en premier lieu, dit-il d'un ton décidé.

Puis il me voit, hausse les sourcils, et le sourire implacable qu'il arborait à l'attention de son interlocuteur s'évanouit : j'ai sans doute l'air effondré, les yeux rouges, même si je lutte pour donner le change.

– Nous réglerons cela demain à quatorze heures, dit-il d'un ton plus bas.

L'homme hoche la tête et s'éloigne. Mal s'avance vers moi, d'un pas lent. Mon cœur se fige… Il me tend la main et me conduit dans son bureau : je sens par son étreinte ferme mais tendre qu'il sait que je ne vais pas bien. Une fois à l'intérieur de son bureau, il me prend dans ses bras.

– Respire, me dit-il.

Je m'agrippe à sa cravate.

– Tu es venue jusqu'à moi, me chuchote-t-il à l'oreille, ému.

– Toujours, dis-je m'accrochant plus fort encore à sa cravate.

– Monsieur Saint, nous interrompt l'interphone. Votre rendez-vous de treize heures est arrivé.

D'un pas confiant, il se dirige alors vers sa table de travail, tandis que j'essaie de me ressaisir. Il appuie sur un bouton et dit :

– Reprogrammez-le. J'ai besoin d'une heure.

Je secoue la tête.

– Non, Saint, vraiment, ça va aller. Je suis juste venue te dire que… que c'est fini. J'ai sauté.

J'ouvre les bras et me tourne vers la fenêtre, ne sachant si je dois dire que je suis effrayée, ou pleine d'espoir.

– Je suis journaliste free-lance, maintenant.

– Bien… Retourne-toi et regarde-moi, Rachel, murmura-t-il.

L'émotion profonde qui étreint sa voix me pousse à obtempérer.

Son regard intense braqué sur moi, il s'empare du téléphone et compose un numéro.

– On arrête les enchères, dit-il dans le combiné.

Et il raccroche, très lentement.

– Je ne voulais pas t'interrompre, mais juste...

– T'assurer que je tenais mes promesses, finit-il.

– Oui... Enfin, non. Je voulais te voir, j'ai toujours besoin d'être avec toi, que je sois triste ou heureuse ou... Bref, j'ai toujours envie de te voir.

Et une douzaine d'émotions voilent ses yeux.

– Je suis là pour toi, Rachel.

– Je sais, dis-je.

Et pour la première fois, je le crois, à cent pour cent. Aucun homme n'a été là pour moi avant. Ni père, frère ou petit ami, et maintenant, Malcolm Saint est là pour moi parce qu'il le veut. Mon cœur déborde soudain d'un amour douloureux.

– Donc, tu t'es retiré ?

– Oui.

Il hausse les épaules d'un air dédaigneux.

– Le premier acheteur est obligé de conclure l'achat. Ça va lui coûter une fortune.

Soudain, je me mets à frissonner, et je m'aperçois qu'en mettant mon carton à la poubelle, j'ai aussi jeté mon pull. *Franchement, Livingston !* Et l'air conditionné me semble tout à coup à fond, comme c'est toujours le cas dans les grandes entreprises. Bien que j'en claque presque des dents, je reprends malgré tout :

– Je sais que tu m'as dit que je pouvais travailler à M4, mais...

– Mais tu as raison, ce ne serait pas bon pour nous, admet-il d'un ton tranquille, me réduisant au silence d'un regard. Je ne veux pas te retenir d'avancer, d'être heureuse.

Je n'arrive pas à calmer mes tremblements.

– Tu connais mes raisons… Notre relation passe avant tout. Je vais commencer en free-lance…

Je m'interromps quand je le vois traverser son bureau en direction du placard au fond et en sortir une veste.

– Tiens.

– Ce n'est pas…

Mais sans écouter mes protestations, il la pose sur mes épaules, ses doigts effleurant ma nuque au passage. Mon trouble en est décuplé.

– Saint, arrête…

Je crains de m'effondrer à son contact.

Ses yeux liquides rivés à moi, il effleure le R et le M de mon collier, à la base de mon cou.

– Qu'est-il arrivé à Malcolm ? dit-il d'un ton taquin.

Il essaie de me détendre et je ne l'en aime que plus.

– Malcolm, dis-je alors avec un sourire.

Et son regard se réchauffe quand il me saisit la main.

– Suis-moi, dit-il.

– Je suis désolée que tu aies dû te battre contre ton père pour moi.

Nous nous arrêtons à l'étage juste en dessous et, avant que nous sortions de l'ascenseur, Saint ordonne aux hommes d'affaires qui s'apprêtent à y monter :

– Prenez le suivant !

Ils obtempèrent sans mot dire. Une fois que nous somme seuls, il me regarde et dit :

– Tu as grandi sans père, tu imagines donc que s'il avait été là, il se serait occupé de toi, t'aurait appréciée, aurait discuté avec toi. Moi, j'avais un père, mais chaque fois que je lui lançais la balle, il me la renvoyait plus loin juste pour me montrer que je n'étais pas à la hauteur. Chaque fois que je construisais quelque chose, il le détruisait, pour me prouver que mes plans étaient défectueux. Il existe des pères qui ne souhaitent pas la réussite de leurs enfants. Certains, même, n'hésitent pas à les faire trébucher.

Il s'exprime d'une voix neutre, comme s'il édictait des lois naturelles.

– Au début, tu essaies de lui montrer de quoi tu es capable, puis tu agis pour te prouver à toi-même ce dont tu es capable. Jusqu'à ce que tu fasses les choses naturellement, parce que tu le peux. Pour *Edge*, il ne s'agissait pas de mon père, mais de toi, Rachel.

Nous marchons à présent dans un corridor au onzième étage et, tout à coup, il ouvre une porte. À l'intérieur se trouvent une dizaine d'ordinateurs flambant neufs, du matériel high tech, des bureaux. En fait, on dirait une salle de rédaction !

– C'est ici qu'Interface a commencé, quand ça n'était qu'une idée, un début, m'explique-t-il.

Et je sens son regard peser lourdement sur moi quand il ajoute :

– Tu vois… Les locaux attendent juste de donner naissance à une autre idée géniale. À un autre début.

À cet instant, j'éprouve une impression de déjà vu… Je me revois à Interface, quand il m'avait embrassée pour la première fois et avait mis mon monde sens dessus dessous.

– Tu peux t'installer ici. Cet étage sera le tien, je financerai tes débuts, tu pourras ainsi monter ta propre équipe, définir ton cahier des charges. Écrire sur ce qu'il te plaira, sur la plateforme que tu créeras.

Il m'observe attentivement, plein d'espoir, guettant sans doute un sourire sur mes lèvres.

– Bien sûr, tu auras d'autres responsabilités que celles d'écrire, mais tu es intelligente, tu sauras comment t'y prendre. Tu trouveras des gens compétents pour t'aider. Tu monteras ton propre *Bluekin*. Et bien plus.

Et il m'adresse un regard tellement empreint d'admiration, de respect et d'amour que je n'arrive plus à respirer. Mon Dieu. Je n'y crois pas. J'accepte ou pas ? Je franchis le pas ? Je saute ?

Saint l'a fait. Il croit en moi plus que moi-même. Il m'offre à la fois la liberté et son soutien. Mes yeux larmoient, je penche la tête pour essuyer discrètement une larme. Il me saisit alors par le menton, m'obligeant à soutenir son regard. Une boule de chaleur se forme dans mon estomac.

– Laisse-moi t'offrir ça.

J'ai l'impression que ses yeux vont m'absorber, je n'ai jamais senti une énergie aussi puissante m'entourer. Ni vu une émotion aussi pure dans son regard. Ma poitrine me brûle.

– Tu ne sais pas à quel point je t'admire, Rachel, reprend-il. Combien tu prends soin des autres. De moi. Cette attention que tu portes au monde qui t'entoure. J'ai toujours adoré tes mots, mais ça…

Et brusquement, il sort de sa poche le numéro de *Edge* où a été publié mon article, ma déclaration. Je retiens mon souffle…

– C'était très courageux de ta part, Rachel, de te mettre à nu pour moi, devant le monde entier. Tu as sauté le pas et tu avais raison. Cet article, c'était notre histoire, mais pas en entier, juste le début.

À ses mots, sans réfléchir, je m'écrie :

– Je t'aime, Malcolm.

–Vraiment ?

– Oui, vraiment.

Il encadre mon visage de ses larges mains toutes chaudes et essuie les larmes qui y roulent.

– La première fois que tu me l'as dit, enchaîne-t-il, ça m'a obsédé. Je ne pensais qu'à ça. Et même quand la tempête médiatique s'est déchaînée, j'ai continué à penser à ces trois mots. Je t'aime depuis un moment, Rachel. Tout ce que j'avais construit, M4, ma fortune, prenait soudain un sens, comme si tout t'était destiné.

Il marque une pause et reprend :

– Tu voulais une vie paisible, sois paisible avec moi. Je suis assoiffé, ambitieux, je le reconnais, mais ce qui existe entre nous, gardons-le précieusement. Toi et moi.

Ma gorge se noue... Jamais je ne me suis sentie autant en sécurité dans les bras d'un homme ni n'ai éprouvé un tel bien-être. Je n'imaginais pas que je pourrais me trouver au beau milieu de l'ouragan qu'est Malcolm Kyle Preston Logan Saint, et avoir pourtant l'impression que mon monde est enfin stable. Il me sourit. Ah, ce sourire...! Mon estomac se contracte.

– Malcolm... Tu ferais vraiment ça pour moi ?

– Et plus encore.

Un silence lourd de signification tombe entre nous. J'ai envie de lui dire tant de choses, mais je n'arrive pas à rassembler mes mots si précieux. C'est l'action qui l'a emporté, pour de bon.

– Je t'aime, Malcolm.

– Moi aussi, Rachel, je t'aime. Très fort.

Je déglutis avec difficulté et murmure :

– Tiens-moi dans tes bras, juste une seconde.

Il m'enlace et chuchote :

–Je te tiendrai pendant quatre secondes.

Quelques instants après, il ajoute d'une voix rauque :

– Rentre à la maison pour penser à tout cela et…

– Oui, dis-je en l'interrompant.

Et cette fois, c'est moi qui l'attrape par le col de sa chemise et qui l'embrasse à en perdre haleine.

– Il faut que je retourne travailler, dit-il enfin. On dîne en ville, ce soir ?

– J'ai épuisé ma réserve de « non », avec toi.

Et je lui donne un nouveau baiser qu'il me rend avec la même fougue, avant de dire d'une voix virile, fière :

– Donc c'est oui !

– Absolument !

– Ça ne suffit pas, Rachel. Dis-le !

J'éclate de rire.

– Oui, homme insatiable ! Oui, oui, oui !

Cet après-midi-là, j'appelle mes collègues et leur demande s'ils envisagent de quitter *Edge*, car je veux vivre cette aventure avec eux. La semaine suivante, je déjeunerai avec quelques-uns, y compris Valentine et Sandy.

Puis je parle à Gina et on appelle Wynn.

– Rachel ! s'exclame cette dernière. Je…

– Tu en restes sans voix, on sait, complète Gina. Je t'assure que ce type me coupe le souffle, à moi aussi.

Et moi donc, que devrais-je dire ? En réalité, ce sont plutôt les mots qui me manquent. Je me sens si bien, dans un cocon un peu flou mais tellement confortable. Toutes deux prennent pour acquis qu'il va m'aider à concrétiser mes rêves ; et moi, en dépit de son éducation, du fait qu'il soit épris de changement, tant en femmes qu'en affaires, et bien que cela semble impossible, je suis convaincue que Malcolm m'aime.

Quand il arrive, je porte une petite robe noire, des ballerines plates ; j'ai les cheveux détachés et un soupçon de rouge à lèvres. Quelques instants plus tard, il appuie sur la télécommande de sa Pagani Huayra, dont la porte papillon se soulève, m'aide à monter… et démarre en trombe.

Je lui demande alors :

– Comment s'est passée ta journée ?

– Bien mieux, maintenant.

Et il se penche vers moi pour me donner un bref baiser au coin de la bouche. Mmm… Je pose la main sur la sienne après qu'il a changé de vitesse, et l'y laisse.

Nous pénétrons dans le salon privé du *Tableau*, un restaurant cinq étoiles. Derrière un rideau en velours, nous sommes seuls, juste Mal et moi, et nous parlons de notre journée. En fait, c'est moi la plus bavarde, mais il m'écoute avec attention, comme toujours, une lueur amusée dans le regard qui me va droit au cœur et me fait fondre.

– J'ai appelé mes ex-collègues pour leur annoncer que, s'ils avaient l'intention de quitter *Edge*, je les intégrais à mon équipe.

– Et ta mère, elle est au courant ?

– Pas encore.

– Tu as pensé à elle pour tes couvertures ?

– Quelle bonne idée !

Je le regarde et j'ai juste envie de le dévorer de baisers. Je me sens si choyée et protégée, avec lui. En sécurité.

– Je suis tellement excitée.

Je ris d'un cœur léger tandis que son sourire, de l'autre côté de la table, me réchauffe. J'aime quand ses lèvres pleines sourient avec amusement et allument ses yeux.

– Donc ton père est officiellement le nouveau propriétaire de *Edge* ?

Il hoche la tête.

– Tu savais qu'il ne ferait pas machine arrière ?

– Il est aussi fier que moi. Il t'a bien dit qu'il l'emporterait, non ?

Il s'adosse à sa chaise et poursuit d'un ton tranquille :

– Il adorait ma mère et ils étaient parfaitement amoureux jusqu'à ce que j'arrive… Il n'a pas pu supporter qu'une femme aussi parfaite que la sienne donne naissance à un enfant imparfait. Il ne tolérait pas non plus qu'elle soit si protectrice envers moi. Elle m'aimait plus que lui, et cela, il l'a très mal pris.

– Je l'ignorais…

– Maintenant, je sais ce que c'est.

– Pardon ?

– Ce qu'il a ressenti. Pour toi, je serais capable de tout. Anéantir quiconque pour te protéger. Détruire le monde entier s'il le fallait. Ma mère est partie, mais il tient toujours à lui prouver qu'il est meilleur que moi, qu'elle a eu tort de me préférer à lui. Elle voulait divorcer, mais il ne l'a jamais accepté.

– Il aurait été difficile pour une mère comme elle de ne pas aimer un enfant comme toi. Surtout avec ton père.

– Je m'en suis bien sorti.

– Tout à fait, dis-je d'un ton séducteur.

Il voit tout de suite que j'ai envie de lui.

– Viens là.

Il prend ma main et m'attire à lui avec l'assurance d'un homme qui sait qu'il va s'envoyer en l'air ce soir.

– J'aime ce sourire, me dit-il une fois que je suis sur ses genoux.

J'éclate de rire.

– Et ce rire, ajoute-t-il.

Les lumières tamisées éclairent le visage de Malcolm quand il déplace légèrement mes petits R et M pour déposer un baiser à l'endroit où bat mon pouls. Je lui demande d'une voix que j'espère sensuelle :

– Je suis ton dessert ?

Et j'ai l'air si pleine d'espoir que j'en ris moi-même. À la lueur qui brille alors dans ses yeux, j'ai l'impression qu'il a un projet bien précis en tête.

– Tu es à moi, me dit-il.

Puis il plonge son doigt dans son vin.

– Mal, qu'est-ce que tu manigances ?

Et c'est ensuite dans ma bouche qu'il le glisse avant de me donner un baiser. Je lèche son doigt.

– Tu aimes ça, depuis la dégustation de vins, hein ?

– Tu ne peux pas savoir…

Il me serre plus étroitement contre lui et me décoche un regard lascif sous ses lourdes paupières… Sans prévenir, il relève ma jupe sur mes hanches et glisse sa main entre mes cuisses. Tout mon corps tressaille de plaisir quand il se met à me caresser.

J'ai peur que quelqu'un n'entre, mais il me regarde d'un air à la fois si intense et espiègle que je ne peux lui résister.

J'embrasse son cou et fais courir mes doigts sur son torse. Ses muscles se tendent… Je prends alors sa bouche tout en continuant à le caresser, et il grogne lorsque je plaque la main sur son érection.

Mes ballerines tombent sur le sol et il prend ma jambe pour que je le chevauche. Il dépose un baiser sur mon nez, mes paupières et capture de nouveau ma bouche, lentement, puis plus intensément… Nous reprenons notre souffle, et il embrasse le coin de ma bouche.

– Mal… ne m'embrasse pas là. Je ne vais pas tenir.

– Pourquoi ?

Je retiens mon souffle quand il glisse sa bouche sur la mienne pour me donner un baiser sur l'autre coin.

Je rouvre les paupières, les lèvres encore frémissantes de son baiser et, enserrant sa tête entre mes mains, je lui fais exactement la même chose. Je frôle de mes lèvres le coin des siennes. Je l'entends inspirer profondément, puis expirer quand je redresse la tête. Ses yeux verts sont pleins de désirs et de besoins qu'il n'a pas encore exprimés, mais c'est inutile. Je sais. Comme je m'apprête à recommencer, il triche et incline légèrement ma tête pour prendre ma bouche. J'essaie de reculer, consciente des présences autour de nous, qu'il faut que je regagne mon siège.

– Tu as ruiné mon rouge à lèvres ?

– Quel rouge à lèvres ?

Je me mets à rire, et il m'imite, sans me lâcher la main quand je regagne ma place.

– J'adore ton rire, me dit-il en caressant du pouce le dos du mien. Plus que tout.

Il veut que je passe le week-end avec lui, donc nous nous arrêtons chez moi pour que je prenne quelques affaires. Nous irons ensuite sur *The Toy*, après avoir déjeuné près du lac. Gina panique quand elle me voit, à peine rentrée, revenir dans le salon avec un sac.

– C'est quoi, ça ? demande-t-elle. Pourquoi ton sac est si énorme ?

Et elle scrute, les yeux écarquillés, le fourre-tout que je porte à l'épaule.

– J'ai juste pris plusieurs paires de chaussures. Une pour faire du sport, une pour sortir, une pour le bureau. Et bien sûr ma brosse à dents et quelques vêtements de rechange. Mais je ne déménage pas, rassure-toi. Il m'a juste proposé de passer le week-end avec lui, dis-je avec un sourire rassurant.

– Rachel…

– Juste pour le week-end, Gina ! Et peut-être un ou deux soirs en semaine, mais je te promets que je trouverai un bon équilibre.

– Tu sais que tu me donnes envie de m'acheter un chien ? Quelqu'un qui attende mon retour à la maison avec impatience.

– C'est le cas, Gina, dis-je en la prenant dans mes bras, le cœur serré.

Comment ai-je pu ne pas anticiper la scène ? J'étais tellement heureuse que j'ai accepté de passer le week-end avec lui sans penser à Gina.

– Je t'aime, G.

Elle m'étreint elle aussi très fort, avant de me donner une tape sur les fesses.

– Il est en bas ?

– Oui.

– Tu sais, Rachel…

Elle marque une pause, puis prend un air désolé.

– Mal n'est pas Paul.

– Je sais, Gina.

Nous nous regardons. Nous vivons ensemble depuis des années et n'avons jamais été séparées par quelque chose d'aussi... réel.

– Bon, à lundi alors, dis-je enfin.

Et je me dirige vers la porte tandis que Gina va s'écrouler sur le canapé devant la télévision.

– Lundi, c'est lundi, Rachel, me rappelle-t-elle d'un ton menaçant, pas mardi ou jeudi.

– Je sais quand est lundi, dis-je mi-agacée, mi-amusée.

Et je m'attarde quelques secondes sur le seuil, attendant sans doute qu'elle me rassure.

– Surtout, ne t'en fais pas pour moi, je vais bien m'éclater, me lance-t-elle finalement. La fête va pouvoir commencer puisque l'emmerdeuse de première est partie !

Mais tout à coup, elle redevient sérieuse et reprend d'une voix adoucie :

– Rachel, je suis vraiment heureuse pour toi. Et je l'aime parce qu'il te rend heureuse. Je suis à fond avec toi.

Je souris. Gina, ma meilleure amie... Contrairement à Wynn, peu de personnes l'aiment et la comprennent. Mais moi, je l'adore. Je reviens l'embrasser sur la joue, puis je pars l'esprit tranquille.

– À lundi, dis-je.

– Envoie-toi en l'air pour nous deux, lance-t-elle.

La brise du soir m'accueille quand je sors de l'immeuble, mon sac se balançant sur mon épaule. Et là, je le vois, adossé à sa voiture, bras croisés, arborant son sourire le plus parfait. Je m'avance vers lui et il me rejoint à mi-chemin. Son sourire, quand il me voit, me coupe le souffle. Moi aussi je lui souris. Et sa bouche dépose un baiser sur la mienne quand il m'aide à monter dans la voiture.

Les portes de l'ascenseur se referment derrière nous dès que nous pénétrons dans son appartement. Les lumières de la ville clignotent à l'extérieur, et tout à l'air si paisible et parfait quand il me prend dans ses bras.

J'enroule mes jambes autour de ses hanches et le saisis par le col de sa chemise, laissant mes lèvres courir sur ses joues.

– J'ai faim, dis-je dans un souffle.

– Ouvre la bouche, alors.

Il lèche mes lèvres avant de glisser sa langue dans ma bouche.

– C'est ça que tu veux ? demande-t-il en reculant pour me regarder.

Je hoche la tête et noue les bras autour de son cou. Puis il frotte son visage contre mes cheveux et inspire profondément avant de m'embrasser. Il me plaque contre le mur, glisse la main sous ma robe. Bientôt, il caresse ma peau, remonte vers mes seins, dégrafe mon soutien-gorge... Je tremble d'anticipation quand, d'un geste adroit, il m'ôte ma robe. J'agrippe son tee-shirt et il m'aide en l'enlevant d'une main.

Je parviens à murmurer son nom et me mets à lécher son téton tout en caressant l'autre. Il reprend ma bouche et je m'accroche à lui quand il me soulève dans ses bras pour m'emmener dans sa chambre. Il ne me porte pas aussi élégamment que Rhett Butler dans *Autant en emporte le vent*, parce que je suis bien plus consentante que Scarlett ; il a la main plaquée sur mes fesses, et moi les jambes nouées autour de ses hanches, si bien que je sens un délicieux renflement entre ses cuisses, tandis que sa bouche butine la mienne. Je suis toute fébrile, et mes sens s'affolent à la pensée de ce qui nous attend.

– Baise-moi vite, dis-je.

Et je m'étire sensuellement sur le lit où il vient de me déposer, pour le tenter.

–Vite, puis lentement.

– Chuuut ! Mon lit, mes règles. Enlève tes chaussures et cette petite culotte.

Il défait sa ceinture, et à la vue de son corps sculptural, je crois défaillir.

Il est la perfection incarnée. En costume, il a l'air impénétrable, comme si rien ne pouvait l'atteindre. Mais nu, c'est un dieu de bronze et de muscles, la chevelure ébouriffée par mes doigts et un regard aussi liquide que vert. Il est tout ce que j'attendais et bien plus. L'eau me monte à la bouche et je recule dans le lit, pour mieux l'admirer.

Il me regarde lui aussi, et je me sens à la fois faible et puissante quand je commence à retirer lentement ma culotte, me trémoussant voluptueusement, consciente qu'aucun de mes gestes ne lui échappe. Il suit la trace de mon string dans les airs… Il me regarde avec un lent sourire carnassier.

Toutes mes défenses s'effondrent devant son air possessif et, en un rien de temps, il enfouit la tête entre mes cuisses et se met à lécher mon sexe… Extatique, je me cambre contre sa bouche pour bien sentir la pointe de sa langue sur chaque recoin de mon sexe…

et je serre les dents pour retenir un peu plus longtemps mon orgasme. Mon corps est sur le point de s'enflammer tout entier quand il redresse la tête et pose sur moi ses yeux voilés de désir.

– Je t'aime, Rachel.

Et l'émotion qui traverse son visage est si puissante que j'en tremble jusqu'au plus profond de moi-même. Il me caresse les hanches, remontant le pouce jusqu'au coin de ma bouche.

– Je n'ai jamais aimé personne comme toi.

– Je fonds quand tu me dis ça.

Il rit doucement, et j'ai l'impression de nager en plein bonheur. Puis il reprend tendrement ma bouche, l'envahit avec sa langue et je me délecte de voir son beau corps musclé au-dessus du mien. Je n'ai jamais connu un homme comme lui, au regard si brûlant, si impétueux. Il fait glisser sa main vers mon ventre, trace des cercles autour de mon nombril, caresse les lèvres de mon sexe… avant de glisser un doigt en moi.

– Malcolm, dis-je d'une voix gémissante, en ondulant des hanches pour me frotter contre sa main.

Il m'embrasse à nouveau.

– Sans préservatif, tu es d'accord ? me murmure-t-il alors.

Je hoche la tête. Pas de préservatif… Juste lui et moi.

Le pas que nous nous apprêtons à franchir est énorme, mais ni l'un ni l'autre n'hésitons. Je l'attire étroitement contre moi et ondule sous lui quand il me pénètre. Il pousse un grognement répondant à mon gémissement, et avant que je ne jouisse sur-le-champ rien qu'en le sentant en moi, il se retire. Je suis toute tremblante, suspendue au fil d'un plaisir à la fois physique et émotionnel. Reprenant ma respiration, je le regarde : il a pris appui sur ses coudes, au-dessus de moi.

Il aime faire durer les préliminaires. Je ferme les yeux et les savoure moi aussi. Encore une fois, il capture un de mes seins entre ses lèvres, puis redescend le long de mon ventre. Remonte vers mon cou. Il me respire, me déguste, se délecte de moi. M'explore. J'empoigne ses cheveux et ondule doucement sous son corps tendu, le savourant tout autant. Il est mon obsession, mon addiction, le havre où je me sens à la fois en sécurité et euphorique.

– Mal, dis-je d'une voix suppliante.

– Tu m'obsèdes.

Alors, agrippant mes hanches, il plonge en moi, et ajoute :

– Je t'adore.

Et il m'emplit entièrement, son regard sensuel rivé à moi, parcourant la géographie de mon corps comme un territoire qu'il aurait conquis. Un orgasme monte en moi, quand il prend mes seins dans ses mains et se penche pour en lécher les tétons. Je m'agite sous lui, ne sachant si je vais survivre à tant de plaisir, au plaisir absolu qui me consume… Mais si, je suis toujours en vie, et il s'enfonce plus profondément encore en moi.

Je pousse un soupir de soulagement quand il se retire… avant de murmurer son nom comme une plainte. Il prend ma bouche et me donne un baiser profond.

– Je… suis… fou… de toi, souffle-t-il d'une voix rauque.

Et de nouveau, il me donne un coup de reins et je le sens complètement en moi. Il m'envahit tout entière. Il murmure alors contre mon oreille :

– Sois à moi, sans retenue, Rachel, et je serai à toi, moi aussi. Tu es ma femme, maintenant.

Et il pose un baiser sur mon front, mon nez, mes lèvres.

– Ne ferme pas les yeux, regarde-moi, dit-il encore.

Docile, j'ouvre les paupières et rencontre immédiatement son regard, c'est l'homme le plus sexy que j'aie jamais vu, et il me regarde d'un air pétrifié en me baisant. Il prend mes cheveux dans son poing et se met à bouger de plus en plus vite, me plaquant au matelas pour mieux aller et venir en moi tout en me regardant jouir pour lui. Je me donne complètement à lui. Mal. Saint. Malcolm est en moi, Malcolm me regarde fixement, Malcolm serre les mâchoires quand il me fait l'amour, Malcolm à qui mon cœur appartient.

Nous passons le samedi sur *The Toy*. Il a acheté de la nourriture délicieuse chez un traiteur français que nous savourons une fois sur le lac.

Nous sommes sur le pont, à présent, le yacht oscille doucement sur l'eau… L'eau dont nous sommes saturés tant nous avons nagé. Et fait l'amour…

Malcolm travaille un peu sur le canapé, et je reste allongé près de lui, les pieds sur ses genoux ; d'une main distraite, il les caresse tandis que je surfe un peu sur mon smartphone.

J'évite tout ce qui pourrait alourdir mon nuage. Je ne vais pas sur les réseaux sociaux de Saint par peur de croiser des horreurs sur moi, ou sur son père. Je suis heureuse d'entendre, lors d'un de ses appels, que les actions de M4 ont remonté en flèche après l'annonce du rachat de *Edge* par la société de Noel Saint. Et maintenant, je ne peux m'empêcher de rêver à ma nouvelle carrière. Mes nouveaux locaux. Ma nouvelle vie.

Je réfléchis encore à tout cela lorsque le vent se met à souffler plus fort. Malcolm referme alors son ordinateur et le silence coupe court à mes pensées quand Malcolm me soulève soudain pour m'emmener au lit.

– J'ai des jambes, tu sais, dis-je d'une voix endormie.

Il me décoche un de ses sourires à tomber par terre.

– Je sais, des jambes longues et adorables.

Son grand lit nous attend au beau milieu de la chambre, aussi imposant que lui. Il m'y dépose, et pendant qu'il se déshabille, j'enfile une de ses chemises, sentant la fatigue tomber sur moi d'un coup.

Je me glisse sous les couvertures où il me rejoint rapidement. Nous nous blottissons l'un contre l'autre. Un sentiment de satisfaction et de paix m'envahit, même si je sens son corps vibrer encore de cette soif insatiable que j'essaie pourtant de satisfaire.

Nous nous embrassons un peu, puis notre baiser s'intensifie, et nous finissons par baiser langoureusement, sans parler, juste bercés par le bruit de nos baisers et de nos caresses, notre respiration, le ronronnement du yacht. Je pousse un cri étranglé quand un puissant orgasme me saisit, le plaisir est si intense que je retiens mon souffle très longtemps avant d'expirer, épuisée, enveloppée dans le corps de Mal.

Il m'embrasse passionnément. Comme s'il était reconnaissant de mon affection, de ma présence, et du désir que j'éprouve pour lui. Puis nous nous lovons l'un contre l'autre et je pose ma joue sur son torse. Je m'endors rapidement, aimée et en sécurité.

Chapitre 30

LUI + 1

Le lundi matin, je me réveille dans les bras de Malcolm et bien que j'aperçoive un rai de lumière entre les rideaux, je suis certaine que je dispose encore d'un petit quart d'heure avant de devoir me lever… À moins que je ne reste ici pour toujours…

Mal dort encore, à côté de moi, les cheveux dans tous les sens. Je trace alors un chemin sur son torse… et y découvre des griffures. J'ouvre de grands yeux. Putain, c'est moi qui ai fait ça ? ! *Bienvenue dans le monde de Rachel follement amoureuse ! C'est sans doute pour cette raison que tu avais des réticences, non ?* Je fais la grimace et passe doucement le doigt sur les marques. De sa main, il saisit soudain la mienne et je relève la tête, surprise. Il sourit.

– Je t'ai vraiment griffé, cette nuit ?

D'une voix lourde de sommeil, il répond :

– Non, mais les filles qui sont venues pendant que tu dormais, oui.

Je frappe son épaule, et il s'empare de mon poignet quand je me redresse.

–Viens là, dit-il.

Son ton est encore plus rauque.

– Saint…

Je suis déjà essoufflée quand il roule sur moi. Il glisse la main entre nous pour la poser sur mon sexe.

– Mmm ?

Un frisson me parcourt.

– Tu m'as prise des centaines de fois, cette nuit.

–Vraiment ? dit-il d'un ton bourru en suçant le lobe de mon oreille. Il faut croire que ce n'est pas assez.

– Malcolm…

Je le repousse et tente de m'asseoir.

– Je dois être prête dans cinq minutes.

– Tu es ta propre patronne, maintenant.

– Pas encore, et d'après ce que tu m'as dit, je signe aujourd'hui à quatorze heures. D'ici là, je dois rencontrer ma future équipe et me mettre au travail.

– Très bien, Rachel, dans ce cas, je ne te retiendrai que quatre minutes et cinquante-neuf secondes.

De nouveau, il m'attire sous lui.

– Malcolm, dis-je en éclatant de rire.

Peu à peu, mon sourire s'évanouit, et j'ajoute :

– On se lance vraiment, toi et moi ? Ta première relation monogame et exclusive ?

Il continue à me sourire, mais ses yeux sont devenus sérieux. Il hoche la tête, embrasse mes épaules, puis du pouce me caresse la joue.

– Oui, on se lance. Et tu seras à l'heure !

Après une douche ultrarapide, je nage encore dans les brumes de l'après-jouissance, assise au bord du lit, une serviette autour du corps, j'admire son corps… Je me fiche du retard ! Il a mille et une chemises, cravates et vestes identiques, et quand il boutonne celle qu'il vient de détacher du cintre, je le vois redevenir Malcolm Saint en un éclair. Je surveille chacun de ses mouvements, ses doigts qui remontent ensuite la fermeture éclair de son pantalon, ses muscles qu'il contracte en serrant sa ceinture autour de ses hanches étroites.

Soudain, il sent que je l'observe et lève la tête vers moi, sourcils froncés, comme s'il ne pouvait pas croire que je continue de profiter du spectacle qu'il offre… Pourquoi ne sommes-nous plus au temps des hommes des cavernes où ce qui comptait, c'était juste de trouver de la nourriture ? On pourrait alors s'enfermer tout le reste de la journée et se dévorer mutuellement. Mais il ne veut pas juste de la nourriture ; il veut aussi le monde, la lune. Et moi, apparemment.

–Viens par-là.

Il m'attire à lui, je ferme les paupières et frémis quand il dépose un chaste baiser, enfin presque, sur mes lèvres.

– Nous rencontrons les avocats à quatorze heures. D'ici là, finalise tes réflexions sur le conseil d'administration, et sur ceux qui feront en sorte que ta société devienne ce que tu aurais aimé que soit *Edge*. Donne-toi une équipe qui t'aidera à construire la plateforme dont tu as besoin, pour que ce qu'il y a là-dedans…

Il touche mon front.

– … se retrouve là.

Et il désigne la fenêtre. Avec un rire à la fois nerveux et excité, je hoche la tête. Il incline mon visage vers le sien.

– Tu prends le café avec moi avant que je parte ?

– Oui.

– Je suis accro à toi, souffle-t-il alors que nous marchons vers la cuisine. Tu sais comment t'y prendre pour envoûter un homme.

Et il me donne gentiment une tape sur les fesses. Je le regarde avec la plus grande attention pendant qu'il prépare le café. Il tourne le cou à droite, puis à gauche. Alors, essayant d'être une petite amie attentionnée, je me place derrière lui pour lui masser les épaules.

Mais cela ne dure pas longtemps. Une tasse de café à la main, il passe à son tour derrière moi et pose son autre main sur ma hanche, regarde Chicago, comme un souverain inspecterait ses terres. Je pose la tête sur son épaule et me laisse légèrement bercer tandis que nous admirons tous deux la ville. La ville, le monde, l'horizon. Il possède déjà beaucoup, mais il en veut toujours plus, tout ce qui s'étend à nos pieds et au-delà.

Soudain, alors que je vais me servir un café, je repère un carton d'invitation sur l'îlot, sur lequel est écrit :

Malcolm Saint + 1

Je souris en lisant qu'il s'agit d'une invitation à l'un des plus grands galas de la ville. Je lui demande :

– On va y aller ?

– Bien sûr, on ne ratera jamais un gala, toi et moi.

Il pose sa tasse dans l'évier puis hausse un sourcil.

– Pourquoi tu souris ? ajoute-t-il.

– Pour rien… Je me dis juste que c'est cool.

Il embrasse ma tempe.

– Achète-toi une robe.

– J'ai ce qu'il faut.

– Je te l'offre.

Et il sort sa carte de crédit. En partant, je la laisse sur le comptoir, sachant qu'il va piquer une crise quand il verra que je ne l'ai pas prise. Je fredonne tranquillement. Je suis impatiente de voir où va nous mener cette relation. Les gens spéculent sur moi, sa petite amie depuis quatre mois, son amoureuse, son flirt, son obsession, sa chasse gardée, son faux pas. Ils peuvent bien dire ce qu'ils veulent, cela ne change rien.

Je suis son + 1… et il est tout pour moi.

ÉPILOGUE
NOTRE VIE MAINTENANT

C'est une journée chargée, à *Face*.

Face, c'est mon bébé. À peine né, il fait déjà ses premiers pas dans le monde de l'édition, en ligne et sur papier. J'ai testé Malcolm sur le jeu de mots que je voulais faire avec Interface, et quand j'ai vu son air amusé qui m'indique toujours qu'il a apprécié ce que je viens de dire, j'ai compris que le nom était parfait.

Valentine, Sandy et douze autres journalistes sont en déplacement, aujourd'hui. C'est génial… mais aussi compliqué de travailler dans les mêmes locaux que mon mec.

Parfois, de ma fenêtre, je le vois sortir de l'immeuble, les cheveux et le costume aussi noirs que la Rolls rutilante garée en bas. Quelquefois, je le repère quand il revient d'un déjeuner d'affaires, d'une conférence ou d'une réunion avec un des conseils d'administration pour les multiples sociétés qu'il possède – et ça n'est jamais facile de contrôler mes pulsions quand je le vois !

Parfois, nous nous rencontrons accidentellement dans l'ascenseur. Il sait bien cacher ses émotions mais lorsque nos regards se croisent, je vois dans le sien une inévitable étincelle s'y allumer. Les personnes qui se trouvent avec nous dans l'ascenseur s'écartent d'instinct pour que l'on puisse se rapprocher l'un de l'autre. On ne se touche pas, du moins je ne le touche pas, mais il lui arrive de m'effleurer la main, ou bien de me caresser un doigt, de son pouce. Parfois, il enchevêtre ses doigts aux miens, le temps d'un battement de cœur. Moment de délicieuse torture…

Une fois, il a accroché son petit doigt autour du mien et nous sommes montés ainsi jusqu'à mon étage, dans l'ascenseur bondé, personne d'autre que moi ne sachant que cet homme, oui cet homme-là, m'aime vraiment. Parfois, je vais lui rendre une petite visite et vice versa, pour discuter ou juste pour qu'on ait un petit moment à nous. Ou pour faire rougir ma bouche de la sienne, dans le calme le plus absolu, et m'arracher la promesse que je viendrai passer la nuit chez lui.

Et le soir, chez lui, nous baisons pendant des heures. Chez moi, on est plus calmes, par respect pour Gina. C'est parfait. Je ne voudrais rien changer au tableau. Ni lui, ni nous.

J'ai sauté, et Malcolm m'a rattrapée.

Nous avons passé l'arrangement suivant : en semaine, nous dormons en général chez moi car je ne veux pas que Gina se sente trop seule. Et les week-ends, nous sommes chez lui. Ce jeudi-là, il me propose de me reconduire chez moi, mais s'arrête cinq minutes à la banque. J'en profite pour vérifier mes derniers mails, puis le vois ressortir avec un des managers, qui lui serre chaleureusement la main devant la porte.

Saint remonte dans la voiture et prie Claude, contrairement à notre accord, de nous emmener chez lui.

Bon…

Il tient une enveloppe à la main quand il prend place sur la banquette en face de moi. Il enlève alors sa cravate et la glisse dans la poche de sa veste.

– Ce n'est pas ce qui était prévu, Monsieur, dis-je soudain sur le ton du reproche.

Il sourit.

– Tu es en colère contre moi ?

– Dans une rage folle.

Bien sûr, j'exagère. Il se penche vers moi et me caresse le menton.

– Je me ferai pardonner. J'ai une surprise.

Il agite alors son enveloppe dans l'air et je commence à gesticuler sur la banquette, tout excitée.

– Qu'est-ce que c'est ?

– Quelque chose.

– Merci, je vois. Mais encore ?

– Minute, papillon !

Il se prélasse contre son siège, un sourire agaçant au visage, puis étire le bras, visiblement très satisfait de lui-même ; mon impatience l'amuse.

Une fois chez lui, nous nous rendons sur le toit, où se trouve une piscine à débordement. On a l'impression que l'eau se fond dans les lumières de Chicago. Nous sommes déjà venus ici deux fois, mais ce soir, les confortables chaises longues ont été retirées, remplacées par une longue table. Derrière, se trouve un espace de détente d'où Saint et moi aimons admirer la vue. Des deux côtés de la table, sur le sol, ont été disposées des bougies électriques, qui s'allument à notre passage. C'est féerique et si inattendu que j'écarquille les yeux et demande :

– C'est ta façon de te rattraper ?

Je l'embrasse sur la joue et ajoute :

– J'adore. Cela me rend folle, mais pas de colère, cette fois. De toi.

Il prend soudain ma main dans la sienne, puis m'entraîne vers le plus grand canapé.

– Le dîner sera servi après la surprise, dit-il, en s'asseyant à côté de moi.

Et il agite l'enveloppe.

– Ma mère ne peut hélas pas te voir, mais j'ai pensé que toi tu pourrais la rencontrer.

Sur ces mots, il en sort une grande photographie en couleur, qu'il me tend. Je ne peux décrire ce que je ressens en voyant cette femme, et l'adolescent qui se tient à ses côtés, visiblement ravi qu'elle ait passé le bras sous le sien, même s'il est plus grand qu'elle.

Comment pourrais-je ne pas reconnaître ce jeune homme ? J'aime chaque parcelle de cet homme tout comme j'aime sur-le-champ la femme photographiée, pour son sourire, et la façon dont elle tient son fils.

– Elle était insouciante, dépensait l'argent comme si sa vie en dépendait, me dit alors Malcolm. Elle était aussi passionnée, courageuse, et elle m'aimait. En dépit de tout.

Il plonge de nouveau la main dans l'enveloppe et cette fois-ci en sort une petite boîte ; le nom du célèbre joaillier, Harry Winston, est gravé dessus… Il l'ouvre :

à l'intérieur brille une magnifique bague, avec une pierre ronde, classique et élégante.

– Quand je suis né, mon père lui a dit d'aller s'acheter la plus grosse pierre qu'elle trouverait pour fêter la naissance de celui qui serait leur unique fils. Elle n'a pas pris la plus grosse, mais la plus parfaite : un diamant du blanc le plus pur, 4,01 carats. Elle a ensuite retiré sa bague de fiançailles pour porter celle-ci, aussi longtemps que je me souvienne. Quand sa leucémie a été diagnostiquée, elle m'a dit qu'elle voulait me la donner. Cette bague avait une valeur symbolique à ses yeux, et elle souhaitait que ma femme la porte. Je lui ai répondu que je ne me marierais jamais, qu'il valait mieux qu'elle la garde. Quand j'ai…

Il marque une pause, troublé.

– Quand je suis revenu de mon séjour au ski avec mes amis, on m'a remis cette enveloppe : elle contenait cette photo, qui était toujours sur sa table de nuit, un fonds de placement, et cette bague.

Il la soulève vers la lumière et elle la réfracte immédiatement, déversant une pluie d'étincelles.

– J'ai tout placé à la banque, n'ayant nulle intention d'ouvrir un jour ce coffre. Mais dernièrement, cette bague m'obsédait, ou du moins l'idée de la passer à ton doigt.

Et c'est ce qu'il fait.

La bague glisse facilement sur mon annulaire, elle est un rien trop grande, et soudain, ma main pèse aussi lourd que mon cœur… Mal contemple le bijou puis lève vers moi un regard aimant, plein d'espoir. De ces yeux qui me rappelaient la banquise quand je l'ai rencontré émane à présent une chaleur à faire fondre le centre de la terre. Son sourire est adorable, presque enfantin.

– Marions-nous, Rachel. Sois en sécurité avec moi. Imprudente avec moi. Sois toi-même avec moi. Sois ma femme, Rachel. Épouse-moi.

Ma vue se trouble et mes lèvres se mettent à trembler… J'ai une bague au doigt. Il reprend :

– Un jour, tu m'as dit que tu aimerais que le monde soit calme, que tu voulais y trouver un havre. Je veux être ce havre pour toi.

Il entoure mon visage comme s'il allait l'engloutir, me dévore du regard… J'ai l'impression qu'il m'absorbe complètement.

– Même si je traverse la vie comme un ouragan, je veux que tu sois dans l'œil du cyclone, là où rien ne peut être atteint ou blessé. À côté de moi.

J'ai du mal à respirer et je tremble d'émotions : je ne peux croire au bonheur qui me tombe dessus.

– Sais-tu à quoi ressemble un homme amoureux ?

Et toujours aussi confiant, il se met à genoux devant moi, baisse la tête et embrasse ma main.

– À ça, ajoute-t-il.

Alors j'enfouis le visage dans ses cheveux et un sanglot m'échappe. Je me sens fondre, j'ai le vertige, je vais mourir de bonheur… Je devrais sans doute dire quelque chose, mais j'ai la gorge nouée, et les larmes roulent sur mes joues. Sa mère. La seule autre femme que Saint ait aimée. Je lui suis si reconnaissante de m'avoir parlé d'elle. Si touchée qu'il m'ait estimée digne de porter sa bague.

Saint essuie tendrement mes larmes. J'aime tant ma mère que je ne peux imaginer la douleur qu'il a dû éprouver en perdant la sienne. Je m'efforce d'articuler.

– C'est à ça que ressemble une femme amoureuse quand l'homme qu'elle aime lui montre qu'il l'aime aussi.

– Cette femme est ravissante.

Subitement, il se redresse et passe les mains sous mes aisselles.

– Malcolm ! Mais qu'est-ce que tu fais ?!

En riant, il me soulève comme si j'étais aussi légère qu'une plume et m'embrasse sur la bouche.

– Qu'est-ce qu'elle dit, cette femme ravissante ? demande-t-il.

Puis il attend, impatient, un rien anxieux et agacé. Malcolm dans toute sa splendeur.

– Rachel ?

Je suis en hyperventilation.

– Nous n'avons jamais... Tu ne m'as jamais dit que tu voulais... que tu envisageais...

Il prend mes mains dans les siennes et caresse le diamant de son pouce, avec langueur.

– Eh bien je te le dis maintenant, avec ça.

Là-dessus, il me lance un regard sombre. Ma réaction est viscérale : j'agrippe sa chemise et, fébrile, je presse ma bouche contre la sienne, lui répondant par un baiser. Il me soulève et ma jupe remonte sur mes hanches quand j'entoure sa taille de mes jambes. Dans un souffle, je murmure :

– Elle dit oui.

Puis je saisis son visage entre mes mains et me noie dans ses yeux vert forêt qui reflètent les rayons du soleil. Il frotte son nez contre le mien.

– Oui ?

– Oui, Malcolm, oui pour toujours.

Je l'embrasse de nouveau sur les lèvres, un baiser simple, et l'enlace de mes bras, de mes jambes, aussi étroitement que je peux. Nous restons ainsi un long moment, à simplement nous étreindre. Un très long moment.

Le vent joue avec mes cheveux et nous enveloppe quand nous pressons nos fronts l'un contre l'autre. Je pleure et ris à la fois, déversant des baisers humides sur ses joues, ses tempes, son front, son nez, ses lèvres… Il m'arrête alors d'une main autoritaire et plonge les yeux dans les miens.

– Encore deux fois, dit-il.

– Tu veux que je te dise « oui » quatre fois, c'est ça ?

Que fait-on quand l'homme qu'on aime vous demande quelque chose ? On dit oui. Quatre fois oui.

Et que fait-on quand un homme comme Saint vous aime ? Eh bien, on l'aime en retour de toutes ses forces.

Ah oui, et que fait-on quand Mal débarque dans votre vie ? On se le fait pour la vie.

Eh bien, Mesdames, c'est officiel @MalcolmSaint n'est plus sur le marché, c-à-d, fiancé. À partir de maintenant, @rachelchassegardée a à la fois le Saint et le #pécheur.

JE LUI DONNE UN MOIS, À CETTE SALOPE.

Sérieux, comment Saint pourrait être rassasié avec une seule gonzesse ?

Y en a-t-il d'autres qui sont en deuil à cause des fiançailles de Saint ?

J'ai un sérieux coup de blues !

Vas-tu encore donner ces superfêtes chez toi @MalcolmSaint ? La ville ne sera plus la même sans toi.

@MalcolmSaint et @rachelchassegardée Félicitations au couple le plus sexy que j'aie jamais vu.
S'il vous plaît, s'il vous plaît, des photos du mariage. Postez aussi des photos de votre lune de miel. Rachel, poste des photos de Saint !

De @gggina :
Tellement contente pour ma meilleure amie ! Ce qui ne m'empêchera pas de botter les fesses @MalcolmSaint s'il la rend malheureuse.

De @wynnleyland :
Mon petit ami et moi vous portons un toast, ce soir.

De @CallanCarmichael :
Comme on dit, il ne faut jamais dire jamais. Car devinez qui avait dit jamais ? #Saintavaitditjamais @MalcolmSaint

De @TahoeRoth :
Maintenant que Saint est hors service, @CallanCarmichael et moi devrons assurer double service auprès de vous, mesdames.

Et encore de @TahoeRoth :
Pendant que notre homme et sa femme seront en voyage de noces pour une fête du sexe, nous allons aussi en organiser une ! Tout le monde est invité, Y COMPRIS TOI GINA @ggina

Et de moi :
Ne crains rien @ggina Mon fiancé sait tout à fait comment emmener une femme au septième ciel sans voyager jusqu'au bout du monde. #Hautdansleciel #heureusepécheresse

REMERCIEMENTS

Je voudrais tout d'abord exprimer ma reconnaissance et hurler ma gratitude à mes toutes premières lectrices qui ont lu les premières versions de mes romans et les ont assez aimées pour les relire de nouveau dans leur version définitive. Vous êtes de vrais anges descendus du ciel pour moi (des anges amoureuses de Mal !). Tous mes remerciements à vous, Angie, Cece, Dana, Emma, Elle, Jen, Kati, Kim, Lisa, Mara, Monica, et à mon amie d'enfance, Paula. Un merci spécial à mon agent, Amy, et à ma fille, qui avez lu les premières, les dernières et toutes les pages intermédiaires au fur et à mesure que je les écrivais. Je vous aime.

À Kelli C. et Anita S., mes relectrices si respectées.

Un grand merci à toute l'équipe de Gallery Books, y compris mon rewriter aussi drôle que génial, Adam Wilson, ainsi qu'à mes éditeurs, Jen Bergstrom et Louise Burke. Merci aux départements artistique, fabrication et publicité. Merci à tous les blogueurs, les libraires, à Sullivan et Partners et à tous ceux de Jane Rotrosen Agency, à mes éditeurs à l'étranger et à ma famille.

Enfin, à toutes les lectrices, qui ont donné vie à mon roman dans leur esprit et leur cœur.

Merci à tous !

SUR L'AUTEURE

Katy Evans vit avec son mari, leurs deux enfants et leurs trois chiens paresseux dans le sud du Texas. Elle adore faire des randonnées, lire, confectionner des gâteaux et passer du temps en compagnie de ses amis et de sa famille.

Pour plus d'informations sur Katy Evans et ses prochaines parutions, rendez-vous sur les sites ci-après. Elle aime tout particulièrement échanger avec ses lectrices.

Website : www.katyevans.net

Facebook : https://www.facebook.com/AuthorKatyEvans

Twitter : https://twitter.com/authorkatyevans

Email : katyevansauthor@gmail.com

DÉCOUVREZ LES AUTRES
TITRES DE LA COLLECTION
HUGO NEW ROMANCE®

AUDREY CARLAN

CALENDAR GIRL

« On a tous du Mia en nous »

Le rendez-vous mensuel de 2017

Hugo Roman

AUDREY CARLAN
CALENDAR GIRL
Mai
Hugo Roman
AUDREY CARLAN
CALENDAR GIRL
Juin
Hugo Roman
AUDREY CARLAN
CALENDAR GIRL
Juillet
Hugo Roman
AUDREY CARLAN
CALENDAR GIRL
Août
Hugo Roman
AUDREY CARLAN
CALENDAR GIRL
Septembre
Hugo Roman
AUDREY CARLAN
CALENDAR GIRL
Octobre
Hugo Roman
AUDREY CARLAN
CALENDAR GIRL
Novembre
Hugo Roman
AUDREY CARLAN
CALENDAR GIRL
Décembre
Hugo Roman

UP IN THE AIR

IN FLIGHT

R.K. LILLEY

TITRE CANADIEN
EN VOL - SAISON 1

IN FLIGHT
SAISON 1

MILE HIGH
SAISON 2

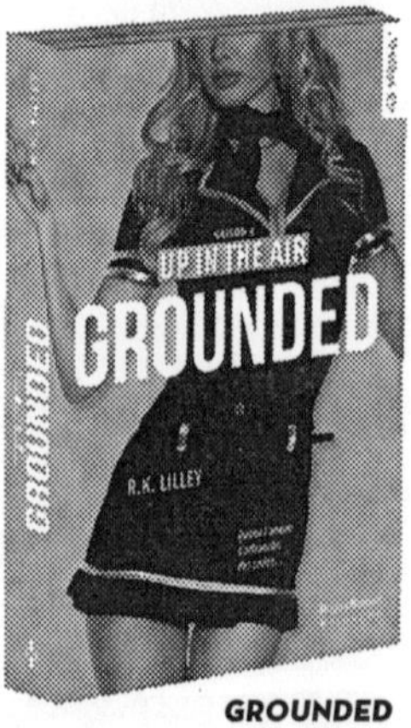

GROUNDED
SAISON 3

MISTER B.
SAISON 4

◆ BLANCHE
Hugo Roman

JAY CROWNOVER

Marked Men

MARKED MEN
RULE - SAISON 1

MARKED MEN
JET - SAISON 2

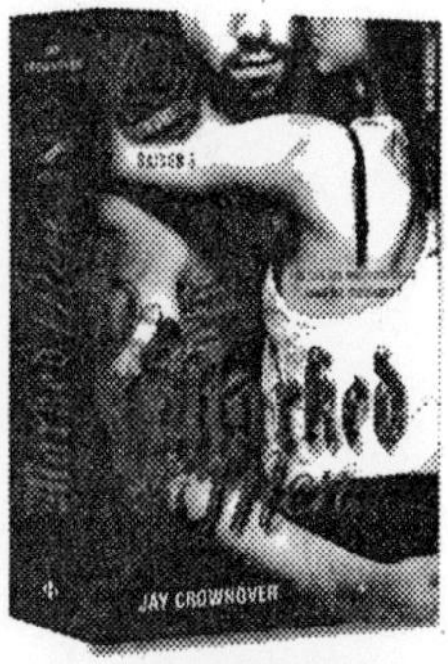

MARKED MEN
ROME - SAISON 3

MARKED MEN
NASH - SAISON 4

MARKED MEN
ROWDY - SAISON 5

MARKED MEN
ASA - SAISON 6

Hugo Roman

TARA JONES

Le CONTRAT

Le Contrat
Tome 1 & 2

Le Contrat
Tome 3

Hugo Roman

PAM GODWIN

NOTES NOIRES

◆ BLANCHE

Hugo Roman

CLOSE-UP

JANE DEVREAUX

Close Up
Tome 1

Close Up
Tome 3

Close Up
Tome 2

Hugo Roman

B R I T T A I N Y C. C H E R R Y

THE SILENT WATERS

SÉRIE THE ELEMENTS

THE FIRE

THE AIR

TITRE CANADIEN
L'AIR QU'IL RESPIRE
LIVRE 1

THE SILENT WATERS

Hugo Roman

VI KEELAND & PENELOPE WARD

AVEC TOI malgré moi

Hugo Roman

VI KEELAND & PENELOPE WARD

Cocky BASTARD

TITRE CANADIEN
BEAU PARLEUR

Hugo Roman